Von John Gardner sind
als Heyne-Taschenbücher erschienen

Moment mal, Mr. Bond · Band 01/6620
Operation Eisbrecher · Band 01/6695

JOHN GARDNER

DIE EHRE DES MR. BOND

Roman

Deutsche Erstausgabe

WILHELM HEYNE VERLAG
MÜNCHEN

HEYNE ALLGEMEINE REIHE
Nr. 01/6789

Titel der englischen Originalausgabe
ROLE OF HONOUR
Deutsche Übersetzung von Wulf Bergner

2. Auflage

Printed in Germany 1987
Umschlagzeichnung: Bernhard Förth, München
Umschlaggestaltung: Atelier Ingrid Schütz, München
Satz: IBV Satz- und Datentechnik GmbH, Berlin
Druck und Bindung: Elsnerdruck, Berlin

ISBN 3-453-02400-1

1

Raub in Violett

Obwohl der Raub von Sicherheitsfahrzeugen für Werttransporte zu jeder Tages- und Nachtzeit stattfinden kann, hat die Londoner Polizei es im allgemeinen nicht mit Entführern zu tun, die mitten im Berufsverkehr zu flüchten versuchen. Und sie rechnet auch nicht mit Schwierigkeiten im Zusammenhang mit einer geheimen und gut bewachten Fracht. Nur einige privilegierte Eingeweihte wußten genau, wann die Kruxator Collection in Großbritannien eintreffen würde. Daß diese Sammlung nach London kommen sollte, war allgemein bekannt, und man brauchte nur eine Zeitung aufzuschlagen, um zu erfahren, daß der 15. März der Tag war, ab dem die fabelhafte Gemälde- und Juwelensammlung für zwei Wochen im Victoria and Albert Museum ausgestellt sein würde.

Die Kruxator Collection trägt den Namen ihres Begründers, des verstorbenen Niko Kruxator, dessen märchenhafter Reichtum aus unbekannten Quellen stammte; Kruxator war etwa zur Zeit des Wallstreetkrachs im Oktober 1929 ohne einen Cent in der Tasche in die Vereinigten Staaten gekommen. Bei seinem Tod im Jahre 1977 kannten die meisten Leute ihn als griechischen Großreeder, aber ihm gehörten weiterhin die Kruxator-Restaurants und die zahlreichen Krux-Lux-Hotels in aller Welt. Darüber hinaus war er der Alleinbesitzer der Kruxator Collection, die er seiner zweiten Heimat hinterließ: alle 300 Gemälde und 700 fantastischen Kunstgegenstände, darunter drei aus dem 15. Jahrhundert stammende Ikonen, die während der Oktoberrevolution aus Rußland herausgeschmuggelt worden waren, und nicht weniger als 16 Stücke, die einst den Borgias gehört hatten – eine an sich unbezahlbare Sammlung, die auf einige Milliarden Dollar versichert war.

Mit der zweiwöchigen Ausstellung der Kruxator-Collection endete deren Tournee durch die Hauptstädte Europas; sie würde anschließend nach New York zurückkehren. Kruxator war vorausschauend genug gewesen, um die finanziellen Mittel für eine Kunstgalerie zu hinterlassen, in der diese Schätze ausgestellt werden konnten. Er wollte nicht in Vergessenheit geraten und hatte auf diese Weise dafür gesorgt, daß sein Name mit Künstlern wie van Gogh, Breughel, El Greco, Matisse, Picasso und anderen in Verbindung gebracht wurde. Obwohl er nichts von Kunst verstanden hatte, war er gerissen genug gewesen, um ein Geschäft zu wittern, das hohe Wertsteigerungen versprach, und hatte die Sammlung als Kapitalanlage betrachtet.

Ein privater Sicherheitsdienst war mit der ständigen Bewachung der kostbaren Gemälde, Zeichnungen und Juwelen beauftragt, aber von den jeweiligen Gastgeberstaaten wurden zusätzliche Sicherheitsmaßnahmen erwartet. Niemand bezweifelte, daß die beiden gepanzerten Sicherheitsfahrzeuge, in denen die Ausstellungsstücke transportiert wurden, ständig gefährdet waren. Wenn die Sammlung ausgestellt war, schützte eine komplizierte elektronische Alarmanlage jedes einzelne Stück.

Die Fracht traf um 16.06 Uhr an Bord einer außerplanmäßigen Boeing 747 auf dem Flughafen Heathrow ein. Das Flugzeug wurde zu einer Entladestation dirigiert, die möglichst weit von den Fluggastterminals entfernt war – in der Nähe der alten Hunting Clan Hangars, die den Namen dieser Firma noch immer in großen, weißen Buchstaben tragen.

Die Sicherheitsfahrzeuge standen bereit. Sie waren auf einer Fähre über den Kanal gekommen, nachdem sie die Sammlung am Vorabend auf dem Pariser Flughafen Charles de Gaulle abgeliefert hatten. Zwei Zivilfahrzeuge der Polizei mit jeweils vier bewaffneten Kriminalbeamten standen ebenfalls dort.

Entladen wurde das Flugzeug von vertrauenswürdigen Angestellten der Kruxator Agency, die ihre Sache so gut verstanden, daß die gesamte Fracht in weniger als einer Stunde von Bord geschafft und in den gepanzerten Fahrzeugen verstaut war. Der unauffällige Konvoi, der von einem der Polizeiwagen angeführt wurde, während der zweite die Nachhut bildete, fuhr in weitem Bogen den Rand des Flughafens entlang, bevor er sich in den normalen Verkehrsstrom durch die Unterführung zur Autobahn M4 einordnete. Inzwischen war es 17.15 Uhr, und die Abenddämmerung sank herab, während der Berufsverkehr nach und aus London zunahm. Trotzdem würde die kleine Kolonne in spätestens einer halben Stunde das Autobahnende erreichen, wo die Straße sich auf zwei Spuren verengt, den Verkehr über die unter dem schönen Namen Hammersmith Fly-over bekannte Überführung lenkt und dann auf die Cromwell Road entläßt.

Spätere Aussagen der Besatzungen der Polizeiwagen – die mit den Panzerfahrzeugen über Funk in Verbindung standen – ließen eine gewisse Verwirrung während des ersten Fahrtabschnitts erkennen. Eine schwarze Schönheit am Steuer eines violetten Sportwagens schaffte es, sich zwischen das an der Spitze rollende Polizeifahrzeug und den ersten Panzerwagen zu drängen, als der Konvoi eben die Rampe zur Überführung hinauffuhr. Gleichzeitig schob sich eine ebenso auffällige weiße Schönheit, die ein violettes Kleid trug und einen schwarzen Sportwagen fuhr, zwischen das zweite Sicherheitsfahrzeug und den die Nachhut bildenden Polizeiwagen.

Anfangs wurde über Funk noch nichts Besorgniserregendes gemeldet, obwohl die Abstände zwischen Polizei und Sicherheitsfahrzeugen sich durch die Manöver der beiden Frauen, die den violetten Lancia und den schwarzen Ferrari geschickt in den Konvoi gedrängt hatten, sich weiter vergrößerten. Der hinten fahrende Polizeiwagen unternahm zwei Überholversuche, um seine vorige Position wieder einzunehmen, wurde aber von dem Ferrari daran gehindert. Der Sportwagen schwenkte jeweils zur Seite, um zu verhindern, daß das Polizeifahrzeug überholte, oder machte die Spur frei, um anderen Wagen das Überholen zu gestatten. Auf ähnliche Weise trennte der Lancia die Spitze des Konvois von den übrigen Fahrzeugen. Bis er die Cromwell Road erreichte, hatte sich nicht nur die Lücke zwischen Polizei und Sicherheitsfahrzeugen vergrößert, sondern auch die beiden Panzerwagen fuhren nicht mehr unmittelbar hintereinander.

Die Route war unter dem Aspekt weitestgehender Sicherheit festgelegt worden. Der Konvoi sollte von der Cromwell Road nach links abbiegen, auf der Kensington High Street weiterfahren, dann vor Knightsbridge nach rechts abbiegen und durch das Einbahnstraßensystem die Exhibition Road erreichen. So würde er zuletzt vor dem Hintereingang des Victoria and Albert Museums halten – weit von dem exponierten, schwer zu überwachenden Haupteingang entfernt.

Der vordere Polizeiwagen befand sich auf der High-Street-Seite der Kensington Gardens auf Höhe des Hotels Royal Garden, und der hintere erreichte eben das Ende der High Street, als die Funkverbindung abriß.

Der vordere Wagen verstieß gegen sämtliche Sicherheitsvorschriften, indem er seine Sirene einschaltete und bei fast stehendem Verkehr auf der Straße wendete, um die Kensington High Street entlang zurückzufahren. Der hintere Wagen, dessen Besatzung ebenfalls in leichte Panik geraten war, drängte zugleich aggressiv nach vorn. Ein Chaos aus steckengebliebenen, hupenden Autos wurde plötzlich in dichte Schwaden eines violetten Rauchs gehüllt, der Atemnot verursachte. Die Fahrer und Begleiter der beiden Sicherheitsfahrzeuge sagten bei ihrer späteren Vernehmung übereinstimmend aus: »Der farbige Rauch war plötzlich da. Keine Warnung, kein Sprengsatz, nichts – nur dichter violetter Rauch, der einem die Sicht nahm. Dann hat das Fahrerhaus plötzlich unter Strom gestanden, als hätten wir einen schlimmen Kurzschluß im Bordnetz. Daraufhin stellt man als erstes den Motor ab, aber die Stromschläge haben nicht aufgehört, und wir wußten, daß wir einen tödlichen Schock kriegen könnten. Daß man da rausspringt, ist nur natürlich...«

Keiner von ihnen konnte sich daran erinnern, was nach ihrer Flucht aus den Fahrzeugen passiert war; alle vier waren – noch immer mit Schutzhelmen und schußsicheren Westen ausgerüstet – fein säuberlich aufgereiht auf dem Gehsteig liegend aufgefunden worden. Wie viele andere, die sich in der Nähe aufgehalten hatten, wurden sie wegen Atembeschwerden in stationäre Behandlung gebracht, denn der Rauch hatte die Atemwege schwer angegriffen.

Die beiden Sicherheitsfahrzeuge verschwanden einfach: so spurlos, als habe sich vor ihnen ein Loch in der Straße geöffnet, sie verschlungen und sich wieder über ihnen geschlossen.

Der die Ermittlungen leitende hohe Polizeibeamte trat in der Fernsehsendung ›News at Ten‹ auf und erklärte, der Raub sei auf die Sekunde genau geplant worden. Er müsse wieder und wieder geprobt worden sein. Wie er zuvor im Kollegenkreis festgestellt hatte, war der Zeitablauf so exakt gewesen, daß man annehmen müsse, dies sei ein computergestützter Überfall gewesen. Die einzigen Hinweise waren die beiden Sportwagen und die Personenbeschreibungen ihrer Fahrerinnen. Eine Nachfrage bei der Zulassungsstelle ergab jedoch, daß die Kennzeichen der Sportwagen – die von den Polizeibeamten genau registriert worden waren – niemals ausgegeben worden waren.

Der Raub der Kruxator Collection war gewagt, exakt,

brillant und sehr kostspielig. Die polizeiliche Ermittlungsarbeit, die keine wesentlichen Fortschritte brachte, machte einige Wochen lang Schlagzeilen. Die hinterhältigen Kommentare, die von einem Verstoß gegen Sicherheitsbestimmungen sprachen, und die Nachricht vom plötzlichen Ausscheiden eines Spitzenmanns – Commander James Bond – aus dem Secret Intelligence Service blieben auf Seite zwei verbannt und verschwanden bald ganz aus dem Blick der Öffentlichkeit.

2

Die Verbannung

Die Sache war in der Dienstanweisung eindeutig geregelt, denn dort hieß es in § 12 (3):

Jeder als aktiv eingestufte SIS-Offizier, dessen private Vermögensverhältnisse sich wesentlich ändern, informiert den Leiter der Abteilung F, legt die Veränderung in allen Einzelheiten dar und erbringt sämtliche schriftlichen Nachweise, die wünschenswert oder erforderlich erscheinen.

Die Abteilung F ist natürlich die Finanzabteilung, aber vertrauliche Informationen – zum Beispiel über James Bonds australische Erbschaft – wurden automatisch auch an M, die Personalstelle sowie den Stabschef weitergeleitet.

Im normalen Geschäftsleben wäre Bond von vielen Seiten herzlich zu seinem unerwarteten Geldsegen beglückwünscht worden. Nicht jedoch im Service. Die Mitarbeiter der Personalstelle sind traditionell und aufgrund ihrer Ausbildung verschwiegen. Weder M noch Bill Tanner wären auf den Gedanken gekommen, dieses Thema anzuschneiden, denn beide gehörten der alten Schule an, die private Vermögensverhältnisse zu Recht als Bestandteil des Privatlebens ihrer Mitarbeiter betrachtete. Die Tatsache, daß sie beide informiert waren, hinderte sie keineswegs daran, so zu tun, als wüßten sie nichts davon. Deshalb bedeutete es für Bond einen ziemlich heftigen Schock, als M eines Tages doch davon anfing.

In den Monaten unmittelbar vor dem Eintreffen der Benachrichtigung über seine Erbschaft war Bond mit geisttötenden Routinearbeiten beschäftigt gewesen. Er fand die zu seinem Job gehörende Schreibtischtätigkeit stets eintönig und langweilig, aber dieser Sommer – der jetzt eineinhalb Jahre zurücklag – war besonders lästig gewesen, vor allem weil Bond seinen gesamten Urlaub schon frühzeitig genommen hatte, wodurch er dazu verurteilt war, Tag für Tag am Schreibtisch zu sitzen und Akten, Aktennotizen, Weisungen und anderer Leute Berichte zu lesen. Wie es in Bonds Welt so häufig der Fall war, gab es absolut nichts – nicht einmal einen simplen vertraulichen Kurierauftrag –, was die Plackerei in diesen heißen Monaten hätte erträglicher machen können.

Anfang November traf dann die Erbschaft ein: in einem dicken braunen Umschlag mit in Sydney abgestempelten australischen Briefmarken, der buchstäblich aus heiterem Himmel in seinen Briefkasten plumpste. Der Schriftsatz stammte von einer Anwaltskanzlei, die viele Jahre für den jüngeren Bruder von Bonds Vater – einen Onkel Bruce, den Bond nie zu Gesicht bekommen hatte – tätig gewesen war. Onkel Bruce war offenbar als reicher Mann gestorben und hatte sein gesamtes Vermögen seinem Neffen James vermacht, der bisher kaum Privatvermögen besessen hatte. Dieser Zustand hatte sich jetzt schlagartig geändert.

Der Wert des Nachlasses betrug etwa eine Viertelmillion Pfund Sterling. Die Annahme des Erbes war lediglich an eine Bedingung geknüpft. Der alte Onkel Bruce hatte Sinn für Humor gehabt und deshalb verfügt, sein Neffe müsse innerhalb der ersten vier Monate mindestens hunderttausend Pfund ›leichtsinnig verschleudern‹.

Bond brauchte nicht lange zu überlegen, wie diese exzentrische Verfügung am besten zu erfüllen sei. Er war stets ein leidenschaftlicher Bentleyfahrer gewesen und trauerte noch immer den früheren Modellen nach, die er besessen, gefahren und geliebt hatte. Im vergangenen Jahr hatte er sich in den ganz neuen Bentley Mulsanne Turbo vergafft. Als der Erbschein endlich erteilt worden war, verfügte er sich geradewegs in Jack Barclays Autosalon am Berkeley Square und bestellte ein Exemplar des handgebauten Wagens – in British Racing Green, seiner alten Lieblingsfarbe, mit magnolienfarbener Innenausstattung.

Einen Monat später besuchte er die Rolls-Royce Car Division in Crewe und verbrachte einen angenehmen Nachmittag mit dem Direktor. Er erklärte ihm, er habe keine speziellen Einbauwünsche, mit Ausnahme eines kleinen versteckten Waffenfachs und eines Autotelefons mit großer Reichweite, das von den C. C. S.-Sicherheitsexperten zur Verfügung gestellt werden würde. Der Mulsanne Turbo wurde im späten Frühjahr ausgeliefert, und Bond, der den Wagen bei Bestellung bezahlt hatte, machte sich ein Vergnügen daraus, den restlichen Betrag – etwas über dreißigtausend Pfund – mit Freunden und vor allem Freundinnen zu verjubeln, wie er es schon seit Jahren nicht mehr getan hatte.

Aber 007 war nicht so leicht aus seiner Niedergeschlagenheit zu erlösen. Er sehnte sich nach irgendeiner Art Action – eine Sehnsucht, die er mit allzu vielen durchgemachten Nächten, dem Nervenkitzel an Spieltischen und einer lauwarmen Affäre mit einer jungen Frau, die er seit Jahren kannte, zu stillen versuchte. Aber diese kleine Romanze erlosch nach einigen Monaten flackernd wie eine herabgebrannte Kerze. Auch in seiner Zeit als Lotusesser gelang es Bond keineswegs, das ruhelos nervöse Gefühl zu verlieren, sein Leben habe plötzlich Ziel und Zweck eingebüßt.

Allerdings hatte es einen Abend im späten Frühjahr gegeben, an dem Bond sich prächtig amüsiert hatte: Als er mit Major Boothroyd, dem Waffenmeister der Abteilung Q, und dessen entzückender Assistentin Q'sinchen eine Handfeuerwaffe getestet hatte, die möglicherweise im Service eingeführt werden sollte. Die ASP 9 mm, eine für den Nahkampf modifizierte Version der Smith & Wesson 9 mm, erwies sich als eine der besten Waffen, die Bond je in der Hand gehabt hatte. Schließlich war die

ASP aufgrund einer Ausschreibung der amerikanischen Intelligence and Security Services konstruiert worden.

Mitte August, als es in London von Touristen wimmelte und das Hauptquartier am Regent's Park unter einer flimmernden Hitzeglocke brütete, wurde Bond von Miß Moneypenny, der treuen Sekretärin von M, zu seinem Chef bestellt, und er fand sich in dessen Büro ein, wo auch schon Bill Tanner wartete. Hier im neunten Stock mit Blick auf den heißen, staubigen Park verblüffte M Bond, indem er die australische Erbschaft erwähnte.

Moneypenny war diesmal ganz und gar nicht zu einem kleinen Flirt bereit, während Bond bei ihr im Vorzimmer wartete. Sie vermittelte ihm den deutlichen Eindruck, im Dienstzimmer von M erwarte ihn nichts Angenehmes – obwohl Bond nicht wußte, worum es sich handeln könnte. Dieser Eindruck verstärkte sich noch, als er vorgelassen wurde. Bill Tanner war anwesend, und M wirkte ebenso mißtrauisch und wachsam wie sein Stabschef. M erwiderte Bonds Blick nicht einmal, während Tanner sich kaum nach ihm umdrehte, um seine Anwesenheit zur Kenntnis zu nehmen.

»Wir haben ein Paar russischer Leichenfledderer in London«, stellte M nüchtern und ohne besonderen Nachdruck fest, sobald Bond vor seinem Schreibtisch Platz genommen hatte.

»Sir!« Auf diesen Eröffnungszug konnte er nicht anders reagieren.

»Uns unbekannte Leute«, fuhr M fort. »Keine diplomatische Tarnung, französische Papiere, aber eindeutig hochqualifizierte Leichenfledderer.« Bonds Chef sprach von sowjetischen Agenten, die den Auftrag hatten, potentielle Informanten und Doppelagenten anzuwerben.

»Soll ich sie in die erste Maschine zurück nach Moskau setzen, Sir?« Bonds Stimmung besserte sich etwas, denn selbst ein so einfacher Auftrag wäre angenehmer gewesen, als im Büro zu sitzen und Akten zu wälzen.

M ignorierte das Angebot. Statt dessen betrachtete er die Zimmerdecke. »Zu Geld gekommen, Nullnullsieben? Das hört man zumindest.«

»Eine kleine Erbschaft...«, Bond fand diese Bemerkung von M geradezu schockierend.

M zog fragend die Augenbrauen hoch und murmelte: »Klein?«

»Diese Leichenfledderer sind erstklassige Profis«, stellte Bill Tanner vom Fenster aus fest. »Die beiden waren anderswo schon recht erfolgreich – zum Beispiel in Washington –, obwohl es nie handfeste Beweise dafür gegeben hat. Washington und Bonn. Die Kerle haben dort ganz unauffällig gearbeitet, so daß niemand auf sie aufmerksam geworden ist, bis es zu spät war. In Washington haben sie erheblichen Schaden angerichtet, und in Bonn sogar noch mehr.«

»Die Ausweisungsverfügung ist eingetroffen, nachdem die Vögel ausgeflogen waren«, warf M ein.

»Sie wissen also, daß sich die beiden jetzt in Großbritannien aufhalten, und wollen handfeste Beweise für ihre Tätigkeit als Agentenwerber?« Bond hegte bereits einen unangenehmen Verdacht.

Bill Tanner kam vom Fenster herüber und zog einen Stuhl hinter sich her, damit er dicht vor Bond Platz nehmen konnte. »Tatsächlich haben wir sehr frühzeitig Wind vom Auftauchen der beiden bekommen. Vermutlich ahnen sie nicht, daß wir über sie informiert sind. Unsere Kollegen von Nummer fünf sind ausnahmsweise kooperativ gewesen...«

»Die beiden sind also hier aktiv?« Bond bemühte sich, ruhig zu bleiben, denn es sah weder M noch Bill Tanner ähnlich, wie die Katze um den heißen Brei herumzuschleichen. »Wollen Sie handfeste Beweise?« fragte er nochmals.

Tanner holte tief Luft wie ein Mann, der sich etwas von der Seele reden will. »M möchte sie anlocken«, stellte er halblaut fest.

»Ich brauche einen Köder«, knurrte M.

»Mich?« Bond griff in die Brusttasche seiner Jacke und zog sein Zigarettenetui aus Waffenstahl heraus.

»Bitte sehr«, sagte M und erteilte ihm damit Raucherlaubnis. Bond zündete sich eine H. Simmons Special an, die er in dem alten Geschäft in der Burlington Arcade, wo sie noch erhältlich waren, im großen einkaufte.

»Mich?« wiederholte Bond. »Ich soll den Köder spielen?«

»Ja, so ähnlich.«

»Entschuldigung, Sir, aber das ist so, als sagte man von einer Frau, sie sei ein bißchen schwanger.« Er lächelte kühl. »Soll ich nun den Köder spielen oder nicht?«

»Ja.« M räusperte sich; was er vorzuschlagen hatte, machte ihn offenbar verlegen. »Na ja... wir sind eigentlich wegen Ihrer... Ihrer unerwarteten kleinen Erbschaft auf diese Idee gekommen.« Er betonte das Wort *kleinen*.

»Ich verstehe nicht, was die damit zu tun hat...«

»Ich möchte Ihnen ein paar Fragen stellen.« M spielte mit seiner Pfeife. »Wie viele Leute wissen, daß Sie... äh... zu Geld gekommen sind?«

»Selbstverständlich alle hier im Service, die es dienstlich wissen müssen, Sir. Darüber hinaus nur mein Anwalt, der Testamentsvollstrecker meines verstorbenen Onkels und ich...«

»Kein Bericht in irgendeiner Zeitung, nichts herumerzählt, *nichts* öffentlich bekannt?«

»Gewiß nicht, Sir!«

M und Tanner wechselten einen Blick. »Sie haben in letzter Zeit ziemlich ausschweifend gelebt, Nullnullsieben«, sagte M mit finsterer Miene.

Bond wartete schweigend ab, was sich daraus entwikkeln würde. Wie er vermutet hatte, erwartete ihn hier nichts Angenehmes.

Tanner nahm den Gesprächsfaden auf. »Wissen Sie, James, es ist allerlei geredet worden. Klatsch. Den Leuten fallen gewisse Dinge auf, und in Whitehall ist überall zu hören, daß Commander Bond ein bißchen gefährlich lebt – Glücksspiel, der neue Bentley, äh ... Damenbekanntschaften, hohe Ausgaben ...«

»Und?« Bond hatte nicht die Absicht, es den beiden irgendwie leichter zu machen.

»Deshalb sind sogar unsere tapferen Verbündeten vom Grosvenor Square rübergekommen, um Fragen zu stellen – das tun sie, wenn einer unserer führenden Leute plötzlich seinen Lebensstil ändert.«

»Die Amerikaner halten mich für ein Sicherheitsrisiko?« erkundigte Bond sich aufgebracht. »Frechheit!«

M klopfte auf die Schreibtischplatte. »Lassen wir das, Nullnullsieben. Diese Anfrage war durchaus berechtigt. Sie haben in letzter Zeit tatsächlich den Playboy gespielt, und so was macht unsere Freunde immer mißtrauisch.«

»Und wenn *sie* in diesem Punkt empfindlich sind, weiß kein Mensch, was den anderen, die uns von Kensington Gardens aus beobachten, durch den Kopf geht«, fügte Tanner mit gezwungenem Lächeln hinzu.

»Unsinn!« wehrte Bond ab. »Dazu kennen sie mich viel zu gut. Sie kommen sofort hinter meine Erbschaft – falls sie sich dafür interessieren.«

»Oh, sie sind tatsächlich interessiert«, fuhr Tanner fort. »Ist Ihnen nichts aufgefallen?«

Bond runzelte die Stirn, während er den Kopf schüttelte.

»Nein? Na ja, warum auch? Die anderen sind sehr diskret gewesen. Keine ständige Überwachung oder dergleichen, aber unsere Leute auf der Straße haben gemeldet, daß Sie observiert werden. Manchmal tagsüber, gelegentlich nachts, Erkundigungen an den unwahrscheinlichsten Orten.«

Bond fluchte lautlos. Er kam sich dämlich vor. *Verhalte dich auch zu Hause wie draußen im Einsatz!* hatte er gelernt. Eine Grundregel – und er hatte nicht einmal gemerkt, daß er beschattet wurde... »Worauf wollen Sie hinaus?« fragte Bond und fürchtete die Antwort.

»Auf die Sache mit dem Köder.« Bill Tanner lächelte schwach. »Auf ein kleines Verwirrspiel mit Ihnen als Hauptdarsteller, James.«

Bond nickte. »Hab' ich's doch gewußt: Ich soll der Köder sein.«

»Das ist nur vernünftig.« M konzentrierte sich auf seine Pfeife. »Die Voraussetzungen sind ideal...«

Diesmal explodierte Bond und gab seinen Gefühlen lautstark Ausdruck. Er stellte fest, dies sei der dümmste Plan, den er je gehört habe. Kein Agentenwerber einer fremden Macht werde ernstlich an ihn herantreten – und wenn er's täte, würden seine Vorgesetzten dieses Vorhaben binnen zehn Sekunden abwürgen. »Das kann doch wohl nicht Ihr Ernst sein, oder?« fragte er zuletzt ziemlich lahm.

»Doch, doch, Nullnullsieben. Ich stimme Ihnen zu, daß die anderen eigentlich die Finger von Ihnen lassen sollten. Aber wir müssen uns an die Tatsachen halten: Die anderen sind bereits *sehr* an Ihnen interessiert und...«

»Niemals!« widersprach Bond.

»Wir haben schon einen Plan ausgearbeitet, Nullnullsieben, den wir in die Tat umsetzen wollen. Muß ich Sie daran erinnern, daß Sie mir unterstellt sind?«

Bond, der diesen Plan für Wahnsinn hielt, blieb nichts anderes übrig, als stillzusitzen und den beiden zuzuhören, während M und Tanner ihm ihr Vorhaben wie zwei Theaterregisseure auseinandersetzten, die einem nicht sonderlich hellen Schauspieler seine Rolle erklären.

»Im geeigneten Augenblick holen wir Sie ein«, sagte M säuerlich lächelnd.

»Hausinterne Ermittlungen«, ergänzte Bill Tanner.

»Dabei wird sichergestellt, daß die Presse ein paar Tips bekommt.«

»Fragen im Unterhaus.«

»Andeutungen über einen Skandal. Korruption im Service.«

»Und Sie nehmen Ihren Abschied.«

»Wobei der Eindruck entsteht, daß Sie in Wirklichkeit von uns in die Verbannung geschickt worden sind. Und wenn das nicht genügt, um die Leichenfledderer anzulocken, haben sie was ganz anderes vor. Warten Sie ab, bis Sie wieder von mir hören, Nullnullsieben.«

So geschah es dann – allerdings nicht wegen der Leichenfledderer, wie sie ihm gegenüber behauptet hatten. In Regierungskreisen liefen Gerüchte um; Klatsch in den Clubs, Tratsch auf den Toiletten der Ministerien, Andeutungen an die Presse, Andeutungen in der Presse, sogar Anfragen im Unterhaus – und zuletzt das Ausscheiden von Commander James Bond.

3

Das süße Leben

In dem Monat vor dem Raub der Kruxator Collection hatte Bond ein recht behagliches Luxusleben geführt. Er blieb bis Mittag im Bett und ging erst abends in Restaurants, Clubs und Spielkasinos aus – im allgemeinen mit einem hübschen Mädchen im Schlepp. Seit dem beklagenswert ungeschickten Auftritt des Personalreferenten des Außenministeriums, der sich im Unterhaus bemüht hatte, gewisse Skandale herunterzuspielen, die mit dem Namen eines geheimdienstlichen Mitarbeiters seines Ministeriums verknüpft waren, und den Vorwurf der Opposition zurückzuweisen, hier solle ein Geheimdienstskandal vertuscht werden, hatte die Presse sich überraschenderweise kaum mehr für Bond interessiert. Er hatte keinerlei Kontakt mehr zu seiner früheren Dienststelle. Seine ehemaligen Kollegen schnitten ihn demonstrativ, wenn sie ihm begegneten. Eines Abends saß er im Inn on the Park nur zwei Tische weit von Anne Reilly entfernt – der attraktiven und begabten Assistentin des Waffenmeisters der Abteilung Q. Bond sah zu ihr hinüber und lächelte, aber sie blickte durch ihn hindurch, als sei er Luft für sie.

Gegen Ende April, an einem sonnigen, milden Donnerstag gegen zwölf Uhr, klingelte das Telefon in Bonds Wohnung. Bond, der sich eben rasierte, packte den Hörer, als hätte er ihn am liebsten erdrosselt.

»Ja?« knurrte er.

»Oh!« sagte eine überraschte Frauenstimme. »Ist dort The Record Shop in der Dean Street?«

»Ganz bestimmt nicht!« Bond lächelte nicht einmal.

»Aber ich weiß ganz sicher, daß ich sieben-drei-vier-acht-sieben-sieben-sieben gewählt habe...«

»Trotzdem falsch verbunden.« Er knallte den Hörer auf die Gabel, so sehr hatte ihn dieser offenbar versehentliche Anruf irritiert.

Später an diesem Nachmittag rief er die blonde British-Airways-Stewardeß an, mit der er abends hatte ausgehen wollen, und sagte bedauernd ab. Anstatt zu zweit im Connaught zu dinieren, aß Bond allein bei Veeraswamy's, dem ausgezeichneten indischen Restaurant in der Swallow Street, wo er ein Chicken Vindaloo mit allen Zutaten bestellte, sich beim Kaffee Zeit ließ, dann zahlte und pünktlich um 21.15 Uhr das Lokal verließ. Der prächtig uniformierte bärtige Türsteher grüßte zackig und rief laut nach einem Taxi. Bond gab ihm ein Trinkgeld und nannte dem Fahrer seine Adresse; als sie am St. James's Park vorbei waren, ließ er das Taxi jedoch halten und ging zu Fuß weiter. Bond schlenderte scheinbar ziellos durch die Straßen, bog in Seitenstraßen ab, überquerte mehrmals die Fahrbahn, schlug Haken, lungerte an Straßenecken herum und überzeugte sich davon, daß er nicht beschattet wurde.

Nachdem er dieses Spiel fast eine halbe Stunde lang getrieben hatte, stand er zuletzt in einer Einfahrt in der Nähe der St. Martin's Lane. Bond beobachtete zwei Minuten lang ein beleuchtetes Fenster auf der anderen Straßenseite. Um Punkt 22 Uhr erlosch das Licht, flammte wieder auf, erlosch zum zweitenmal und brannte dann weiter.

Bond überquerte rasch die Straße. Er verschwand in einer weiteren Einfahrt, stieg eine schmale Treppe hinauf und stand auf dem ersten Treppenabsatz vor einer Tür mit der Aufschrift *Rich Photography Ltd. Models available.* Als er auf den kleinen Klingelknopf am rechten Türrahmen drückte, erklang sehr weit dahinter ein Gong, der an die Werbemelodie einer bekannten Kosmetikfirma erinnerte. Dann waren leise Schritte zu hören, bevor mehrere Riegel zurückgezogen wurden.

Die Tür ging nach innen auf und gab den Blick auf Bill

Tanner frei, der Bond mit einem Nicken aufforderte hereinzukommen. Er folgte Tanner den kleinen Korridor entlang, in dem die Farbe von den Wänden blätterte und es durchdringend nach Schmierseife roch, und durch die Tür am anderen Ende. Das Zimmer war sehr klein und vollgestopft. In einer Ecke stand ein französisches Bett, das zum Teil unter einer gräßlich gemusterten Tagesdecke verschwand, und ein räudig wirkender Teddybär hockte auf einer orangeroten, herzförmigen, mit imitierter Seide bezogenen Nachthemdschachtel. Dem Bett gegenüber stand ein Kleiderschrank, dessen halboffene Tür eine geschmacklos billige weibliche Garderobe erkennen ließ. Der winzige Toilettentisch war randvoll mit Kosmetika in Dosen, Tiegeln und Fläschchen. Über einem leise fauchenden Gasfeuer im Kamin blickte ein Druck von *The Green Lady* aus einem Plastikrahmen auf zwei Sessel herab, die aus dem Puppenhaus eines kleinen Mädchens hätten stammen können.

»Herein mit Ihnen, Nullnullsieben! Freut mich zu sehen, daß Sie einfache Rechenaufgaben lösen können.« Die Gestalt in einem der Sessel drehte sich um, und Bond blickte in die vertrauten kalten grauen Augen seines Chefs.

Tanner schloß die Tür und trat an ein Tischchen mit mehreren Flaschen und Gläsern.

»Freut mich, Sie zu sehen, Sir«, antwortete Bond mit einem Lächeln und streckte ihm die Hand entgegen. »Sieben und drei ist zehn. Das kann sogar ich ausrechnen.«

»Niemand im Schlepp?« fragte der Stabschef besorgt und trat seitlich an das Fenster, das Bond von der anderen Straßenseite aus beobachtet hatte.

»Garantiert nicht – es sei denn, jemand hätte ungefähr hundert Mann zu Fuß und zwanzig Wagen auf mich angesetzt. Der Verkehr ist heute abend zäh wie Sirup. Schlimm wie immer an Donnerstagen – die Geschäfte haben bis spät abends geöffnet, und die Pendler bleiben gleich in der Stadt, weil ihre Frauen oder Freundinnen reinkommen.«

Das Telefon klingelte altmodisch laut. Tanner war mit zwei Schritten am Apparat.

»Ja?« sagte er. »Ja... gut... in Ordnung.« Er lächelte, als er den Hörer auflegte. »Alles klar, Sir. Er ist nicht beschattet worden.«

»Ich habe Ihnen doch gesagt, daß...«, begann Bond, aber Tanner unterbrach ihn mit der Aufforderung, ihnen bei einem Gin Tonic Gesellschaft zu leisten. Bond machte ein finsteres Gesicht und schüttelte den Kopf. »Danke, ich habe in den letzten Wochen genügend Alkohol getrunken, um mehrere kleine Schiffe flottzumachen...«

»Das haben wir gemerkt!« grunzte M.

»Auf Ihren Befehl hin, Sir. Ich möchte Sie daran erinnern, daß ich von Anfang an gesagt habe, daß daraus nichts werden würde. Niemand in unserer Branche würde auch nur andeutungsweise glauben, daß ich einfach so aus dem Service ausscheiden könnte. Die Stille ist geradezu ohrenbetäubend gewesen.«

M grunzte nochmals. »Setzen Sie sich, Nullnullsieben. Setzen Sie sich hin, und hören Sie mir zu. Das Schweigen ist keineswegs so ohrenbetäubend gewesen. Im Gegenteil: In einschlägigen Kreisen herrscht ziemlicher Lärm – nur Sie sind auf einer anderen Frequenz gewesen. Wir haben Sie im Ungewissen gelassen, fürchte ich, aber das war notwendig... zumindest, bis wir die Kollegen in den anderen Geheimdiensten davon überzeugt hatten, daß Sie für uns *Persona non grata* seien. Vergessen Sie, was wir Ihnen bei unserer letzten Besprechung erzählt haben. Jetzt kommen wir zu Ihrem eigentlichen Auftrag. Sehen Sie sich diese Aufnahme an... und diese... und diese.«

Wie ein erfahrener Pokerspieler legte M nun drei Fotos, die einen Mann und zwei Frauen zeigten, vor Bond hin.

»Der Mann«, sagte er schließlich, »gilt als tot. Er hieß Doktor Jay Autem Holy.« M berührte eines der Fotos mit dem Finger und tippte danach das nächste an. »Diese Dame ist seine Witwe, und dies hier...« Sein Finger deutete auf das dritte Foto. »...dies hier ist dieselbe Dame. Sie hat sich so sehr verändert, daß ihr eigener Mann sie vermutlich nicht wiedererkennen würde, falls er von den Toten auferstehen sollte, was vermutlich der Fall sein wird.« M griff nach der dritten Aufnahme. »Von ihr erfahren Sie alle nötigen Einzelheiten. Sie wird Sie sogar ein bißchen ausbilden. Sie heißt Proud, Miß Persephone Proud.«

Proud war mollig und hatte unscheinbares braunes Haar, eine Brille mit dicken Gläsern, schmale Lippen und eine spitze, für ihr ziemlich rundliches Gesicht zu große Nase. Zumindest schaute sie auf dem Foto so aus, das sie vor einigen Jahren zeigte, als sie mit Jay Autem Holy verheiratet gewesen war. M behauptete, daß auch Bond sie jetzt nicht wiedererkennen würde. Das wunderte ihn auch nicht, als er das dritte Foto näher betrachtete.

»Sie haben einen anderen Auftrag für mich?« fragte Bond etwas geistesabwesend, ohne dabei den Kopf zu heben.

»Ganz recht. Sie werden jetzt von ihr erwartet.«

»Ja?«

»In Monaco. Im Hôtel de Paris in Monte Carlo. Hören Sie mir jetzt bitte gut zu, Nullnullsieben. Sie müssen sich viel merken, und ich möchte, daß Sie Anfang der Woche losfahren. Sie müssen natürlich weiterhin so tun, als seien Sie von uns verstoßen worden. Aber das haben wir gemeinsam mit unseren amerikanischen Vettern von Anfang an so vorgehabt.«

M sprach eindringlich etwa eine Viertelstunde lang, ohne Zwischenfragen zuzulassen, bevor Bond unter Beachtung umständlicher Sicherheitsvorkehrungen das Haus verlassen durfte, damit er auf der Heimfahrt nicht observiert werden konnte. Bond hatte damit nicht zum erstenmal den Auftrag erhalten, in eine andere Rolle, eine andere Identität zu schlüpfen. Aber von allen zweifelhaften Rollen, die er bisher für sein Land gespielt hatte, sollte diese mehr als jede andere den Anschein erwecken, eine unehrenhafte zu sein.

4

Stolze Percy

Bond genoß die Fahrt durch Frankreich bis zur Riviera ganz besonders, weil er dabei erstmals Gelegenheit hatte, den riesigen Mulsanne Turbo auszufahren. Der Wagen schien es zu genießen, seine Arbeit mit an Vollendung grenzender Präzision zu verrichten. Die Firma Bentley hatte mit diesem Wagen zweifellos einen weiteren Vollblutrenner herangezüchtet. Der Mulsanne reckte seine lange, elegante Kühlerhaube nach vorn, hielt mit Leichtigkeit eine Reisegeschwindigkeit von über 170 Stundenkilometern ein und fraß die Kilometer ohne Mühe und Lärm, als schwebe er auf einem Luftkissen über den Asphalt.

Bond hatte London am Montagmorgen in aller Frühe verlassen und wußte, daß Miß Proud ab Dienstagabend jeweils zwischen 22 und 23 Uhr im Casino sein würde.

Am Dienstagabend, kurz nach 18 Uhr, rollte der Mulsanne in Monaco am Place Casino vorbei und hielt vor dem Haupteingang des Hôtel de Paris. Es war ein prachtvoller klarer Frühlingsabend, an dem kaum ein Windhauch die Palmen des Parks vor dem Grand Casino bewegte. Nachdem Bond den Motor abgestellt hatte, überzeugte er sich davon, daß das kleine versteckte Waffenfach unter dem Echtholz-Instrumentenbrett rechts neben dem Lenkrad verriegelt und der Sicherheitsschlüssel des zwischen den Vordersitzen eingebauten, sehr leistungsfähigen Autotelefons Super 1000 abgezogen war. Dann stieg er aus, sah sich im Place um und roch eine Mischung aus Mimosenduft, starkem französischen Tabak und der milden Meeresluft.

Wie alle benachbarten Groß- und Kleinstädte entlang der Côte d'Azur bezauberte Monte Carlo durch den nur ihm eigenen Duft. Bond stellte sich vor, daß ein Vermögen damit zu verdienen sein müßte, wenn es gelänge, ihn auf Flaschen zu ziehen, um allen, die das Fürstentum in seiner glanzvollsten Zeit gekannt hatten, Gelegenheit zu geben, in wehmütigen Erinnerungen zu schwelgen. Denn das ehemalige Spielerparadies Europas war nicht mehr die märchenhafte Stadt, als die sie in der Erinnerung derer weiterlebte, die dort Reichtümer und Herzen gewonnen und verloren hatten. Pauschalreisen, Wochenendurlaube und Charterflüge hatten dem Märchen ein Ende bereitet. Monaco verdankte das Weiterbestehen seines luxuriös eleganten Schimmers nur der Existenz seiner Fürstenfamilie und den hohen Preisen, die Spekulanten, Hotelbesitzer, Restaurantinhaber und Geschäftsleute verlangten. Selbst sie hatten keinen absolut sicheren Schutzwall gegen einige der gräßlichsten Auswüchse der achtziger Jahre errichten können. Bei seinem letzten Besuch hatte Bond entsetzt feststellen müssen, daß in den exklusiven Salles Privées des Casinos Spielautomaten aufgestellt worden waren. Diesmal hätte er sich nicht gewundert, wenn dort auch Telespiele Einzug gehalten hätten.

Sein Zimmer lag in Richtung Meer, und bevor er duschte und sich auf den Abend vorbereitete, stand er auf dem Balkon, blickte über die funkelnden Lichter hinaus und trank mit langsamen Schlucken einen Martini. Dabei fragte er sich einen Augenblick, ob es nicht vielleicht doch möglich sei, die Stimmen und das Lachen früherer, glücklicherer Tage zurückzuholen.

Nach einem leichten Abendessen – klare Kraftbrühe, Seezunge vom Grill und *Mousse au chocolat* – überprüfte er nochmals den Wagen, schlenderte dann zum Casino hinüber, zahlte den Eintritt zu den sagenumwobenen Salles Privées und kaufte Jetons für fünfzigtausend Francs – etwa viertausend Pfund Sterling.

Gespielt wurde vorerst nur an einem der Tische. Als Bond den Saal durchquerte, sah er Persephone Proud zum ersten Mal. M hatte untertrieben, als er behauptet hatte, nicht einmal ihr Ehemann würde sie jetzt wiedererkennen. Bond, der das ›Nachher‹-Foto, wie M es genannt hatte, für kaum glaubwürdig gehalten hatte, konnte sich diese Frau – unzweifelhaft die auf dem Foto Abgebildete – nur mühsam dicklich und unscheinbar vorstellen.

Sie stand in einem schulterfreien Abendkleid mit dem Rücken an die Bar gelehnt: eine großgewachsene, gertenschlanke Gestalt, den Kopf leicht zur Seite gelegt, mit kleinen Brüsten, die sich unter dem fast durchsichtigen Stoff abzeichneten. Langes aschblondes Haar fiel ihr bis auf die sonnengebräunten Schultern, und ihre blaugrauen Augen, in denen ein amüsiertes Lächeln stand, verfolgten die Ereignisse am Spieltisch. Um ihren Mund, dessen Lippen jetzt voller wirkten, spielte ein schwaches Lächeln, und die einst zu große Nase hatte sich fast in eine Stupsnase verwandelt.

Faszinierend! dachte Bond. Faszinierend, was strenge Diät, eine Nasenoperation, Kontaktlinsen und ein geschicktes Make-up bewirken konnten.

Er ging zum Spieltisch weiter, nahm auf einem freien Stuhl Platz, nickte dem Croupier zu und beobachtete das Spiel drei Runden lang, bevor er fünfundzwanzigtausend Francs auf *Impair* setzte.

Der Croupier rief sein fast rituelles »*Mesdames, Messieurs, faites vos jeux!*« Alle Augen beobachteten ihn, als er die Kugel in den Roulettekessel warf.

»*Rien ne va plus.*« Bond sah zu den drei anderen Spielern hinüber: ein ruhiger, amerikanisch aussehender Mann Ende Vierzig mit blauschwarzem Bartschatten und dem stahlharten Blick eines professionellen Glücksspielers; eine Frau, die er auf Anfang Siebzig schätzte und die nach der Mode der vorigen Saison gekleidet war; ein schwergewichtiger Chinese, dessen Alter nicht zu schätzen war. Alle beobachteten jetzt den Roulettekessel, in dem die Kugel nach mehreren Sprüngen auf einer

Zahl liegenblieb. *»Dix-sept, rouge, impair et manque«*, verkündete der Croupier in dem an den Spieltischen üblichen merkwürdigen Singsong. Siebzehn, Rot, Ungerade und eine Zahl zwischen eins und 18.

Der Rechen glitt rasch über den grünen Filz des Tableaus, kassierte den Gewinn der Bank ein und schob die restlichen Jetons den Gewinnern zu, zu denen auch Bond gehörte, der mit *Impair* eine einfache Chance gespielt und seinen Einsatz gewonnen hatte. Beim nächsten Aufruf setzte er erneut fünfundzwanzigtausend Francs auf *Impair*. Auch diesmal gewann er, weil die Kugel auf die Elf fiel. *Impair* zum drittenmal, und die Kugel blieb auf der Fünfzehn liegen. Mit drei Spielen hatte Bond fünfundsiebzigtausend Francs gewonnen. Er spielte einfache Chancen und setzte hoch, um auf diese Weise hoch zu gewinnen. Die anderen Spieler setzten *à Cheval, Carré* oder *Colonne,* um siebzehnfach, achtfach oder wenigstens zweifach gewinnen zu können. Bond setzte seine gesamten fünfundsiebzigtausend Francs auf *Pair* – und gewann fünfundsiebzigtausend Francs dazu, als die Kugel auf die Vierzehn fiel. Jetzt mußte er allmählich aufhören. Er ließ einen Fünftausend-Franc-Jeton über den Tisch gleiten, murmelte *»Pour les employés!«* und schob seinen Stuhl zurück. Ein halblauter Aufschrei, als die Stuhllehne gegen die Oberschenkel der jungen Frau stieß; dann spürte Bond etwas Feuchtes auf seiner linken Backe, weil sie etwas von ihrem Drink verschüttet hatte. Ein ganz natürlicher Vorfall, denn der Engländer hatte nicht gemerkt, daß sie hinter ihm stand. Dieses Manöver war weit vom Spieltisch entfernt in der sicheren Wohnung an der St. Martin's Lane besprochen worden.

»Oh, entschuldigen Sie... *Pardon, Madame, je...*«

»Danke, bemühen Sie sich nicht – ich spreche Englisch.« Ihre Stimme war ein angenehmer klarer Alt. »Das ist mein Fehler gewesen. Ich hätte nicht so dicht hinter Ihnen stehen dürfen. Aber das Spiel ist so...«

»Ich darf Sie doch wenigstens zu einem frischen Drink einladen?«

Bond, der sich inzwischen das Gesicht abgetrocknet hatte, nahm ihren Arm und führte sie zu der kleinen Bar. Einer der smokingtragenden Sicherheitsbeamten grinste, als er den beiden nachsah. Hatte er nicht schon oft erlebt, wie Frauen sich auf diese Weise an Männer heranmachten? Aber das schadete nichts, solange die Frauen keine Profis waren – und diese war eine amerikanische Touristin. Im stillen wünschte er den beiden alles Gute.

»Mister...?« Sie hob ihren Champagnercocktail, um ihm zuzutrinken.

»James Bond. Meine Freunde sagen James zu mir.«

»Und meine nennen mich Percy. Persephone Proud klingt wirklich zu bombastisch.«

Bond lächelte ihr über sein Glas hinweg zu. »Percy Proud«, sagte er, indem er eine Augenbraue hochzog. »Darauf trinke ich gern!«

Percy war eine unverkrampfte, lockere junge Frau, eine amüsante Gesprächspartnerin mit Sinn für Humor und das Lächerliche.

»Okay, James...« Sie saßen einander schließlich in Percys Zimmer im Hôtel de Paris bei Champagnercocktails gegenüber. »...kommen wir also zur Sache. Wieviel wissen Sie bereits?«

»Nur sehr wenig.« *Sie erläutert Ihnen alle Einzelheiten,* hatte M gesagt. *Überlassen Sie sich ihrer Führung; haben Sie Vertrauen zu ihr; lassen Sie sich von ihr belehren. Sie weiß mehr über diesen Fall als jeder andere.*

»Sie kennen dieses Bild?« Sie zog ein kleines Foto aus ihrer Handtasche. »Ich hab's nur mitgebracht, um es Ihnen zu zeigen und dann zu verbrennen. Ich will unter keinen Umständen damit erwischt werden.«

Das Foto war ein kleinerer Abzug der Aufnahme, die Bond in der sicheren Wohnung an der St. Martin's Lane vorgelegt worden war.

»Jay Autem Holy«, sagte James Bond. Der Mann schien ziemlich groß zu sein, hatte einen hochgewölbten Schädel mit spärlichem Haarwuchs und zeichnete sich durch eine bemerkenswerte Hakennase aus.

»*Doktor* Jay Autem Holy«, verbesserte Percy ihn.

»Verstorben. Und Sie sind die Witwe – obwohl ich Sie aufgrund einiger Fotos, die ich gesehen habe, nicht wiedererkannt hätte.«

Ihr rasches Kichern war ansteckend. »Ja, bei mir hat's ein paar Veränderungen gegeben.«

»Allerdings! Die andere Erscheinung wäre nicht einmal in Schwarz attraktiv gewesen ... Sie dagegen sehen in allem blendend aus.«

»Mit Schmeichelei erreicht man bei uns Frauen alles, James Bond. Aber ich glaube, daß Mistreß Holy niemals Trauerkleidung gebraucht hat. Er ist nämlich nie richtig gestorben, verstehen Sie?«

»Erklären Sie's mir noch mal.«

Sie begann mit einer Story, die er bereits von M kannte. Vor mehr als einem Jahrzehnt, als Dr. Jay Autem Holy noch ausschließlich fürs Pentagon gearbeitet hatte, war eine Grumman Mohawk des U. S. Marine Corps in den Grand Canyon gestürzt. An Bord dieses Flugzeugs waren lediglich Dr. Holy und General Joseph ›Rolling Joe‹ Zwingli gewesen.

»Wie Sie bereits wissen, ist Jay Autem seiner Zeit weit voraus gewesen«, fuhr Percy fort. »Ein Computergenie, schon bevor die meisten Leute überhaupt von Computern gehört hatten. Er hat fürs Pentagon an sehr komplizierten modernen Programmen gearbeitet. Das Flugzeug ist an einer kaum zugänglichen Stelle abgestürzt und von der Strömung zerschlagen worden; die Leichen der beiden sind niemals gefunden worden. Jay Autem hatte eine ganze Anzahl Magnetbänder mit wichtigen Computerprogrammen bei sich, als er verschwunden ist. Diese Magnetbänder sind natürlich ebenfalls nicht aufgefunden worden. Er hat damals an einem Gefechtsprogramm für die Simulatorausbildung von Offizieren gearbeitet und stand kurz vor der Fertigstellung eines computerisierten Systems zur Vorausberechnung feindlicher Bewegungen auf dem Schlachtfeld. Seine Forschungsergebnisse sind buchstäblich unbezahlbar gewesen.«

»Und der General?«

»Rolling Joe? Ein Spinner. Ein mit hohen Orden ausgezeichneter tapferer Spinner. Seiner Überzeugung nach waren die Vereinigten Staaten vor die Hunde gegangen – vor kommunistische Hunde. Er hat sich offen dafür ausgesprochen, das dortige politische System mit Gewalt zu verändern – das Militär sollte die Macht übernehmen. Seiner Ansicht nach hatten die Politiker abgewirtschaftet, die moralischen Grundlagen Amerikas waren beim Teufel, und die Leute sollten dazu *gezwungen* werden, sich wieder mehr um ihr Land zu kümmern.«

Bond nickte. »Soviel ich gehört habe, hatte Doktor Holy ebenfalls einen Spitznamen, wie ›Rolling Joe‹ Zwinglis Spitzname gewesen ist.«

Sie lachte erneut. »Zwingli hat sich seinen Spitznamen dadurch verdient, daß er im Zweiten Weltkrieg als blutjunger Pilot die Angewohnheit hatte, seine B-17 Flying Fortress nach jedem Start dadurch zu testen, daß er in dreihundert Meter Höhe eine Rolle steuerte.«

»Und Doktor Holy?« hakte Bond nach.

»Seine Kollegen und manche seiner Freunde haben ihn ›Holy Terror‹ genannt. Er konnte ein anspruchsvoller Boß sein.« Percy machte eine Pause, bevor sie hinzufügte: »Und ein anstrengender Ehemann.«

»Gewesener Ehemann.« Bond behielt sie sorgfältig im Auge und beobachtete, wie sie ihren Champagnercocktail austrank und das Glas sorgfältig auf dem Tischchen zwischen ihnen abstellte, bevor sie den Kopf schüttelte.

»O nein«, sagte sie leise. »Jay Autem Holy ist nicht

bei diesem Flugzeugabsturz umgekommen. Einige wenige Leute haben das seit Jahren gewußt. Jetzt gibt's endlich Beweise dafür.«

»Beweise? Wo?« Er steuerte auf den Augenblick zu, auf den M ihn vorbereitet hatte.

»Praktisch vor Ihrer Nase, James. In Oxfordshire, wo England am ländlichsten ist. Aber das ist noch längst nicht alles. Erinnern Sie sich an den Raub der Kruxator Collection in London? Und an den Überfall, bei dem Gold im Werte von zwanzig Millionen Pfund Sterling geraubt worden ist?«

Bond nickte wortlos.

»Und an den Geldraub, bei dem die Boeing 747 der British Airways mit zweihundertfünfzig Millionen Pfund Sterling in ausländischen Währungen entführt worden ist, die in London gedruckt worden waren und an zwei Notenbanken ausgeliefert werden sollten?«

»Selbstverständlich.«

»Wissen Sie noch, was diese Verbrechen gemeinsam gehabt haben, James?«

Er hielt sein Zigarettenetui aus Waffenstahl Percy hin, die mit einer kaum wahrnehmbaren Handbewegung dankend ablehnte. Bond wunderte sich über sich selbst, als er das Etui daraufhin zuklappte und wieder einsteckte, ohne sich eine Zigarette anzuzünden. Er runzelte die Stirn.

»Jeweils große Beträge«, stellte er fest. »Generalstabsmäßig geplant... Augenblick, hat Scotland Yard nicht gesagt, sie hätten beinahe computergesteuerte Verbrechen sein können?«

»Richtig! Das ist die Antwort.«

»Percy...« Bonds Stimme klang leicht verwirrt. »Worauf wollen Sie hinaus? Was wollen Sie damit andeuten?«

»Daß Doktor Jay Autem Holy gesund und munter in der kleinen Ortschaft Nun's Cross nördlich von Banbury in eurem lieblichen Oxfordshire lebt. Erinnern Sie sich noch an Banbury, James? An den Ort, zu dem man mit dem Steckenpferd reiten kann, wie's in dem Kindervers heißt?« Sie wurde wieder ernst. »Dort hat er sich jedenfalls verkrochen und plant Verbrechen – möglicherweise auch Terroranschläge – mit Hilfe von Computersimulationen.«

»Beweise?«

»Nun...« Erneut eine Pause. »Daß aus dem Flugzeugwrack keine Leichen geborgen worden sind, ist nicht ganz richtig. Die des Piloten ist geborgen worden – als einzige. Die Polizei und verschiedene Nachrichten- und Geheimdienste fahnden seitdem nach Jay Autem Holy.«

»Und sie haben ihn plötzlich in Oxfordshire aufgespürt?«

»Ja, beinahe durch Zufall. Einer eurer Special-Branch-Leute ist wegen eines ganz anderen Falls in dieser Gegend gewesen. Er hat zwei bekannte Londoner Ganoven dorthin verfolgt.«

»Und sie haben ihn zu...?«

Percy stand auf und ging langsam vor dem Fenster auf und ab.

»Sie haben ihn zu einer Firma namens Gunfire Simulations geführt, einer kleinen Firma für Computersimulationen in dem Dorf Nun's Cross, und dort hat er ein Gesicht aus dem Fahndungsbuch gesehen. Er hat seine Beobachtung überprüft und dabei festgestellt, daß dieses Gesicht Doktor Jay Autem Holy gehörte. Jetzt nennt er sich allerdings Professor Jason St. John-Finnes. Das Haus, in dem er wohnt, heißt Endor.«

»Wie in der Hexe von Endor?«

»Richtig!«

Percy blieb kurz stehen und stützte sich auf die Rükkenlehne von Bonds Sessel, wobei ihr Arm sein Ohr streifte. Bond brachte es nicht über sich, in diesem Augenblick den Kopf zur Seite zu drehen und in das Gesicht über seiner Schulter zu sehen.

»Sie veranstalten dort sogar kameradschaftliche kleine

Wochenendpartys mit Kriegsspielen, zu denen alle möglichen Gäste kommen«, fuhr Percy fort. Sie richtete sich wieder auf, ging zur Couch, nahm dort Platz und streifte die Schuhe ab, um ihre langen, schlanken Beine hochziehen zu können.

»Das Dumme daran war nur, daß das alles für den amerikanischen Service längst kein Geheimnis mehr war. Die Amerikaner hatten die dortige Entwicklung schon seit einiger Zeit beobachtet. Sie hatten sogar jemanden ins Haus Endor eingeschleust, ohne irgend jemandem davon zu erzählen.«

Bond grinste. »Das muß meinen Leuten gefallen haben! Immerhin gibt's Spielregeln für die Arbeit im jeweils anderen Land, und...«

»Soviel ich gehört habe«, unterbrach Percy ihn mit leicht heiserer, gedehnter Stimme, »hat es offene und freimütige Diskussionen gegeben, wie's so schön heißt.«

»Kann ich mir vorstellen!« Bond überlegte kurz. »Soll das heißen, daß Jay Autem Holy – den das Pentagon liebend gern zurückhätte und der als vermißt, vielleicht sogar tot gilt – es geschafft hat, sich in diesem Dorf Nun's Cross niederzulassen, ohne irgendeine Maske oder Tarnung außer neuen Personalpapieren zu brauchen?«

Percy streckte die Beine aus, so daß sie nun fast auf der Couch lag, und fuhr mit einer Hand spielerisch über den Teppichboden.

»Kein leicht zu tarnender Mann«, stellte sie fest. »Aber genau das ist ihm gelungen. Er geht allerdings selten aus und läßt sich kaum jemals im Dorf blicken. Seine sogenannte Frau kümmert sich um die geschäftlichen Dinge, und seine wirklichen Angestellten halten ihn lediglich für exzentrisch – was er tatsächlich ist. Jay Autems Schlupfwinkel ist mit viel Einfallsreichtum und noch mehr Geld ausgestattet worden.«

Bond verstand allmählich einiges von dem, was M in London gesagt hatte. Er fuhr sich mit der flachen Hand an die Stirn, als habe er plötzlich begriffen. »Und ich bin der Mann, der zu dieser glücklichen kleinen Gemeinschaft stoßen soll?« erkundigte er sich.

»Erraten!«

»Und wie soll ich das schaffen, wenn ich fragen darf? Soll ich hingehen und sagen: ›Hallo, ich bin James Bond, der berüchtigte abtrünnige Geheimdienstmann, und suche Arbeit‹?«

Diesmal stand Bond auf und ging zwischen Fenster und Balkontür auf und ab.

»Ja, so ähnlich«, bestätigte Percy scheinbar gelangweilt.

»Mein Gott!« Bond war sichtlich wütend. »Das ist einer der idiotischsten Pläne, die ich je... Warum sollte er mich überhaupt einstellen wollen?«

»Das würde er gar nicht wollen.« Sie lächelte schwach, setzte sich auf und war plötzlich wieder hellwach und nüchtern. »Er hat genügend Angestellte, um die Firma Gunfire Simulations völlig legal und gesetzestreu betreiben zu können. Und seine Leute werden vor der Einstellung wirklich unter die Lupe genommen! Im Vergleich dazu sind die britischen Sicherheitsüberprüfungen ein Kinderspiel, das können Sie mir glauben. Er muß sich seiner Leute sicher sein, denn dieser Aspekt seiner Tätigkeit findet völlig legal statt.« Percy holte kurz Luft und drehte dabei den Kopf zur Seite wie eine Sängerin, die sich vom Mikrofon abwendet. »Nein, James, er würde nicht im Traum daran denken, Sie zu beschäftigen, aber er arbeitet mit anderen Leuten zusammen, für die eben diese Möglichkeit eine große Versuchung sein könnte. Damit rechnen Ihre Leute zu Hause.«

»Verrückt! Völlig abwegig! Wie denn?« Bond war wieder ehrlich wütend.

»James«, sagte Percy beschwichtigend, indem sie aufstand und seine Hände in ihre nahm. »Sie haben Freunde am Hofe König St. John-Finnes' – oder zumindest eine Bekannte. Freddie Fortune. Die unartige Lady Freddie.«

»Großer Gott!« Bond entzog Percy seine Hände und wandte sich ruckartig ab. Vor einigen Jahren hatte er einmal den Fehler gemacht, sich um die eben von Percy erwähnte junge Dame zu bemühen. In gewisser Beziehung hatte er sogar um sie geworben, bis er gemerkt hatte, daß Lady Freddie Fortune, der Liebling der Klatschkolumnisten, eine ziemlich einseitige politische Bildung genossen hatte, als deren Folge sie leicht links von Fidel Castro stand.

»Außerdem werden Sie lernen müssen, James. Deshalb sind wir hier zusammen. Um überhaupt ins Haus Endor eingelassen zu werden, müssen Sie über die Arbeit der Firma Gunfire Simulations informiert sein. Wieviel wissen Sie in Wirklichkeit über Computer?«

Bond grinste leicht verlegen. »Genaugenommen eigentlich nur die technischen Dinge.«

Hätte er die Wahl gehabt, wären Computer das letzte Thema gewesen, das er in diesem Augenblick am liebsten mit der seltsam verlockenden und leicht beunruhigenden Persephone Proud behandelt hätte.

5

Kriegsspiele

Mit einer durch viele Dienstjahre im Service geprägten Deutlichkeit und Klarheit erläuterte Bond Percy die Funktionsweise eines Computers, während sie sich beide in einem fast rituellen Tanz durch den Raum bewegten und einander dabei sorgfältig aus dem Weg gingen. Ein komplexes elektronisches Werkzeug zur Lösung bestimmter Probleme mit Hilfe der in seinen Speichern enthaltenen Informationen, rezitierte er tonlos wie ein Schüler, der vor einer wohlwollend zuhörenden Lehrerin lateinische Deklinationen herunterrattert. Eine Maschine, die Buchhaltungs- und Verwaltungsarbeiten erledigen konnte, um in der nächsten Minute Daten zu verarbeiten oder sekundenschnell Informationen über Tausende von Kilometern hinweg weiterzugeben oder zu empfangen; eine Maschine, die einem ein neues Haus entwerfen oder einem die Möglichkeit geben kann, komplizierte Spiele zu spielen, Musik zu machen oder bewegliche grafische Darstellungen zu zeichnen. Ein Wunderwerk mit ständig wachsendem Gedächtnis – aber stets nur so gut wie seine Programmierung.

»Ich kenne die Theorie – mit knapper Not«, sagte Bond lächelnd, »aber ich habe keine Ahnung, wie der Programmierer das alles macht.«

»Soviel ich von Ihrem wundervollen alten Boß gehört habe, ist das der Hauptgrund für unseren gemeinsamen Urlaub in Monte Carlo«, antwortete Percy. Bond war leicht verblüfft, als sie M als seinen wundervollen alten Boß bezeichnete. »Ich habe den Auftrag, Sie in den Programmiersprachen zu unterrichten – unter besonderer Berücksichtigung dessen, was mein Exehemann früher getan hat und vermutlich noch jetzt tut. Er ist übrigens wirklich mein Exehemann – als Vermißter für tot erklärt. Dafür habe ich gesorgt.«

»Ist das schwierig?« fragte Bond gespielt harmlos. »Das Programmieren zu erlernen, meine ich.«

»Das hängt ganz von Ihrer Begabung ab – wie beim Schwimmen oder Radfahren. Sobald man's begriffen hat, geht alles wie von allein. Sie haben's allerdings mit einem besonderen Genie zu tun, was Jay Autem Holy betrifft. Ich werde Ihnen viel über *ihn* erzählen müssen. Ganz im Ernst: Die Sache ist nicht schwieriger, als versuchten Sie, eine neue Sprache oder Noten lesen zu lernen.«

Percy trat an den Kleiderschrank und holte zwei große, jeweils mit mehreren Zahlenschlössern gesicherte Spezialkoffer heraus. Sie enthielten einen großen, leistungsfähigen Personal Computer, mehrere Diskettenlaufwerke und drei Metallkassetten, in denen unterschiedlich große Disketten zum Vorschein kamen, als Percy sie aufklappte. Sie bat Bond, das Fernsehgerät nach vorn zu rücken, damit sie den PC einstecken könne. Die Tastatur war etwa doppelt so groß wie die einer elektrischen Schreibmaschine. Percy gab Bond weitere Erläuterungen, während sie das Gerät aufbaute. Sie erklärte ihm, dies sei der gleiche Personal Computer, wie Jay Autem ihn jetzt vermutlich benütze. Bond war bereits aufgefallen, daß sie Dr. Holy einfach als Jay Autem oder Holy Terror bezeichnete.

»Als er untergetaucht ist, ist sein eigener PC mit ihm verschwunden – oder jedenfalls gleichzeitig, um es genau zu sagen. Ich nehme an, daß er ihn sicher versteckt gehabt hat. Damals haben wir erst erlebt, wie der Mikrokompressor zur Einsatzreife entwickelt worden ist – Sie wissen schon: der Chip, der ein ganzes Zimmer voll elektronischer Schaltkreise auf einer fünf Quadratmillimeter großen Siliziumplatte vereinigt. Als er seinen Computer gebaut hat, haben wir hauptsächlich noch mit Magnetbändern gearbeitet. Seit damals ist die Entwicklung rasend schnell fortgeschritten, und die Computer sind ständig kleiner geworden, aber ich habe versucht, mit der neuesten Technologie Schritt zu halten. Ich habe seinen Terror Six – das war sein Name für diesen Computer – umgebaut, erheblich leistungsfähiger gemacht und mich dabei bemüht, den ursprünglichen Fortschritt zu halten, wie er's getan hätte.«

Bond blickte ihr über die Schulter, während sie den Mikrocomputer einschaltete.

»Das hier«, fuhr Percy fort, indem sie auf die Tastatur zeigte, »ist mein Gegenstück zu seinem Computer, den man als Terror Twelve bezeichnen könnte. Seitdem Jay Autem verschwunden ist, sind die Chips kleiner geworden, aber den großen Sprung vorwärts hat der unglaubliche Anstieg der Speicherkapazität in Geräten dieser Größe bewirkt. Das – und die Möglichkeit, realistische Videoaufnahmen für die Programme zu verwenden, die ihn interessieren.«

»Und was für Programme sind das, Percy?«

»Augenblick...« Sie wählte eine Diskette aus einem der Kästen, schaltete ein Diskettenlaufwerk ein und legte die Diskette ein. »Ich kann ihnen ein Beispiel für die Anwendungen zeigen, die ihn so fasziniert haben, als er noch fürs Pentagon gearbeitet hat. Danach können wir zur nächsten Phase übergehen.«

Der Bildschirm hatte zu leuchten begonnen, das Diskettenlaufwerk surrte und rauschte, und aus dem Lautsprecher kamen rasch aufeinanderfolgende Pfeiftöne. Das Diskettenlaufwerk surrte weiter, nachdem das Pfeifen verstummt war; auf dem Bildschirm erschien eine detaillierte Landkarte der Grenze zwischen Ost- und Westdeutschland – das Gebiet um Kassel... NATO-Gebiet.

Bond fühlte sich unerklärlicherweise erhitzt und erregt. Er streckte eine Hand aus, um sie auf Percys Schulter zu legen, verzichtete dann aber darauf und lockerte statt dessen seine plötzlich zu enge Krawatte, während Percy einen massiven schwarzen Joystick aus einem der

Koffer nahm, ihn an die Tastatur anschloß und auf die S-Taste drückte. Auf der Landkarte, die Bond so deutlich wie in einem Atlas vor sich hatte, erschien daraufhin sofort ein leuchtendes Rechteck.

»Okay, das Ganze wird Ihnen vielleicht wie ein etwas merkwürdiges Computerspiel vorkommen, aber ich versichre Ihnen, daß es ein höchst modernes, fortschrittliches Ausbildungsmittel ist.«

Percy bewegte den Joystick, ließ das Rechteck über den Bildschirm gleiten und vergrößerte es dann, so daß es fast die gesamte Fläche einnahm. Dargestellt waren jetzt etwa zweihundert Quadratkilometer des Grenzgebiets zwischen NATO und Warschauer Pakt; darunter befand sich ein unbeschrifteter blauer Balken, quer über den Bildschirm.

»Ich gebe jetzt die Koordinaten ein, und wir sind dann sofort in dem betreffenden Gebiet.« Percy tat, was sie angekündigt hatte: Die Landkarte auf dem Bildschirm veränderte sich, aber das Rechteck blieb an Ort und Stelle. »Jetzt können wir uns zeigen lassen, was in einem kleineren Gebiet passiert.« Sie verschob das Rechteck über ein Dorf in Grenznähe und betätigte den Trigger des Joysticks. Bond wurde plötzlich auf Percys Parfüm aufmerksam, aber er kam nicht darauf, welches sie benützte. Er gab sich einen Ruck und konzentrierte sich wieder auf ihre Vorführung.

Als sei die Darstellung auf dem Bildschirm mit einem Zoomobjektiv herangeholt worden, erkannte er jetzt Details: Straßen, Bäume, Häuser, Geländeformationen, Wiesen und Äcker. In dieser Landschaft erkannte Bond mindestens sechs Panzer und vier Schützenpanzer, während zwei Hubschrauber hinter Bauernhöfen getarnt standen und drei Senkrechtstarter des Typs Harrier auf provisorisch hergerichteten Plätzen im Schutz von Bäumen auszumachen waren.

»Die Ausgangslage sieht Kampfhandlungen unterhalb der Atomschwelle vor…«

Percy gab dem Mikrocomputer Befehle ein und forderte als erstes Informationen über die NATO-Kräfte an. Die Panzer, Schützenpanzer, Hubschrauber und Senkrechtstarter blinkten nacheinander, während die ihnen zugeteilten Rufzeichen und ihre Stärke auf dem blauen Balken am unteren Bildschirmrand erschienen. Percy notierte sich die Rufzeichen auf dem neben der Tastatur liegenden Schreibblock, bevor sie Informationen über die Stärke der Truppen des Warschauer Pakts in diesem begrenzten Gebiet anforderte. Es schien sich um mindestens zwei Kompanien Infanterie mit Panzerunterstützung zu handeln.

»Man bekommt lediglich realistische Informationen über den Gegner, wie man sie im Krieg durch Spähtrupps und elektronische Aufklärung erhielte.« Percy beobachtete den Bildschirm, auf dem erkannte feindliche Stellungen durch Blinksignale angezeigt wurden, während auf dem blauen Balken zusätzliche Informationen über den Gegner erschienen.

Bond konnte seinen Blick nicht von weichen Locken wenden, die ihre gebräunten Schultern umschmeichelten, während Percy Befehle einzugeben begann. Zwei der Harrier starteten wie zum Einsatz gegen die feindlichen Panzer. Gleichzeitig aktivierte sie die NATO-Panzer und -Schützenpanzer.

Einzelmeldungen von Panzerkommandanten und Infanterie-Zugführern erschienen auf dem Bildschirm, während die winzigen Fahrzeuge sich Percys Befehlen entsprechend in Bewegung setzten. Die Panzer gerieten plötzlich unter Beschuß, was durch Detonationen auf dem Bildschirm und den hörbaren Abschußknall angezeigt wurde. Bond beugte sich etwas nach vorn, um die Entwicklung genauer beobachten zu können, blickte dabei zur Seite und hatte nun Percy, die konzentriert auf den Bildschirm starrte, im Profil neben sich. Er sah rasch wieder nach vorn.

Der ausschließlich von Percy kontrollierte Einsatz der

NATO-Truppen dauerte fast zwanzig Minuten. In diesem Zeitraum gelang es ihr, sich leichte Vorteile zu erkämpfen – allerdings bei eigenen Verlusten von drei Panzern, einem Hubschrauber, einem Senkrechtstarter und knapp hundert Mann.

Bond trat einen Schritt hinter Percy zurück. Diese Gefechtssimulation hatte ihn fasziniert. Jetzt fragte er, ob sie auch vom Militär verwendet werde.

»Das war nur eine einfache Computersimulation – eine taktische Übung ohne Truppen, wie sie bei der Ausbildung von Offizieren und Unteroffizieren verwendet wird«, erklärte Percy ihm. »Früher hat man das alles im Sandkasten geübt. Heutzutage braucht man nur noch einen Mikrocomputer mit dem entsprechenden Programm. Dies hier war eine sehr einfache Version, wenn man sie mit den komplizierten Computerspielen an Kriegsakademien vergleicht.«

»Und Doktor Holy hat Programme dieser Art fürs Pentagon entwickelt?« Bond fiel zum erstenmal auf, daß Percy eine winzige Warze an der linken Halsseite hatte.

»Solche und weiterreichende. Als Jay Autem verschwunden ist, war er mit Forschungsarbeiten für Weiterentwicklungen beschäftigt. Dabei ging es nicht mehr um Ausbildungsprogramme, sondern um Spezialanwendungen, bei denen der Computer sämtliche zur Verfügung stehenden Informationen erhält und daraus berechnet, wie der Gegner unter diesen Umständen höchstwahrscheinlich reagieren wird.«

»Und jetzt? Nehmen wir einmal an, er wäre tatsächlich noch am Leben...«

»Oh, er lebt noch, James!« Sie errötete plötzlich. »Ich habe ihn mit eigenen Augen gesehen. Diese Tatsache steht außer Zweifel. Er ist der Mann, von dem ich Ihnen bereits erzählt habe: Jason St. John-Finnes in Nun's Cross, Oxfordshire. Ich muß es wissen! Schließlich bin ich dreieinhalb scheußliche Jahre lang sein Wachhund gewesen...«

»Wachhund?« Ihre Augenfarbe war höchst erstaunlich: ein leuchtendes Graublau, das sich je nach Lichteinfall subtil veränderte.

Percy senkte den Kopf und biß sich scheinbar beschämt auf die Unterlippe. »Oh, hab' ich Ihnen das noch nicht erzählt? Ich hab' den Kerl nur auf Befehl geheiratet. Ich arbeite für die ›Firma‹ – in Langley. Meine Ehe mit Doktor Holy war ein Auftrag, ein dienstlicher Auftrag. Wie hätte ich sonst genauen Einblick in seine Vorhaben bekommen können?«

»Man hat ihm also schon damals mißtraut?« Bond bemühte sich, keine Überraschung zu zeigen, obwohl die Vorstellung, eine CIA-Agentin könnte den Auftrag erhalten, einen Mann zu heiraten, um ihn als ihren Ehemann besser überwachen zu können, abstoßend erschien.

»Wegen seiner Auslandskontakte – er hatte viele Freunde unter Wissenschaftlern in der Sowjetunion und im gesamten Ostblock – konnten die Verantwortlichen es nicht riskieren, ihm blindlings zu vertrauen. Und sie haben recht behalten, wie sich später gezeigt hat.«

»Glauben Sie, daß er jetzt für den KGB arbeitet?«

»Nein.« Percy trat an die Minibar, um eine weitere Flasche Champagner herauszunehmen. »Nein, Jay Autem hat für Jay Autem gearbeitet und sonst für niemanden auf der Welt. Zumindest das habe ich über ihn in Erfahrung gebracht.« Während sie Bonds Glas vollschenkte, fügte sie hinzu: »Bei seiner gegenwärtigen Arbeit gibt's vermutlich Verbindungen zur Sowjetunion, aber bestimmt nur auf freiberuflicher Basis. Jay Autem versteht sein Geschäft und ist in erster Linie an Geld interessiert. Politik bedeutet ihm weit weniger.«

»Womit ist er Ihrer Meinung nach im Augenblick beschäftigt?« Bond roch erneut das seltsame Parfüm, das ihn in Zukunft stets an Percy erinnern würde.

»Das weiß er selbst am besten – und Sie sollen es herausbekommen, James. Ich habe den Auftrag, Sie für diese Aufgabe auszubilden. Morgen früh machen wir Ernst damit. Ist Ihnen halb neun Uhr recht?«

»Lohnt sich kaum noch, in mein eigenes Zimmer zurückzugehen.« Er sah flüchtig auf seine Uhr.

»Ja, ich weiß, aber Sie gehen trotzdem. Ich soll Ihnen alles beibringen, was ich darüber weiß, wie Jay Autem seine Programme schreibt, *und* Sie darin unterrichten, wie seine Programme zu knacken sind, falls Ihnen eines durch einen glücklichen Zufall in die Hände fallen sollte.«

Percy faßte ihn an den Handgelenken und reckte den Kopf hoch, um Bond sanft auf die Wange zu küssen. Bond wollte sie umarmen, aber Percy trat einen Schritt zurück und drohte ihm mit dem Zeigefinger.

»Keine Dummheiten, James! Aber ich bin eine gute Lehrerin, und wenn Sie sich als eifriger Schüler erweisen, kann ich Sie auf eine Art und Weise belohnen, die Sie sich in der Schule nie hätten träumen lassen. Punkt acht Uhr dreißig. Okay?«

»Sie garantieren für den Lernerfolg, Percy?«

»Ich garantiere Ihnen, daß Sie einiges lernen werden, James«, bestätigte sie mit einem ungezogenen Lächeln. »Auch darüber, wie man Computer programmiert...«

Am nächsten Morgen klopfte Bond, der eine Hand hinter dem Rücken versteckt hielt, pünktlich um 8.30 Uhr an ihre Zimmertür. Als Percy aufmachte, streckte er ihr seine Hand mit einem großen roten Apfel hin.

»Für das Fräulein Lehrerin«, sagte er breit grinsend.

Das blieb der einzige Scherz des Tages, denn Percy Proud erwies sich als strenge Lehrmeisterin, die hohe Anforderungen stellte.

6

Holy Code

Die Ausbildung dauerte etwas weniger als einen Monat und war ein Qualitätsbeweis für Persephone Prouds pädagogische Fähigkeiten. Auch die Fähigkeiten ihres Schülers wurden bis zum äußersten beansprucht. Die Aufgabe ließ sich damit vergleichen, in einem Intensivkurs eine neue Sprache und zugleich mehrere komplizierte Dialekte zu lernen. Tatsächlich konnte Bond sich an keinen anderen Fall erinnern, in dem er seine geistigen Reserven so sehr hatte beanspruchen müssen, um seinen Verstand wie das Strahlenbündel eines Brennglases auf das von Percy behandelte Thema zu konzentrieren.

Die beiden fanden bald zu einem bestimmten Tagesablauf, an dem sich selten etwas änderte. An den ersten Tagen begannen sie jeweils um 8.30 Uhr, aber als das Nachtleben seine Spuren hinterließ, wurde der Unterrichtsbeginn auf 10 Uhr festgesetzt. Sie arbeiteten bis 13 Uhr, gingen zum Mittagessen in eine kleine benachbarte Bar, kamen dann zurück und arbeiteten bis 17 Uhr weiter.

Jeden Abend um 19 Uhr erschienen sie in Le Bar, dem berühmten Treffpunkt im Hôtel de Paris, in dem schöne Frauen so viel Schmuck zur Schau tragen, daß die Vitrinen bei Cartier vor Neid erblassen könnten.

Falls sie abends in Monaco bleiben wollten, aßen sie im Hotel, aber sie waren oft im L'Oasis in La Napoule zu sehen, wenn sie zur Abwechslung einmal in Cannes spielen wollten, und kosteten dort die neuesten Küchenkreationen des Meisterkochs Louis Outhier. Manchmal aßen sie etwas schlichter im Negresco in Nizza, im La Réserve in Beaulieu oder gelegentlich sogar im bescheidenen Le Galion in Garavan, dem zu Menton gehörenden Hafen. Nach dem Diner folgte unweigerlich eine Nacht am Spieltisch. *Machen Sie sich dort nicht unsichtbar*, hatte M ihn angewiesen. *Sie sind der Köder – denken Sie daran! Lassen Sie sich fangen, falls dort nach Ihnen geangelt wird.*

So rollte der Bentley Mulsanne Turbo jeden Abend fast lautlos die Küstenstraße entlang, und der braungebrannte, selbstbewußte Engländer und seine gertenschlanke, elegante amerikanische Begleiterin wurden zu bekannten Gestalten der Spielerszene an der Côte d'Azur.

Bond spielte nur Roulette – und auch dort ziemlich konservativ, obwohl er dazu neigte, auf Nebennummern zu setzen, was ihm an manchen Abenden hohe Verluste, aber an anderen ebenso hohe Gewinne einbrachte. Im allgemeinen spielte er jedoch systematisch einfache Chancen – *Rouge, Noir, Pair, Impair, Manque* und *Passe* – und wechselte nur gelegentlich zum *Carré* über, indem er auf vier direkt benachbarte Nummern setzte, was den achtfachen Einsatz einbringen konnte. Innerhalb einer Woche hatte er einige tausend Pfund Sterling gewonnen und wußte, daß die jeweiligen Casinos ihn interessiert beobachteten. Kein Casino, nicht einmal die berühmten Häuser entlang dieser glitzernden Küste, freut sich über einen Stammgast, der systematisch spielt und gewinnt.

Im allgemeinen kamen Percy und Bond zwischen drei und halb vier Uhr ins Hotel zurück. Manchmal auch schon früher – einmal sogar um ein Uhr –, damit sie noch eine Stunde arbeiten konnten, bevor sie ausschliefen, um vormittags weiterarbeiten zu können.

In diesen Wochen kehrten die beiden jedoch einige Male erst bei Tagesanbruch ins Hôtel de Paris zurück. Sie fuhren mit offenen Fenstern die Küstenstraße entlang, um die Morgenluft zu genießen, und freuten sich über die herrlichen Ausblicke auf prunkvolle Sommersitze unter Palmen und Platanen, Kakteen und die Hügel überwuchernden Blumen, zwischen denen von Marmordelphinen gespeiste Swimming-pools mit kristallklarem Wasser lagen. An solchen Tagen kamen sie gerade rechtzeitig ins Hotel, um den ersten Kaffee des Tages zu riechen – nach Bonds Überzeugung eines der befriedigendsten Aromen der Welt.

Das Hotelpersonal fand alles sehr romantisch: die attraktive amerikanische Lady und der reiche Engländer, die soviel Glück im Spiel und in der Liebe hatten. Niemand hätte auch nur im Traum daran gedacht, die beiden Turteltauben zu stören.

Tatsächlich unterschied sich ihr Leben hinter der verschlossenen Tür von Percys Zimmer ganz erheblich von den Fantasien von Zimmermädchen und Etagenkellnern – zumindest in den ersten Wochen.

Percy begann damit, daß sie Bond beibrachte, ein Programm als Fließbild darzustellen: Er lernte, auf einer Art Grafik genau anzugeben, was das Programm leisten können sollte. Nachdem er diese Fähigkeit innerhalb von 48 Stunden erworben hatte, begann er, die Programmiersprache Basic zu erlernen. Zusätzliche Unterrichtseinheiten befaßten sich mit dem Einsatz von grafischen und akustischen Hilfsmitteln. Gegen Ende der zweiten Woche konnte Bond damit beginnen, verschiedene Basic-Dialekte hinzuzulernen. Allmählich begriff er dann auch die Grundlagen weiterer, komplexerer Programmiersprachen wie Machine Code, Pascal und Fortran.

Selbst in ihrer Freizeit sprachen sie kaum von etwas anderem als von ihrer Arbeit, speziell im Zusammenhang mit Dr. Jay Autem Holy, und Bond brauchte nicht lange, um zu kapieren, daß Holy eine eigene hybride Programmiersprache benützte, die Percy als Holy Code bezeichnete.

»Sie gehört zu Jay Autems besten Waffen, was den Schutz seiner Programme betrifft«, erklärte Percy ihm beim Abendessen. »Er benützt sie noch heute, und die von der Firma Gunfire Simulations produzierten Computerspiele sind für andere Programmierer völlig unzugänglich. Er hat stets behauptet, wenn Sicherheitsvorkehrungen notwendig seien – und wie er sie für notwendig gehalten hat! –, sei der einfachste Schutz der beste. Er hat eine fast perfekte kleine Routine in den Anfang aller seiner Spielprogramme eingebaut, die jedem entgeht, der die Diskette kopieren will. Genau diesen Code hat er schon bei seinen Arbeiten fürs Pentagon verwendet. Wer versucht, an den Inhalt der Diskette heranzukommen oder sie zu kopieren, verwandelt ihn in unverständlichen Blödsinn.«

Bond bestand darauf, bei jeder sich bietenden Gelegenheit über Dr. Holy zu reden, um die Stärken und Schwächen dieses Mannes möglichst gut kennenzulernen, bevor er ihm persönlich gegenübertrat. In dieser Beziehung konnte es bestimmt keine bessere Ausbilderin als Percy geben.

»Er sieht wie ein großer wütender Habicht aus. Na ja, du kennst ja die Fotos.« Sie saßen im Hotel beim Abendessen. »Der äußere Eindruck täuscht jedoch manchmal. Wäre ich nicht eigens auf ihn angesetzt gewesen, hätte ich mich leicht in ihn verlieben können. In gewisser Beziehung hab' ich's sogar getan. Ich habe oft gehofft, daß er sich schließlich doch als ehrlich erweisen würde.«

Sie machte ein nachdenkliches Gesicht und schien in diesem Augenblick weder Bond noch den prächtigen Speisesaal wahrzunehmen, der aus dem Dritten Kaiserreich stammte und zweifellos das beste Restaurant des Fürstentums beherbergte.

»Er besitzt eine erstaunliche Konzentrationsfähigkeit. Diese Gabe, alles um sich herum auszuschließen, so daß seine eigene Arbeit die einzige Realität bleibt. Du weißt ja, wie gefährlich das sein kann.«

Bond dachte an seine vergangenen Begegnungen mit einer Art Verrücktheit, die Menschen in Teufel verwandelte.

Nach diesem stilvollen Diner passierte gegen Ende der

zweiten Woche etwas, das Bond für einige Zeit aus seinem emotionellen Gleichgewicht brachte.

»Spielen wir heute abend in den Salles Privées, oder machen wir einen kleinen Ausflug?« erkundigte sich Percy.

Bond schlug eine Fahrt die Küste entlang zu dem kleinen Casino in Menton vor, und sie brachen wenig später dorthin auf.

Die Atmosphäre am Spieltisch war nicht gerade knisternd, aber Bond gewann wenigstens ein paar tausend Francs und hatte Mühe, das Geld in seiner Brieftasche unterzubringen. Als sie vom Casino abfuhren, um über Roquebrune und Cap Martin nach Monaco zurückzukehren, fielen ihm die Scheinwerfer eines unmittelbar hinter ihnen anfahrenden Wagens auf. Bond wußte, daß dort ein Auto gestanden hatte, aber er hatte niemanden einsteigen gesehen. Jetzt forderte er Percy sofort auf, ihren Sicherheitsgurt straffzuziehen.

»Gibt's Ärger?« fragte sie, ohne jedoch nervös zu wirken.

»Das stellt sich bald raus«, antwortete Bond, während er Gas gab, bis auf 150 Stundenkilometer beschleunigte, den großen Wagen auf der rechten Seite der schmalen Straße hielt und hoffte, die Polizei sei nirgends in der Nähe – um sich dann zu überlegen, daß es vielleicht besser wäre, von ihr gestoppt zu werden...

Die Scheinwerfer des anderen Wagens blieben im Rückspiegel sichtbar. Als Bond bremsen mußte, weil die Straße kurvenreicher wurde, bevor sie in ein langes Autobahnstück überging, kamen sie sogar noch näher. Schwer zu sagen, ob daran etwas verdächtig war. Auf dieser Straße herrschte immer viel Verkehr, obwohl es schon sehr spät war und die Saison noch nicht richtig begonnen hatte.

Wie Bond beim Anfahren auf dem Parkplatz festgestellt hatte, war der Wagen hinter ihnen ein weißer Citroën, der diskret Abstand hielt, aber wie eine Klette an ihnen haftete. Bond fragte sich, ob der Fahrer vielleicht nur ein junger Franzose oder Italiener war, der es auf ein Rennen mit ihm anlegte oder seiner Freundin imponieren wollte. Aber ein Prickeln im Nacken, wo seine Haare sich zu sträuben schienen, sagte ihm, daß dies eine bedrohlichere Herausforderung war.

Dann kam das Ende der Ausbaustrecke rasend schnell näher, und Bond trat energisch auf die Bremse, um den großen Wagen rasch abzubremsen. Von hier an war die Straße nach Monaco nicht nur ziemlich schmal, sondern auf beiden Seiten durch Felswände oder Häuser begrenzt, so daß nicht viel Manövrierraum blieb. Bond durchfuhr die nächste Kurve mit knapp 100 Stundenkilometern. Percy holte hörbar tief Luft. Im gleichen Augenblick sah Bond das vor ihnen aufgebaute Hindernis. Ein weiteres Auto stand mit eingeschalteter Warnblinkanlage am rechten Straßenrand. Links davon blokkierte ein klappriger alter Lastwagen, der dort stand oder nur vorwärtskroch, den größten Teil der Straße. Bond rief Percy zu, sie solle sich festhalten, trat auf die Bremse und lenkte den Bentley scharf nach links und wieder nach rechts, um zu versuchen, auf einem Slalomkurs zwischen den beiden Fahrzeugen hindurchzukommen. Als der Bentley nach rechts schleuderte, war klar, daß sie's nicht schaffen würden. Der Motor heulte auf, als Bond den Wahlhebel des Automatikgetriebes auf L stellte und damit praktisch in den ersten Gang herunterschaltete.

Sie wurden beide nach vorn gegen ihre Sicherheitsgurte geworfen, als der schwere Wagen auf kürzeste Entfernung heruntergebremst wurde. Der Bentley blieb schräg auf der Straße stehen, deren rechte Hälfte durch das Auto mit der eingeschalteten Warnblinkanlage blockiert wurde, während der altersschwache Lastwagen den linken Teil versperrte. Von dem Lastwagen sprangen zwei Männer; zwei weitere Gestalten tauchten aus der Dunkelheit hinter dem geparkten Wagen auf, während der weiße Citroën jetzt dicht hinter dem Bentley hielt und ihm diesen Fluchtweg versperrte.

»Die Türen!« rief Bond, während er mit der Hand auf den Verriegelungsknopf drückte, obwohl er wußte, daß seine Warnung und diese Reaktion im Grunde genommen überflüssig waren, weil die Zentralverriegelung eingeschaltet war. Mindestens drei der Männer, die jetzt auf den Bentley zukamen, schienen mit Äxten bewaffnet zu sein.

Während Bond nach dem versteckten Waffenfach mit der Pistole griff, wurde ihm klar, daß auch diese Reaktion nur ein Reflex war. Sobald er das elektrisch betätigte Fenster öffnete, um schießen zu können, hatten sie eine Möglichkeit, ins Wageninnere vorzudringen. Irgendwann würde ihnen das ohnehin gelingen, denn selbst ein stabiler Wagen wie der Bentley konnte entschlossen eingesetzten Äxten auf die Dauer nicht widerstehen.

Der Bentley Mulsanne Turbo ist knapp zwei Meter breit. Bond stand nicht ganz quer auf der Straße. Der Citroën hinter ihm war nach seiner Schätzung keinen Viertelmeter von der Stoßstange entfernt, aber dieser geringe Abstand würde durch die Masse des Bentleys wettgemacht werden. Vor ihm war das Auto mit der eingeschalteten Warnblinkanlage nur eine Handbreit von seiner Tür entfernt, während der Lastwagen keine 20 Zentimeter vor dem Kühler stand. Unmittelbar vor Bond ragte in etwa zweieinhalb Meter Entfernung eine Felswand auf. Der Motor des Bentleys lief weiterhin kraftvoll brummend.

Bond, dessen linker Fuß auf dem Bremspedal stand, bewegte das Lenkrad und stellte den rechten Fuß aufs Gaspedal. Als einer der Angreifer sich vor seinem Fenster zwischen dem Mulsanne und dem Auto mit der Warnblinkanlage aufbaute und mit beiden Händen seine Axt hob, legte Bond den Rückwärtsgang ein, nahm den Fuß von der Bremse und gab zugleich mit dem rechten Fuß Gas.

Der Bentley schoß mit durchdrehenden Rädern rückwärts. Ein Schauder ging durch den Wagen, als sie den Citroën rammten. Zugleich schrie der Mann mit der Axt laut auf: Er war zur Seite geschleudert worden und dabei zwischen den Bentley und den abgestellten Wagen geraten.

Bond legte mit einer raschen Bewegung den Vorwärtsgang ein. Er hatte jetzt ungefähr 15 Zentimeter Spielraum. Als er behutsam Gas gab, rollte der große Wagen nach vorn. Der schreiende Angreifer rechts von ihnen wurde erneut eingequetscht, als der Bentley seine Spur ausrichtete, schneller wurde und auf die kleine Lücke zurollte.

Die Lenkung des Mulsanne Turbo ist so präzise und leichtgängig, daß Bond das Lenkrad nicht herumzureißen brauchte. Er hielt es nur leicht in den Händen, während er den Bentley in die schmale Lücke zwischen Lastwagen und geparktem Auto steuerte. Etwas mehr nach links. Geradeaus. Scharf links. Eine Kleinigkeit nach rechts. Dann trat er das Gaspedal durch, und sie schossen vorwärts – an dem Auto mit der Warnblinkanlage vorbei, wenn auch mit weniger als drei Zentimeter Luft zwischen dem Lastwagen links und der Felswand rechts von ihnen.

Dann waren sie plötzlich durch und fuhren auf der leeren Straße weiter nach Monte Carlo hinunter.

»Konkurrenz?« Er fühlte Percy neben sich zittern, obwohl ihr ruhiger Tonfall keine Angst verriet.

»Du meinst Leute wie du und ich?«

Sie nickte wortlos.

»Nein, das glaube ich nicht. Eher Straßenräuber, die es auf unser Geld und deinen Schmuck abgesehen haben. Solche Überfälle sind entlang dieser Küste schon immer häufig gewesen. Das viele Geld zieht eben auch Leute an, die auf einfache Weise an den Spielgewinnen anderer teilhaben wollen.«

Bond wußte genau, daß das gelogen war. Natürlich

war es entfernt möglich, daß die Männer mit den Äxten zu einer Gangsterbande gehörten. Aber die ihnen gestellte Falle war tödlich raffiniert und profihaft gewesen. Er würde den Überfall melden, sobald er vom Hotel aus abhörsicher mit London telefonieren konnte. Percy nickte erneut, als er ihr diese Absicht auseinandersetzte.

»Das werde ich auch tun!«

Danach sprachen sie nicht mehr miteinander, bis sie in Percys Zimmer waren. Später wußten sie beide nicht mehr, womit alles angefangen hatte.

»Das waren Profis«, stellte sie fest.

»Ja.«

»Das gefällt mir nicht, James. Ich bin ziemlich erfahren, aber ich kann trotzdem noch Angst kriegen.«

Sie trat dichter an ihn heran, und er schloß sie im nächsten Augenblick in die Arme. Ihre Lippen trafen sich, als versuchten sie beide, dem anderen neue Kraft einzuhauchen. Dann löste ihr Mund sich von seinem, und ihre Wange lag an seinem Hals, während sie sich weiter an ihn klammerte und seinen Namen flüsterte.

So wurden sie ein Liebespaar, als ihre Gefühle und Bedürfnisse fast gewaltsam hervorbrachen und jedem Augenblick ihrer Tage und Nächte eine ganz andere Qualität verliehen. Dieser enge psychische und physische Kontakt machte neue Energien in ihnen frei, so daß sie eifriger denn je darauf hinarbeiteten, Bond auf die Begegnung mit Percys früherem Ehemann vorzubereiten.

Anfang der dritten Woche, als Bond wirklich begann, die Feinheiten von Computerprogrammen zu erfassen, unterbrach Percy plötzlich den Unterricht.

»Ich zeige dir jetzt etwas, mit dem Jay Autem sich in letzter Zeit vermutlich öfters befaßt hat«, kündigte sie an, indem sie den Terror Twelve abschaltete und die normalen Diskettenlaufwerke aussteckte, mit denen Bond gearbeitet hatte.

Statt dessen schloß sie ein großes Laserlaufwerk für

Festplatten an, schaltete das System ein und gab dem Computer ein neues Programm ein.

Die militärischen Computersimulationen, die Bond bisher so faszinierend gefunden hatte, waren primitiv im Vergleich zu dem, was jetzt auf dem Bildschirm erschien. Nicht mehr die üblichen Computergrafiken, an die er gewöhnt war – nicht einmal in ihrer kompliziertesten Form –, sondern wirklichkeitsgetreue Farbbilder wie in einem beliebig steuerbaren Film.

»Video«, erklärte Percy ihm. »Eine Kamera in Verbindung mit einer Festplatte. Jetzt paß auf!«

Als sie den Joystick betätigte, hatte Bond den Eindruck, bei dichtem Verkehr auf einer Großstadtstraße zu fahren. Die menschlichen Gestalten, die Percy hervorbrachte, waren weniger realistisch als der Hintergrund, vor dem die Amerikanerin sie agieren, sich bewegen, laufen und kämpfen ließ. Aber die gesamte Darstellung wirkte neuartig und beinahe erschreckend überzeugend. Das war kein Computerspiel mehr, sondern eine nahezu wirklichkeitsgetreue Simulation.

»Ich nenne es Bankraub«, erklärte sie Bond, der keinen Zweifel an der Wirksamkeit dieses Programms hatte. Durch die clevere Überlagerung von echten Videoaufnahmen und Computergrafiken konnte man auf dem Bildschirm eine Bank überfallen und alle nur denkbaren kritischen Situationen beherrschen lernen. Bond war zutiefst beeindruckt.

»Wenn ich dir beigebracht habe, wie du Jay Autems Programme knacken und duplizieren kannst, bekommst du einen Terror Twelve und drei verschiedene Diskettenlaufwerke mit, James. Du kannst also nicht behaupten, ich hätte nicht wie eine liebevolle Mutter für dich gesorgt.«

Bond arbeitete und übte bis zum Abend weiter, aber er blieb nachdenklich, weil sein Verstand sich nicht nur mit den von Percy gestellten Aufgaben, sondern auch mit dem erschreckenden Verbrechenspotential des Werkzeugs befaßte, das Jay Autem Holy – oder jedem anderen, der die nötigen Kenntnisse besaß – zur Verfügung stand.

Im Grunde genommen war das nur logisch. Wenn es Programme gab, mit denen sich taktische und strategische militärische Probleme lösen ließen, existierte dort auch das Potential für Programme, die skrupellose Menschen darin ausbildeten, wie man am besten betrog, stahl, raubte und sogar mordete.

»Und du glaubst wirklich, daß Ausbildungsprogramme, wie du mir eines vorgeführt hast, von Kriminellen benützt werden?« fragte er viel später, als sie schon im Bett lagen.

»Ich wäre sehr überrascht, wenn das nicht der Fall wäre.« Percy machte ein ernstes Gesicht. »Und ich würde mich sehr wundern, wenn Jay Autem nicht damit beschäftigt wäre, in seinem schönen Landhaus in Oxfordshire Verbrecher oder sogar Terroristen auszubilden.« Sie lachte bitter. »Ich bezweifle übrigens auch, daß es rein zufällig ›Haus Endor‹ heißt. Der Holy Terror hat Sinn für schwarzen Humor.«

Bond war sich darüber im klaren, daß sie höchstwahrscheinlich recht hatte. Er bekam jeden zweiten Tag über Bill Tanner einen Bericht aus England: eine Zusammenfassung der Meldungen des Überwachungsteams, das mit äußerster Diskretion – die Mitglieder des Teams wurden alle 48 Stunden ausgewechselt – in dem Dorf Nun's Cross operierte. Er fragte Percy, was ihrer Ansicht nach in der Nacht, in der Dr. Holy verschwunden war, wirklich passiert sein mußte.

»Na ja, jedenfalls ist er nicht allein abgehauen. Der liebe alte Rolling Joe Zwingli muß ihn begleitet haben, und dieser Kerl ist verrückt, völlig übergeschnappt gewesen. In Langley haben sie eine so dicke Akte über ihn gehabt...« Sie deutete zwischen Daumen und Zeigefinger einen fünf Zentimeter dicken Ordner an.

»Die beiden haben den armen Piloten erledigt und

sind dann mit dem Fallschirm abgesprungen?« Bond redete beinahe wie mit sich selbst.

Percy nickte und zuckte danach mit den Schultern. »Später muß er Zwingli beseitigt haben, als der General ihm lästig geworden ist.«

In den letzten Tagen seiner Ausbildung beherrschte Bond die Kunst, alle möglichen Programme zu kopieren, die durch sämtliche Tricks geschützt waren, mit denen Dr. Holy nach Percys Informationen arbeitete. Sie reservierten sich die beiden letzten Tage für sich selbst.

»Du bist eine Zauberin!« lobte Bond Percy. »Ich kenne keinen anderen Menschen, der mir in so kurzer Zeit so vieles hätte beibringen können.«

»Von dir habe ich auch einiges gelernt – allerdings außerdienstlich.« Sie ließ den Kopf aufs Kissen sinken. »Komm, James, Darling, spiel's noch mal, wie die Jazzmusiker sagen; dann gehen wir groß zum Essen aus – und danach kannst du mir zeigen, wie man an den Tischen in den Salles Privées richtig gewinnt.«

Das war am Spätnachmittag gewesen, und gegen 21 Uhr an diesem Abend saßen sie am ersten Tisch im exklusivsten Saal des Casinos. Bond hatte noch immer Glück im Spiel, obwohl er jetzt eher zurückhaltend spielte, nie mehr als sein Startkapital setzte, das sich seit seiner Ankunft vervierfacht hatte, und im allgemeinen die Finger von den riskanten Möglichkeiten mit hohen Gewinnchancen ließ.

In den drei Stunden, die sie an diesem Abend spielten, erreichte er einen Tiefpunkt mit etwa vierzigtausend Francs. Aber dann lächelte das Glück ihm wieder, so daß er gegen Mitternacht knapp dreihunderttausend Francs in Jetons vor sich liegen hatte. Bond setzte zwei Spiele lang aus und hatte eben beschlossen, nach dem nächsten Einsatz für diesmal aufzuhören, als er Percy erschrocken tief Luft holen hörte. Er sah zu ihr hinüber und stellte fest, daß sie blaß geworden war und mit weit aufgerissenen Augen zum Eingang hinüberstarrte. Sie wirkte dabei nicht so sehr ängstlich, als vielmehr völlig überrascht.

»Was hast du, Liebling?«

»Wir müssen verschwinden«, flüsterte sie. »Schnell! Dort drüben. Eben reingekommen...«

»Wer?« Bonds Blick fiel auf einen grauhaarigen Hünen, der sich militärisch straff hielt und den Raum prüfend überblickte, als betrachte er ein Schlachtfeld. Er brauchte Percys Antwort gar nicht mehr zu hören.

»Ich meine den alten Knaben dort drüben. Und wir haben geglaubt, Jay Autem habe ihn beseitigt! Das ist Rolling Joe persönlich. Joe Zwingli ist hier – anscheinend mit ein paar Infanteriedivisionen, wie er auftritt!«

Als Zwingli den Saal betrat, wurde er von vier weiteren Männern begleitet, die adrett und schneidig wie Offiziere bei einer Parade aussahen und so gefährlich wie eine Panzerbrigade wirkten, die dabei ist, einen Trupp Pfadfinder anzugreifen.

7

Rolling Home

General Zwingli war zum Zeitpunkt seines Verschwindens keine unscheinbare Gestalt gewesen. Jetzt mußte er Mitte Siebzig sein, aber Bond hätte ihn auf den ersten Blick für einen guterhaltenen Sechziger gehalten. Die vier anderen Männer waren jünger, athletischer und nicht gerade der Typ, dem man im allgemeinen bei Sonntagsschulpicknicks begegnete.

Bond saß sekundenlang unbeweglich da und rechnete im stillen mit dem Schlimmsten, weil er der Überzeugung war, Zwingli und seine Männer suchten ihn oder möglicherweise Percy. Es mußte irgendeinen Zusammenhang geben. Um das zu erkennen, brauchte man keine Kristallkugel. Zwingli hatte bei Dr. Holys Verschwinden eine wichtige Rolle gespielt. Falls die beiden zum Zeitpunkt des Flugzeugabsturzes Komplicen gewesen waren, arbeiteten sie vermutlich noch jetzt zusammen, denn Dr. Holy und General Zwingli waren fürs Leben durch etwas viel stärkeres als ein Eheversprechen zusammengeschmiedet. Verschwörer konnten sich nur in Ausnahmefällen trennen, ohne daß die Partner sich gegenseitig schwer verletzten.

Bond lächelte freundlich. »Du darfst ihn nicht so anstarren, Percy. Das ist unhöflich. Außerdem macht es den guten General vielleicht auf uns aufmerksam – falls er tatsächlich nach uns Ausschau hält.« Seine Lippen bewegten sich kaum, während er Zwingli und seine Begleiter aus dem Augenwinkel heraus beobachtete.

Zu seiner Erleichterung erschien ein breites Lächeln auf dem kantigen, runzligen Gesicht des Generals. Er sah nicht zu Bond und Percy hinüber, sondern marschierte auf einen dunkelhäutigen muskulösen Mann

Mitte Dreißig zu, der an der Bar gesessen hatte. Die beiden schüttelten sich herzlich die Hand, bevor das übrige Quartett vorgestellt und mit Handschlag begrüßt wurde.

»Um kein unnötiges Risiko einzugehen, wär's meiner Meinung nach besser, jetzt zu verschwinden«, sagte Bond halblaut. »Ganz natürlich und unauffällig.«

Nachdem er dem Croupier ein großzügiges Trinkgeld gegeben hatte, sammelte er seine Jetons ein und stand mit Percy auf. Die beiden gingen zur Kasse, wo Bond sich seinen Gewinn bar auszahlen ließ, anstatt wie sonst bei größeren Summen einen Scheck zu nehmen. Draußen bot er Percy seinen Arm an und führte sie energisch ins Hotel zurück.

»Das könnte ein Zufall gewesen sein, aber wir wollen lieber nichts riskieren. Ich bezweifle allerdings, daß er dich wiedererkannt haben kann. Wie gut hast du ihn gekannt, Percy?«

»Nur von zwei, drei Einladungen zum Abendessen. Und von einigen Gesellschaften in Washington. Ich habe ihn gekannt, aber er hat immer völlig desinteressiert gewirkt – nicht nur an mir, sondern an allen Frauen. Aber das ist er gewesen, James. Dafür garantiere ich!«

Während seiner Einweisung durch M hatte Bond eine ganze Anzahl Fotos studiert, darunter auch zwei Serien in dem Nachrichtenmagazin *Time*, das General Zwingli eine Titelstory gewidmet hatte. »Für jemanden, der schon so lange tot ist, hat er sich erstaunlich gut gehalten. Nein, er hätte dich nur erkennen können, wenn er einen Tip bekommen hätte, daß du ... nun, daß du dein Aussehen verändert hast.«

Percy kicherte. »Dies *ist* mein wahres Aussehen, James. Als Mistreß Holy hatte ich mich getarnt. Ich hatte absichtlich zugenommen, bin mit einer dicken Fensterglasbrille herumgelaufen und habe die tolpatschige Informatikerin gespielt ...«

»Und die Nase?«

»Okay, die habe ich mir operieren lassen, nachdem Jay Autem verschwunden war. Niemand ist vollkommen. Aber du hast recht: Rolling Joe hätte einen Tip kriegen müssen, um mich zu erkennen...«

»Möglich ist natürlich auch, daß jemand ihn auf *mich* hingewiesen hat.« Bond strich sich eine kommaförmige Locke über dem rechten Auge aus der Stirn. Sie erreichten den Hoteleingang. »Hast du den Mann erkannt, mit dem er sich getroffen hat? Den Mann mit dem dunklen Teint, nach dem er Ausschau gehalten hat?«

»Sein Gesicht ist mir bekannt vorgekommen. Ich habe es zumindest schon einmal auf einem Foto gesehen. Vielleicht haben wir ihn in den Akten. Und du?«

»Mir geht's ähnlich. Ich müßte ihn eigentlich kennen.« Er sprach weiter und erklärte Percy, daß sie seiner Ansicht nach Monte Carlo verlassen mußten. »Am besten fahren wir beide mit dem Bentley. Dann können wir bis morgen mittag in Paris sein und...«

»Warte, bis wir oben sind«, verlangte Percy halblaut. Als sie ihr Zimmer erreicht hatten, widersprach sie ihm nachdrücklich. »Ich habe Anweisung, Monte Carlo allein zu verlassen. Ich habe einen Wagen und soll selbständig fahren. Wir sollen unter keinen Umständen miteinander abreisen. Das sind meine Anweisungen, und ich habe nicht die Absicht, dagegen zu verstoßen!«

»Und?«

»Deshalb bin ich deiner Meinung, James. Ich halte dieses Zusammentreffen für reinen Zufall. Darüber hinaus ist das Wissen, daß Zwingli noch lebt, eine wertvolle Information. Und ich bin wie du der Auffassung, daß wir so schnell wie möglich abreisen sollten.«

Percy umsorgte Bond noch eine Weile wie die sprichwörtliche Glucke und fragte ihn über alles aus, was sie ihm beigebracht hatte.

Bond schleppte die Koffer mit dem Terror Twelve in sein eigenes Zimmer – gemeinsam mit den Diskettenlaufwerken und den Dienstprogrammen auf Festplatten, die ihm helfen sollten, Holys Listings zu duplizieren oder abzurufen, falls er Gelegenheit fand, sie an sich zu bringen. Danach packten beide ihre eigenen Sachen, um sich anschließend zu einem raschen Abschied zu treffen, bevor Percy eine gute halbe Stunde vor Bond abfuhr. Beide würden etwa die gleiche Strecke fahren, denn Percy mußte zur CIA-Station Paris zurück, während Bond die lange Fahrt nach Calais zur Kanalfähre nach Dover vor sich hatte. Sie trafen sich wie verabredet in der Tiefgarage, nachdem Percys Gepäck im Kofferraum ihres sportlichen kleinen blauen Dodge 600ES verstaut worden war.

»Glaubst du, daß wir uns jemals wiedersehen?« Bond war ausnahmsweise um Worte verlegen.

Sie legte ihm die Hände auf die Schultern und blickte in die verblüffend blauen Augen. »Das müssen wir doch, nicht wahr, James?«

Er nickte, weil er wußte, daß sie in diesem Augenblick das gleiche dachten. »Weißt du, wie ich zu erreichen bin?«

Diesmal nickte Percy. »Oder du kannst mich anrufen – wenn alles vorbei ist.« Sie rasselte eine Telefonnummer in Washington herunter. »Falls ich nicht da bin, hinterläßt du eine Nachricht, wann ich zurückrufen kann, okay?«

Percy schlang ihm die Arme um den Hals und küßte ihn zum Abschied. Nachdem sie den Motor angelassen hatte, beugte sie sich noch einmal aus dem Fenster.

»Paß gut auf dich auf, James. Du wirst mir fehlen.«

Dann fuhr der Dodge an, rollte immer schneller an den in langen Reihen geparkten Wagen vorbei und verschwand die Rampe hinauf, um über die nächtlichen Fernstraßen Frankreichs nach Paris zurückzukehren.

Eine halbe Stunde später verließ Bond mit dem Mulsanne Turbo dieselbe Tiefgarage. Wenige Minuten später hatte er das Fürstentum bereits hinter sich und fuhr auf der Moyenne Corniche in Richtung Autobahn A8 nach Paris.

Auf der ersten Etappe seiner Fahrt – gegen vier Uhr morgens – fiel Bond plötzlich ein, wer der Mann war, mit dem General Zwingli sich getroffen hatte. Ja, der andere *war* aktenkundig. Seine dicke Akte hatte schon häufig auf Bonds Schreibtisch gelegen, denn Tamil Rahani wurde routinemäßig überwacht. Rahani war halb Amerikaner, halb Libanese, besaß mindestens zwei Reisepässe und operierte im allgemeinen von New York aus, wo er Präsident und Hauptaktionär der Firma Rahani Electronics war. In der Vergangenheit hatte er sich mehrmals um Verteidigungsaufträge der amerikanischen und der britischen Regierung bemüht – hauptsächlich auf dem Gebiet der Luftfahrzeugausrüstung, obwohl er in einigen Fällen auch Computer angeboten hatte.

Rahani war erstmals vor etwa fünf Jahren beim Service aufgetaucht, nachdem die amerikanischen Kollegen ihn weitergereicht hatten. Wegen seiner zahlreichen Kontakte mit anderen Geheimdiensten und dubiosen Regierungen war er in London rundweg abgelehnt worden. Er war reich, elegant, clever, intelligent und aalglatt. Bond erinnerte sich an den Vermerk auf seiner Akte: *Möglicherweise geheimdienstlich tätig; wahrscheinlich subversiv.*

Sobald Bond sich über diese Tatsachen im klaren war, fuhr er den Mulsanne voll aus. Er hatte es eilig, nach England zurückzukommen, M Bericht zu erstatten und zu versuchen, an Jay Autem Holy heranzukommen. Dieser Auftrag war jetzt um so verlockender, als er Einblick in die Arbeit Dr. Holys bekommen hatte und mit eigenen Augen gesehen hatte, daß Zwingli gesund und munter war und – falls Bond sich nicht gewaltig irrte – eng mit einem höchst suspekten internationalen Gauner zusammenarbeitete.

Auf der Autobahn A26 nach Calais sang Bond laut vor sich hin. Nach der erzwungenen mehrwöchigen Untätigkeit, dem Mangel an Aufregung und der wenig originellen Absicht von M, ihn als Köder zu benützen, schien er plötzlich wieder das Feuer bevorstehender Action in seinen Adern zu spüren.

Er sang ›Rolling home‹ und erinnerte sich dabei an die gute alte Zeit, in der er mit seinen Offizierskameraden manchmal buchstäblich heimgerollt war.

»Rolling home,
By the light of the silvery moon;
I have twopence to lend,
And twopence to spend,
And twopence to send home to...«

Sein Gesang verstummte. Er konnte es nicht über sich bringen, die letzte Zeile zu singen, in der von dem Geld die Rede war, das er seiner Frau nach Hause schicken konnte. Die Erinnerung an seine ermordete Frau Tracy verfolgte ihn noch immer, obwohl er jetzt Percy Prouds klaren Verstand und geschmeidigen, schönen Körper vermißte. Bond machte sich wegen dieser Schwäche Vorwürfe. Er war als Einzelgänger ausgebildet, der allein arbeitete, ohne auf andere angewiesen zu sein. Trotzdem sehnte er sich nach ihr. Er wußte, daß es Augenblicke gab, in denen er sich einbildete, ihr Parfüm zu riechen oder ihre glatte Haut unter den Fingerspitzen zu spüren. Reiß dich zusammen! ermahnte er sich.

Zwischen den Rechnungen und Drucksachen, die Bond bei seiner Rückkehr im Briefkasten vorfand, steckte ein Schreiben eines Börsenmaklers, das besondere Aufmerksamkeit erforderte. Immerhin enthielt dieser scheinbar harmlose Werbebrief eine Reihe von Telefonnummern – für jeden Wochentag eine andere –, die er wählen konnte, um ein Treffen mit M in der sicheren Wohnung an der St. Martin's Lane zu vereinbaren.

Der vorgesehene Abend erwies sich als wirklich herrlicher Frühlingsabend. Der Sommer stand unmittelbar bevor – das spürte man sogar mitten in der Hauptstadt.

»Na, Nullnullsieben, die Frau hat Ihnen wohl sämtliche Tricks beigebracht, was?«

»Zumindest einige, Sir. Aber ich wollte etwas anderes mit Ihnen besprechen.«

Bond gab eine knappe Zusammenfassung der letzten Stunden seines Aufenthaltes in Monte Carlo und schilderte, wie er Joe Zwingli mit Tamil Rahani gesehen hatte. Der Name Rahani war kaum gefallen, als M seinen Stabschef bereits anwies, sich nach ihm zu erkundigen.

»Eigentlich soll der Kerl ständig überwacht werden...«

Tanner kam nach zehn Minuten zurück. »Zuletzt ist er bei einem Besuch in Mailand gesehen worden. Unser dortiger Mann hat ihn im Auge behalten. Rahani scheint sich auf einer Geschäftsreise befunden zu haben.« Der Stabschef zuckte leicht verlegen mit den Schultern. »Leider hat niemand beobachtet, wie er abgeflogen ist, Sir, obwohl er für gestern den Rückflug nach New York gebucht hatte. Er ist nicht an Bord gewesen.«

»Und ich vermute, daß er seither spurlos verschwunden ist.« M nickte wie ein Buddha. »Nur Nullnullsieben hat ihn gesehen – in Monaco.«

»Er ist dort im Casino gewesen«, versicherte Bond ihm nachdrücklich. »Mit General Zwingli und vier weiteren Männern.«

M starrte ihn lange schweigend an. »Unglaublich«, sagte er zuletzt, als habe jemand ihm ins Gesicht geschlagen. »Unglaublich, daß Zwingli noch lebt und darüber hinaus mit Rahani zu tun zu haben scheint. Ich frage mich nur, welche Rolle er bei dieser ganzen Sache spielt. Sie müssen darauf gefaßt sein, daß Rahani in den

Fall verwickelt ist, Nullnullsieben. Er ist schon immer eine Art unbekannte Größe gewesen, deshalb informieren wir umgehend alle, die benachrichtigt werden müssen. Ansonsten sind wir jetzt soweit, daß wir Sie einschleusen können. Ich möchte, daß Sie folgendes tun: Ihre alte Bekannte Freddie Fortune hat die Möglichkeit, Sie...«

James Bond ächzte laut.

In der Woche danach ließ er sich wieder in seinen Londoner Stammlokalen blicken. Er vertraute zwei, drei Leuten an, daß er noch desillusionierter als früher sei. Er berichtete, er sei in Monte Carlo gewesen, wo die Wahrheit des alten Sprichworts ›Glück im Spiel, Unglück in der Liebe‹ sich wieder einmal bewiesen habe.

Bond suchte sich für diese Bekenntnisse absichtlich Leute aus, von denen er wußte, daß sie kein Geheimnis für sich behalten konnten, sondern seine Erzählungen im Gegenteil noch aufbauschen würden. Am Donnerstagabend begegnete er in der Bar eines der luxuriösen Clubs in Mayfair ›zufällig‹ Lady Freddie Fortune, der extravaganten, Flugblätter verteilenden Adligen, die er stets als ›Champagnerkommunistin‹ bezeichnete. Sie war eine temperamentvolle, zierliche Rothaarige mit dem Spitznamen ›Rote Freddie‹ – völlig unzuverlässig und ständig in den Klatschspalten, weil sie für irgendeine empörende Sache kämpfte oder in sexuelle Skandale verwickelt war. Freddie war nur diskret, wenn es ihr paßte. An diesem Abend deutete Bond gesprächsweise an, daß er einen Job in der Computerbranche suche. Darüber hinaus schüttete er ihr sein Herz aus – eine Liebesaffäre in Monte Carlo, die mit einer Katastrophe geendet und ihn enttäuscht und verbittert zurückgelassen hatte.

Lady Freddie fand es faszinierend, daß dieser Mann, der sonst immer so nüchtern und zurückhaltend gewesen war, jetzt so emotional reagierte, und schleppte Bond in ihr Bett ab, wo er sich an ihrer Schulter ausweinen durfte – natürlich nur sinnbildlich. Während Bond nachts versuchte, die Rolle eines Mannes zu spielen, der zuviel getrunken hat, aber noch imstande ist, sich zu amüsieren, sehnte er sich nach Percy, ihrem speziellen Duft und ihrer glatten Haut.

Am nächsten Morgen spielte er den Verkaterten und war mürrisch, sogar leicht reizbar. Aber das alles konnte Freddie Fortune nicht erschüttern. Als er gehen wollte, erzählte sie ihm, sie habe Freunde, die ihm vielleicht weiterhelfen könnten, falls er wirklich einen Job in der Computerbranche suche.

»Hier.« Sie steckte ihm eine kleine Geschäftskarte in die Brusttasche seiner Jacke. »Das ist ein nettes kleines Hotel. Wenn du's einrichten kannst, am Samstag dorthin zu kommen, bin ich auch dort. Aber du darfst um Himmels willen kein Sterbenswörtchen davon verraten, daß ich dir von diesen Leuten erzählt habe! Ich überlasse es dir, ob du kommen willst, James, aber falls du dich dazu entschließt, mußt du überrascht erscheinen, mir dort zu begegnen. Okay?«

Am Samstagmorgen fuhr Bond mit einem Wochenendkoffer und dem Computer samt allen Peripheriegeräten im Kofferraum des Bentleys aus London in Richtung Oxford ab. Innerhalb einer Stunde hatte er die Fernverkehrsstraße verlassen und schlängelte sich auf Landstraßen durch Oxfordshire nach Nun's Cross bei Banbury.

8

›The Bull‹ in Nun's Cross

Banbury Cross ist kein besonders altes Denkmal: Das Kreuz wurde Ende der fünfziger Jahre des vorigen Jahrhunderts zur Erinnerung an die Eheschließung der ältesten Prinzessin des englischen Königshauses mit dem preußischen Kronprinzen errichtet. Natürlich hatte dort schon ein viel älteres Kreuz gestanden – genauer gesagt sogar drei –, aber das gegenwärtige Ungetüm im viktorianisch-gotischen Stil wurde an seinem jetzigen Standort errichtet, weil ein ortsansässiger Historiker glaubte, dort habe einst das alte Feldkreuz gestanden. Fünf Kilometer nördlich von Banbury liegt das Dorf Nun's Cross an einem bewaldeten Hügel, und von dort aus ist überhaupt kein Kreuz zu sehen.

Bond lenkte den Mulsanne Turbo durch die schmale Hauptstraße von Nun's Cross und in den Hof des dortigen Gasthofs mit dem imposanten Namen ›The Bull at the Cross‹. Während er seinen kleinen Koffer aus dem Wagen nahm, überlegte er sich, daß dieser Gasthof vermutlich der einzige florierende Betrieb im ganzen Dorf war. Ein schöner georgianischer Bau. Liebevoll erhalten und geschmackvoll modernisiert. Die Besitzer veranstalteten sogar ›Feinschmecker-Wochenenden für Anspruchsvolle‹.

Von dem Hausdiener, der ihm den Koffer abnahm, erfuhr Bond, daß das Wochenende aus der Sicht des kleinen Hotels sehr ruhig zu werden versprach, obwohl das Haus vergangene Woche ausgebucht gewesen war.

Bond packte aus, zog sich um und trug nun zu einer grauen Flanellhose ein Sporthemd mit offenem Kragen, einen marineblauen Pullover und seine bequemsten Mokassins. Er war unbewaffnet. Die 9-mm-ASP war in ihrem Geheimfach im Bentley zurückgeblieben. Trotzdem blieb Bond wachsam, als er nach unten ging, den alten Innenhof überquerte und auf die Dorfstraße hinaustrat. Er hielt nach einem dunkelblauen Jaguar XJ6 oder einem grauen Mercedes 190 Ausschau. Die Kennzeichen beider Wagen hatten sich ihm eingeprägt, denn der Jaguar und der Mercedes waren in seinem Rückspiegel erschienen und hatten sich mit monotoner Regelmäßigkeit bei der Verfolgung abgewechselt, seitdem er an diesem Morgen losgefahren war.

Bond machte sich keine Illusionen. Zum erstenmal seit seinem angeblichen Ausscheiden aus dem Secret Service war er beschattet worden – beinahe bewußt auffällig, als wollten seine Verfolger auf sich aufmerksam machen.

Für einen Drink vor dem Mittagessen war es noch zu früh. Bond entschloß sich zu einem Spaziergang durch dieses Dorf, das vermutlich einen hochintelligenten Verbrecher beherbergte, der möglicherweise zugleich ein Verräter war.

The ›Bull at the Cross‹ lag fast an der Kreuzung der beiden durchs Dorf führenden Straßen, an denen in trauter Gemeinsamkeit hauptsächlich georgianische Gebäude und einige ältere Fachwerkhäuser standen, die sich aneinanderlehnten, als suchten sie Halt, und jetzt die Läden des Dorfs enthielten. In den kurzen Zeilen, die die ehemaligen Taglöhnerhäuser bildeten, wohnten jetzt Pendler, die in Banbury oder Oxford auf ganz anderen Feldern tätig waren.

Fast genau gegenüber der Hofausfahrt stand die Kirche. Nach Süden schlängelte die Hauptstraße sich durch die freie Landschaft davon, die durch Wäldchen und Herrensitze aufgelockert wurde, als habe der hier ansässige Landadel das Gebiet südlich des Dorfs durch seine Besitztümer landschaftlich gestalten wollen. Schmiedeeiserne Tore und mit Rhododendron gesäumte Einfahrten gaben gelegentlich den Blick auf große, behäbige viktorianische Villen oder georgianische Herrenhäuser aus leuchtendgelbem Hortoner Kalkstein frei.

Die dritte Einfahrt nach der Kirche war durch ein massives, hohes modernes Tor zwischen den steinernen Torsäulen einer aus dem 18. Jahrhundert stammenden Mauer gesichert. In die rechte Torsäule war ein kleines Messingschild mit den eingravierten Worten GUNFIRE SIMULATIONS LTD eingelassen. Darüber stand in Stein gehauen – in einen neuen, geschickt in die Säule eingepaßten Stein – das eine Wort ENDOR.

Die Zufahrt, die schon bald eine enge Kurve beschrieb und hinter dichten Büschen und niedrigen Bäumen verschwand, wirkte sehr gepflegt, und in etwa 200 Metern Entfernung war gerade noch ein Teil eines grauen Schieferdachs zu erkennen. Bond schätzte die Fläche des dazugehörigen Grundstücks auf etwa einen Quadratkilometer. Die hohe Mauer verlief links von ihm weiter bis zu einem schmalen Weg, an dem ein altertümlicher Wegweiser mit der Aufschrift THE SHRUBS stand.

Nach etwa einem Kilometer kehrte Bond um, schlenderte die Dorfstraße entlang und wandte sich nach Norden, wo die alten Häuser sich im Schutz eines bewaldeten niedrigen Hügels zusammendrängten. Dort waren clevere Spekulanten am Werk gewesen und hatten eine moderne Wohnsiedlung errichtet, die bis fast an den Waldrand reichte.

Es war schon nach zwölf Uhr, als Bond gemächlich zu dem Gasthof zurückspazierte. In der Nähe seines Bentleys stand ein dunkelblauer Jaguar, aber außer dem Hotelpersonal schien niemand in der Nähe zu sein. In der Bar traf er nur den Barkeeper und einen weiteren Gast an.

»James, Darling, was für eine Überraschung, *dich* hier auf dem Lande zu treffen!« Freddie Fortune, die in einer smaragdgrünen Bluse und hautengen Jeans sportlich-salopp wirkte, saß am Fenster.

»Die Überraschung ist ganz auf meiner Seite, Freddie. Wozu darf ich dich einladen?«

»Wodka mit Tonic, Darling.«

Er holte die Drinks von dem freundlichen Barkeeper, trug sie zu Freddie hinüber und sagte dabei laut: »Was führt dich denn hierher?«

»Oh, ich bin ganz verliebt in Nun's Cross. Ich komme oft her, um die Natur zu genießen... und Freunde besuchen. Allerdings kein Ort, an dem man dich vermuten würde, James.« Halblaut fügte sie hinzu: »Freut mich, daß du's geschafft hast...«

Bond versicherte ihr, das freue ihn ebenfalls. »Ich wollte übers Wochenende mal was anderes sehen. Das mit neulich nacht tut mir leid, Freddie. Ich muß dich tödlich gelangweilt haben...«

»O nein, Darling, das darfst du nicht glauben!« murmelte sie. »Eigentlich ist es schrecklich rührend gewesen. du hast mir so leid getan, du Ärmster!«

»Hab' mich ziemlich blamiert. Vergiß einfach, was ich gesagt habe, hmmm?« Bond kam sich lachhaft dämlich vor, während er die Art von Freddies Londoner Freunden imitierte.

»Schon vergessen, Darling.« Sie trank einen Schluck Wodka mit Tonic. »Du wolltest dem Getriebe der Großstadt entfliehen, jah?«

»Jah.« Bond mußte sich beherrschen, um ihren affektierten Akzent nicht boshaft zu imitieren.

»Oder bist du hergekommen, weil *ich* dich darum gebeten habe?«

Er beschränkte sich auf ein nichtssagendes »Hmmm.«

»Oder vielleicht wegen der Möglichkeit, hier einen Job zu finden?«

»Eigentlich aus allen drei Gründen, Freddie.«

»Mir genügt der zweite.« Sie lehnte sich an ihn. Bond hatte sekundenlang das eigenartige Gefühl, Percy neben sich zu haben.

Sie aßen gemeinsam zu Mittag und hatten dabei die

Wahl auf einer Speisekarte, die selbst dem Connaught Ehre gemacht hätte. Danach machten sie einen ausgedehnten Spaziergang durch Wald und Feld, von dem sie gegen halb vier zurückkamen.

»Gerade rechtzeitig für eine nette kleine Siesta.«

Freddie warf ihm einen einladenden Blick zu, und Bond, der sich nach soviel frischer Luft blendend in Form fühlte, hatte nicht die Absicht, sie zu enttäuschen. Zuerst entschuldigte er sich jedoch und ging zu seinem Bentley hinüber, um die ASP und zwei Reservemagazine aus dem Waffenfach zu holen. Er hielt die Pistole sorgfältig verborgen, als er Freddies behagliches Zimmer betrat.

Sie lag äußerst spärlich bekleidet auf ihrem Bett. »Komm, langweile mich zu Tode, Darling!« forderte sie ihn lächelnd auf und streckte die Arme nach ihm aus.

»Dinner?« fragte Bond später, als sie im Salon beim Tee saßen. Unterdessen waren weitere Gäste angekommen, und drei spanische Kellner liefen mit silbernen Teekannen und kleinen Tabletts mit Sandwiches und Cremeschnitten geschäftig hin und her. Wie bei Brown's am Sonntagnachmittag – aber ohne die Eleganz, dachte Bond.

»Ach, das hatte ich ganz vergessen, Darling!« Freddie machte ein zerknirschtes Gesicht. »Ich bin zum Abendessen eingeladen...« Dann lächelte sie. »Und du auch, wenn wir unsere Karten richtig ausspielen. Ich habe alte Freunde, weißt du, die hier leben.« Ihre Stimme sank zu einem vertraulichen Flüstern herab. »Hör zu, James, diese Leute könnten sich als Geschenk des Himmels erweisen. Willst du in Zukunft wirklich in der Computerbranche tätig sein?«

»Todsicher.«

»Super! Der alte Jason wird begeistert sein!«

»Jason?«

»Mein Freund... eigentlich meine Freunde. Jason und Dazzle St. John-Finnes.«

»Dazzle?«

Freddie machte ungeduldig eine wegwerfende Handbewegung. »Oh, sie heißt in Wirklichkeit Davide oder so ähnlich. Jeder nennt sie Dazzle. Superleute. Wirkliche Stars in der Computerszene. Sie sind schrecklich clever und erfinden beängstigend komplizierte Kriegsspiele.«

M hatte Bond bereits über Dr. Jay Autem Holys Gefolge informiert: die ›Ehefrau‹ Dazzle, ein junger Informatiker namens Peter Amadeus (»Österreicher, glaube ich«, fügte Freddie jetzt hinzu) und die noch jüngere Cambridge-Absolventin Cindy Chalmer.

»Sie ist ein absoluter Heuler«, vertraute Freddie ihm an. »Bei den Einheimischen heißt sie Sinful Cindy, und sie ist sehr beliebt – vor allem bei den Männern. Schwarz, weißt du.«

Bond schüttelte den Kopf, um anzudeuten, daß er das nicht wisse. Aber er freue sich schon darauf, die sündige Cindy kennenzulernen. Und wie sei das Verhältnis zwischen Sinful Cindy und Peter Amadeus?

»Oh, Darling, von dem jungen Amadeus hat keine Frau etwas zu befürchten – oder zu erhoffen, wenn du weißt, was ich meine. Paß auf, ich klingele Jason rasch mal an.« Wie viele Angehörige ihrer Gesellschaftsschicht benützte Freddie solche Londoner Ausdrücke vor allem außerhalb der Großstadt. »Ich will nur sichergehen, daß sie nichts dagegen haben, wenn ich mit dir im Schlepp aufkreuze.«

Sie blieb ungefähr fünf Minuten lang fort, obwohl Bond bereits wußte, wie die Antwort lauten würde. Freddie war eine recht gute kleine Schauspielerin, das mußte man ihr lassen.

»Alles klar, James«, verkündete sie, als sie zurückkam. »Sie würden sich wahnsinnig freuen, dich zum Abendessen einladen zu dürfen.« Genau wie er erwartet hatte – und wie sie erwartet hatte.

Trotz ihres affektierten Akzents, ihrer etwas dümmlichen Art und ihrer unbestreitbaren Nymphomanie war

Freddie Fortune eine loyale Freundin: So naiv sie oft in ihrem Urteil war, so unerschütterlich hielt sie zu einem Menschen oder einer Sache, für die sie sich entschieden hatte. Bond war sich darüber im klaren, daß Freddie in diesem Fall von anderen ausgenutzt wurde. Sie begriff vermutlich nicht einmal andeutungsweise die Risiken oder Gefahren, die ihm – oder ihr selbst – drohen konnten.

Bond stellte ihr einige harmlos klingende Fragen, um herauszubekommen, wie lange ›der alte Jason und Dazzle‹ schon ihre engen Freunde waren. Freddie sträubte sich ein bißchen, gab dann jedoch zu, daß sie die beiden seit genau zwei Monaten kannte.

Sie fuhren mit dem Bentley hinüber.

»Ich find's wahnsinnig toll, wenn's im Auto nach Leder duftet. Richtig sexy!«

Freddie kuschelte sich in den Beifahrersitz, der die Maße eines behaglichen Sessels hatte. Bond war geistesgegenwärtig genug, sich bei ihr zu erkundigen, wohin er fahren müsse.

»Das Tor ist wahrscheinlich geschlossen, aber du kannst abbiegen und davor halten. Jason hat eine richtige Sicherheitsmanie. Alles ist mit den tollsten elektronischen Alarmanlagen gesichert.«

»Kann ich mir denken«, sagte Bond halblaut zu sich selbst, aber er hielt sich an ihre Anweisungen, bog links ab, wo sie es verlangte und brachte den Mulsanne eine Handbreit vor dem hohen Eisentor zum Stehen. Er hätte jeden Betrag darauf verwettet, daß die Gitterstäbe aus Stahl bestanden, der kunstvoll behandelt worden war, so daß er wie Schmiedeeisen aussah. Das Tor war mit drei großen Schlössern gesichert, während seine Angeln hinter den steinernen Torsäulen unerreichbar waren.

Das Gittertor wurde offenbar von einer Fernsehkamera überwacht, denn sie hatten erst wenige Sekunden davor gewartet, als die Schlösser sich mit hörbarem Klikken öffneten und die Torflügel zurückschwenkten.

Wie Bond bereits vermutet hatte, war Endor ein großer Landsitz mit etwa zwanzig Räumen: im klassisch georgianischen Stil aus goldgelbem Cotswold-Kalkstein erbaut – mit einem von Säulen getragenen Vordach und symmetrisch angeordneten Schiebefenstern. Das Knirschen des Kieses unter den Rädern seines Bentleys war ein Geräusch, das viele Erinnerungen in ihm weckte. Erinnerungen an ältere Autos, die er früher gefahren hatte, und seltsamerweise an seine Schulzeit, in der er die Bücher von Dornford Yates verschlungen hatte, dessen Abenteurer in Bentleys oder Rolls-Royces in den Kampf fuhren – meistens um schöne Damen mit sehr zierlichen Füßen zu retten.

Jason St. John-Finnes – Bond dachte jetzt unter diesem Namen an ihn – stand in der offenen Tür, aus der ein breiter Lichtstreifen auf die Wendefläche vor dem Eingang fiel. Er versuchte anscheinend nicht einmal, sich zu tarnen. Das Jahrzehnt, in dem er ›tot‹ gewesen war, schien keinen Tribut gefordert zu haben, denn er sah noch genauso aus wie auf den vielen Fotos in seiner Akte im Hauptquartier am Regent's Park. Er war groß, schlank und offenbar gut in Form, denn er bewegte sich elegant und geschmeidig – der Gang eines durchtrainierten Athleten. Die berühmten grünen Augen waren tatsächlich so verblüffend, wie immer wieder behauptet wurde. Sie konnten nach Belieben warm oder kalt leuchten, wirkten fast hypnotisch und starrten einen so durchdringend an, als könnten sie einem ins Herz blikken. Die große Adlernase glich tatsächlich einem Vogelschnabel, und die Kombination aus leuchtenden, durchdringenden Augen und der scharfen Adlernase erinnerte an einen gefährlichen Raubvogel.

Bond fuhr innerlich zusammen. Dr. Jay Autem Holy hatte etwas außerordentlich Bedrohliches an sich. Aber dieser beunruhigende Eindruck verschwand schlagartig, sobald er zu sprechen begann.

»Freddie!« Er begrüßte sie mit einem Kuß auf beide

Wangen. »Wie schön, dich wiederzusehen, und ich freue mich, deinen Freund kennenzulernen.« Er streckte ihm die Hand entgegen. »Bond, nicht wahr?«

Die Stimme klang angenehm tief und humorvoll, der amerikanische Akzent – Boston? – war nur schwach, sein Händedruck kräftig, warm und sehr freundlich. Bond hatte den Eindruck, eine Welle von Freundschaft und Willkommen zu spüren, als ihre Hände sich berührten.

»Ah, da kommt Dazzle. Liebling, das hier ist Mister Bond.«

»James«, sagte er und war bereits in Gefahr, sich von dem Charme dieses Mannes hypnotisieren zu lassen. »James Bond.«

Sein Herz schlug sekundenlang wie rasend, als er die große, schlanke, aschblonde Frau aus dem Haus treten sah. Dann erkannte er, daß er sich in dem diffusen Licht getäuscht hatte; aber aus einiger Entfernung – und vor allem wie jetzt in der Abenddämmerung – konnte man Dazzle leicht für Percy Proud halten: die gleiche Haarfarbe, die gleiche schlanke Figur und sogar die gleichen Bewegungen.

Dazzle war so freundlich und herzlich wie ihr Ehemann. Die beiden wirkten merkwürdig auf Bond, als seien sie imstande, einen für sich zu vereinnahmen und in irgendeinen Zauberkreis hineinzuziehen. Während sie die großzügige Eingangshalle betraten, spürte Bond den lächerlichen Wunsch, sämtliche Vorsichtsmaßnahmen zu vergessen, sich sofort an Jason zu wenden und ihn zu fragen, was damals an dem Tag, an dem er zu jenem Unglücksflug gestartet war, wirklich geschehen sei. Warum war er damals untergetaucht? Was hatte er jetzt vor? Und welche Rolle spielte Zwingli bei dieser ganzen Sache?

An diesem Abend mußte Bond sich eisern beherrschen, um nicht mit seinen Fragen herauszuplatzen. Jason und die temperamentvolle Dazzle erwiesen sich als sehr charmante Gastgeber. Innerhalb weniger Minuten fühlte man sich in ihrer Gesellschaft so wohl, als seien sie alte Freunde. Jason bezeichnete sich als gebürtiger Kanadier, während Dazzle angeblich aus New York stammte, obwohl es schwerfiel, ihren Akzent richtig einzuordnen, der mehr nach Knightsbridge als nach der Fifth Avenue klang.

Bei seinem Einweisungsgespräch mit Bond hatte M kein Wort über finanzielle Dinge verloren, aber als er jetzt das Haus mit seiner unauffällig eleganten Einrichtung sah (»Dafür ist Dazzle zuständig«, sagte Jason lachend, »sie hätte Innenarchitektin werden können!«), war Bond sich darüber im klaren, daß diese Leute sehr reich sein mußten. Der große Salon war mit einer cleveren Mischung aus Antiquitäten und modernen Möbeln eingerichtet; der Raum war unauffällig gestreift tapeziert und bot einen wirkungsvollen Rahmen für die modernen Gemälde und die behaglichen Sitzmöbel. Bond fragte sich, woher das Geld für soviel Luxus kam? Warf die Firma Gunfire Simulations so hohe Gewinne ab?

Während ein junger Filipino die Drinks servierte, drehten die Gespräche sich fast ausschließlich um die wunderbar gelungene Renovierung des Hauses und ein paar amüsante dörfliche Skandale.

»Das macht das Leben auf dem Lande aus meiner Sicht erst reizvoll.« Jason lachte in sich hinein. »Meine Arbeit läßt mir keine Zeit für reges gesellschaftliches Leben, aber wir hören trotzdem allen Klatsch – weil ihn jeder mitbekommt.«

»Bis auf den Klatsch über uns, Liebling«, warf Dazzle lächelnd ein. Bond fiel auf, daß ihre Nase wie Percys vor der Operation aussah. Eigenartig! Sie hatte größte Ähnlichkeit mit der wahren Percy. Ob Jay Autem das wußte? Hatte er schon immer gewußt, wie die wahre Percy aussah? Hatte er sie nach ihrer Verwandlung wiedergesehen?

»Doch, doch, ich weiß genau, was über uns geredet

wird!« versicherte Jason ihr lachend. »Cindy und ich haben eine leidenschaftliche Affäre, während du die meiste Zeit in Peters Bett verbringst...«

»Na, davon hätte ich viel!« Dazzle bedeckte scheinbar erschrocken ihren Mund mit der Hand. »Wo sind sie überhaupt, Liebster? Peter und Cindy, meine ich.«

»Oh, sie kommen gleich herauf. Sie haben beschlossen, noch eine Runde von The Revolution zu spielen. Wir stecken erst mitten in den Vorarbeiten.« Er wandte sich an Bond. »Wir stellen Computerspiele her...«

»Richtig, das hat Freddie mir erzählt.« Es gelang Bond endlich, den Zauber zu durchbrechen und sogar einen leicht geringschätzigen Unterton in seine Stimme zu legen.

Jason wurde sofort darauf aufmerksam. »Sie sind auch Computerfachmann, stimmt's? Freddie hat mir davon erzählt.«

»Ich verstehe ein bißchen davon. Aber fast nichts von Spielen.« Die kaum hörbare Betonung des Worts *Spiele* sollte den Eindruck erwecken, als sei er strikt dagegen, Computer für bloße Spiele einzusetzen.

»Aha!« Jason hob den Zeigefinger. »Aber es gibt solche und solche Spiele, Mister Bond. Ich spreche von komplexen intellektuellen Simulationen, nicht von den Computerspielen in Spielsalons. Bei welcher Firma arbeiten Sie?«

Bond gab zu, im Augenblick unbeschäftigt zu sein. »Ich habe meine Programmierausbildung bekommen, als ich fürs Außenministerium gearbeitet habe.« Er bemühte sich, leicht verlegen zu wirken.

»Oh, Sie sind dieser Mister Bond!« Dazzle wirkte ehrlich aufgeregt.

Er nickte. »Ja, der berüchtigte Mister Bond. Aber auch der unschuldige Mister Bond.«

»Ja, natürlich. Ich habe die Berichterstattung über Ihren Fall verfolgt.« Jasons Stimme klang erstmals leicht zweifelnd.

»Sind Sie wirklich ein Spion gewesen?« Dazzle neigte dazu, fast atemlos aufgeregt zu wirken, wenn etwas sie wirklich interessierte.

»Ich...«, begann Bond und spielte dann den um Worte Verlegenen, so daß Jason ihm zu Hilfe kam.

»Ich glaube nicht, daß das eine Frage ist, die man einfach so stellen darf, Liebste.« In diesem Augenblick kamen Peter Amadeus und Cindy Chalmer herein.

»Ah, der erstaunliche Doktor Amadeus!« Jason stand auf.

»Und Sinful Cindy«, fügte Dazzle lachend hinzu.

»Ich würde mich geschmeichelt fühlen, wenn *ich* den Spitznamen Sinful Freddie hätte«, sagte Lady Freddie, während sie die beiden begrüßte.

»Sündig, daß ich nicht lache.« Cindy war nicht schwarz, wie Freddie behauptet hatte, sondern eher milchkaffeebraun. »Das Produkt eines westindischen Vaters und einer jüdischen Mutter«, vertraute sie Bond später an und fügte hinzu, es gebe Tausende von rassistischen Witzen, die auf ihre Kosten gemacht werden könnten. Jetzt wiederholte sie lediglich: »Sündig, daß ich nicht lache! Hier auf dem Land? Unmöglich!«

Cindy, die einen schlichten grauen Rock und eine weiße Seidenbluse trug, hatte die Figur und die Beine einer Tänzerin – und ein Gesicht, das Bond an eine sehr junge Ella Fitzgerald erinnerte.

Peter war ungefähr dreißig – einige Jahre älter als Cindy. Er war schlank, fast zierlich, untadelig gekleidet, hatte bereits eine Stirnglatze und besaß eine leicht affektierte, gewollt geistreiche Art, die bereits einen Hinweis auf seine sexuelle Vorliebe gab. Während er sich einen Drink mixte, sah er zu Cindy hinüber und meinte: »Dabei hättest du hier massenhaft Chancen, Cindy. Im Dorf gibt's ein paar große kräftige Farmersjungen, um die ich mit dir konkurrieren würde...«

»So, das reicht, Peter!« Zum erstenmal an dem Abend zeigte Jason die stählerne Faust im Samthandschuh.

Nach der gegenseitigen Vorstellung (Bond fragte sich, ob er sich das nur einbildete, aber Cindy Chalmer schien ihm einen scharfen, fast verschwörerischen Blick zuzuwerfen, als sie sich die Hand gaben), schlug Dazzle vor, ins Speisezimmer hinüberzugehen. »Tomas wird wütend, wenn das Essen verschmort.« Tomas war der schweigsame Filipino, der bei den besten Köchen Europas gelernt hatte – auf Kosten von Jason St. John-Finnes.

Das Dinner war fast ein Bankett: eine lombardische Suppe aus heißer Kraftbrühe mit Ei, die mit Parmesan bestreut und in einer mit leicht geröstetem Brot ausgelegten Schale serviert wurde; Lachspastete; eingelegter und mit Wacholderbeeren, Wein, Schinkenwürfeln und Zitrone gebratener Rehrücken; zuletzt ein Soufflé au Grand Marnier – ›speziell für Lady Freddie‹.

Anfangs drehte sich die Unterhaltung vor allem um die Arbeit, von der Cindy und Peter gerade kamen.

»Wie seid ihr vorangekommen?« erkundigte Jason sich, als sie an dem langen Refektoriumstisch auf dem spiegelblanken Parkett des Speisezimmers Platz nahmen.

»Wir haben zwei weitere Zufallsprobleme gefunden, die zu Anfang ins Spiel gebracht werden können. Erhöht man die Stärke und Suchintensität der britischen Streifen, gelangt man zu einigen sehr interessanten Ergebnissen.« Peter lächelte etwas verkniffen.

»Und als Ausgleich dafür gibt's einen neuen Zufall für eine spätere Phase«, fügte Cindy hinzu. »Wir haben eine Zufallskarte eingefügt, die der Kolonialmiliz mehr Kanonen beläßt. Zieht man diese Möglichkeit, lernen die Briten die wahre Stärke des Gegners erst kennen, wenn sie zum Sturm auf den Hügel antreten.«

Freddie und Dazzle unterhielten sich über Mode, aber Jason sah, daß Bond interessiert zuhörte. Er wandte sich an Peter und Cindy.

»Mister Bond hält nichts von der Verwendung von High-Tech-Geräten für bloße Spiele.« Er lächelte, um zu zeigen, daß seine Bemerkung nicht böse gemeint gewesen sei.

»Ah, das kann doch nicht Ihr Ernst sein, Mister Bond!«

»Das ist eine intellektuelle Stimulation!«

Cindy und Peter ergriffen fast gleichzeitig für Holy Partei. Dann fuhr Peter fort: »Ist Schach etwa ein leichtfertiger Gebrauch von Holz oder Elfenbein?«

»So was habe ich nie behauptet«, wehrte Bond lachend ab. Er wußte, daß der entscheidende Augenblick rasch näherrückte. »Ich habe lediglich eine Ausbildung als Programmierer erhalten – für staatliche Zwecke...«

»Nicht für militärische Zwecke, Mister Bond?«

»Oh, das Militär setzt natürlich auch Computer ein. Aber zu meiner Zeit als Marineoffizier hat's solche technologischen Hilfsmittel noch nicht gegeben.« Er machte eine Pause. »Ganz im Ernst: Ihre Arbeit interessiert mich. Diese Spiele, von denen Sie gesprochen haben – sind das wirklich nur Spiele?«

»In gewisser Beziehung sind es Spiele«, antwortete Peter. »Aber man könnte sie auch als Ausbildungsmittel bezeichnen. Unsere Produkte werden von vielen militärischen Dienststellen und aktiven Offizieren gekauft.«

»Ja, sie sind lehrreich.« Jason beugte sich zu Bond hinüber. »Man kann sich nicht einfach hinsetzen und eines unserer Spiele spielen, ohne eine Ahnung von Strategie, Taktik und Militärgeschichte zu haben. Sie können verdammt anstrengend sein und erfordern hohe Intelligenz. Ein Markt mit hohen Zuwachsraten, James.« Er machte eine Pause, als sei ihm etwas eingefallen. »Was ist Ihrer Meinung nach der bedeutungsvollste Fortschritt auf dem Computersektor?«

Bond zögerte keine Sekunde lang. »Zweifellos die beinahe von Monat zu Monat wachsende Speicherkapazität bei immer geringerem Raumbedarf.«

Jason nickte befriedigt. »Richtig! Mehr Kapazität bei weniger Volumen. Millionen von abrufbaren Informationen, die für alle Zeiten in einem briefmarkengroßen

Speicher stecken. Und wie Sie richtig festgestellt haben, schreitet die Entwicklung von Monat zu Monat, sogar von Tag zu Tag weiter fort. In ein, zwei Jahren kann jeder Personal Computer fast so viele Informationen speichern wie jetzt die von Banken und Ministerien eingesetzten Großrechner. Darüber hinaus hat ein technologischer Durchbruch die Kombination von Videoaufnahmen mit Computerbefehlen ermöglicht – Bewegung, Aktionen, Perspektive, Reaktionen. Hier in Endor arbeiten wir mit sehr fortschrittlichen Techniken. Vielleicht haben Sie Lust zu einem Rundgang nach dem Abendessen?«

»Laß ihn The Revolution spielen, damit wir sehen, ob ein Neuling eine neuartige Idee hat«, schlug Cindy vor.

»Warum eigentlich nicht?« Die grünen Augen glitzerten, als sei Jason bereit, eine Herausforderung anzunehmen.

»Woraus haben Sie ein Computerspiel gemacht – aus der russischen Oktoberrevolution?«

Jason lachte. »Nein, nicht ganz, James. Unsere Spiele sidn sehr umfangreich, wissen Sie, in gewisser Beziehung zu groß für einen Home oder Personal Computer. Alle sind sehr detailliert und benötigen deshalb viel Speicherkapazität. Wir sind sehr stolz auf ihre Spielbarkeit und das hohe Maß an intellektueller Stimulation, das sie dem Benutzer bieten. Deshalb bezeichnen wir sie nur ungern als Spiele. Simulationen wäre der bessere Ausdruck dafür.

Nein, wir bieten noch keine Simulation irgendeiner Revolution an. Im Augenblick sind wir lediglich mit sechs Programmen auf dem Markt: Crécy, Höchstädt, die Schlacht bei den Pyramiden – Napoleons Ägyptenfeldzug –, Austerlitz, Cambrai – ein interessanter Fall, weil auch die Deutschen hätten siegen können – und Stalingrad. Ziemlich weit sind wir auch mit den Vorarbeiten für eine Simulation des deutschen Blitzkriegs im Jahre 1939. Und wir arbeiten an einer interessanten Wiedergabe der amerikanischen Revolution – der letzten Phase vor dem Unabhängigkeitskrieg: Concord, Lexington, Bunker's Hill. September 1774 bis Juni 1775.«

»Freddie und ich sehen uns den Wintergarten an«, warf Dazzle plötzlich mit ziemlich scharfer Stimme ein. »Hier wird immer nur gefachsimpelt. Todlangweilig! Vielleicht sehen wir uns bald mal wieder, James. Freut mich, Sie kennengelernt zu haben.«

Jason entschuldigte sich nicht einmal, sondern lächelte nur wohlwollend und zuckte mit den Schultern. Freddie blinzelte Bond zu, bevor die beiden Damen den Raum verließen. Als er sich wieder umdrehte, sah er, daß Cindy ihm erneut eine Art Verschwörerblick zuwarf, aus dem diesmal sogar ein Hauch von Eifersucht zu sprechen schien. Oder bildete er sich das alles nur ein?

Jason nahm den Faden wieder auf. »Sie wissen natürlich, was wir unter einem Flußdiagramm verstehen, James?«

Bond nickte, während er sich an die vielen Stunden erinnerte, die er in Monaco damit zugebracht hatte, die komplizierten Diagramme zu entwerfen, die genau zeigten, was der Computer tun sollte. Zugleich mußte er dabei wieder an Percy denken, die ihm in diesem Augenblick eigenartig nahe zu sein schien. Er konzentrierte sich erneut auf Jason, der jetzt weitersprach.

»Bevor wir ein detailliertes Flußdiagramm ausarbeiten, müssen wir definieren, was wir überhaupt darstellen wollen. Deshalb beginnen wir mit dem Entwurf der Simulation, indem wir sie auf einem großen Tisch spielen. Das ist sozusagen der Vorentwurf für die grafische Darstellung, und wir benützen Symbole für Einheiten, Soldaten, Schiffe, Kanonen und so weiter, aber auch Karten für die zufälligen Möglichkeiten: Wetter, Epidemien, unerwartete Erfolge oder Verluste – die Zufälligkeiten des Krieges.«

Peter fuhr mit den Erläuterungen fort. »So erhalten

wir einen Überblick über den Umfang des zu erstellenden Programms. Nachdem wir den Feldzug durchgespielt haben...«

»Ungefähr eine Million Mal«, warf Cindy ein. »So kommt's einem jedenfalls vor.«

Peter nickte. »Nachdem wir den Feldzug durchgespielt haben«, wiederholte er, »können wir daran gehen, Flußdiagramme für die einzelnen Sektionen zu erstellen. Man muß sich wirklich mit seiner Arbeit identifizieren, um das alles durchzuhalten.«

»Kommt, wir gehen ins Labor runter!« Jasons Stimme klang befehlend. »Wir zeigen James das Tableau, an dem wir gerade arbeiten. Wer weiß, vielleicht interessiert es ihn so sehr, daß er zurückkommt, um gegen mich anzutreten. Falls Sie sich dazu entschließen«, sagte er, indem er Bond durchdringend anstarrte, »müssen Sie reichlich Zeit mitbringen. Feldzüge lassen sich nicht in fünf Minuten führen.«

Hinter dieser scheinbar freundlichen Aufforderung steckte eine andeutungsweise erkennbare Besessenheit, die Bond beunruhigend fand.

Als sie den Raum verließen, spürte er, daß Cindy ihn kurz streifte. Bond fühlte, daß ihre Hand leicht seine rechte Hüfte berührte, wo er die ASP im Halfter trug. War das ein Zufall – oder wollte sie kontrollieren, ob er bewaffnet war? Jedenfalls wußte jetzt zumindest Cindy Chalmer, daß er eine Pistole trug.

Sie durchquerten die Eingangshalle, wo Jason einen Schlüsselbund, den er an einer dünnen Goldkette trug, aus der Tasche zog und eine Tür aufsperrte, die einst in den Weinkeller geführt hatte, wie er Bond erklärte.

»Wir haben natürlich ein paar Veränderungen vorgenommen«, fügte er hinzu.

»Natürlich«, bestätigte Bond, ohne auf den Umfang dieser Änderungen vorbereitet zu sein. Unter dem Haus befanden sich drei große, hochmodern ausgerüstete Computerräume mit Mikrocomputern der bekanntesten

Hersteller. Bonds Puls beschleunigte sich, als er im vierten Raum – Jasons Büro – ein Gerät stehen sah, das fast genau dem Terror Twelve glich, der jetzt sicher im Kofferraum des Bentleys lag.

Nachdem Jason in seinem Büro einige Lichtschalter betätigt hatte, ging er in einen langgestreckten Raum voraus, der von mindestens dreißig Deckenspots erhellt wurde. Die Wände verschwanden unter grafischen Darstellungen und Landkarten, und in der Raummitte stand ein langer Tisch. Seine Platte trug eine mit einem deutlich hervortretenden Koordinatennetz versehene detaillierte Karte der amerikanischen Ostküste mit Boston in der Mitte, wie sie um 1775 ausgesehen haben mußte. Wichtige Straßen und die Bodenbeschaffenheit waren farbig hervorgehoben. In der Mitte des Koordinatensystems stand ein würfelförmiges Gitterwerk in der Größe eines Fernsehgeräts; am Ende des langen Tischs waren zwei kleine Staffeleien aufgebaut. In zwei flachen Schalen an den Querseiten lagen Päckchen mit weißen Kärtchen. Vor jeder Schale stand ein Drehsessel mit einer rechts daneben angeordneten Schreibfläche, auf der jeder Spieler Schreibpapier, Landkarten und Vordrucke zur Verfügung hatte.

Peter und Cindy begannen Bond das Prinzip dieses Spiels zu erklären, das dazu diente, alle Einzelheiten der Simulation festzulegen, bevor sie in ein Computerprogramm übernommen wurden. Der schwarze Plastikwürfel bewegte sich horizontal und vertikal über die Landkarte.

»Dies ist das Gebiet, das der Spieler später auf seinem Bildschirm sieht, wenn wir das Spiel ausgearbeitet haben«, sagte Jason. Seine ganze Art war jetzt weniger herzlich, als habe der Profi in ihm plötzlich die freundliche Seite seines Wesens verdrängt. Er erklärte Bond, wie der Bildausschnitt vergrößert werden konnte. »Sobald wir das Spiel im Computer haben, können Sie sich frei auf dieser Karte bewegen – aber Sie sehen jeweils nur den gerade gewählten Ausschnitt«, erläuterte er ihm. »Allerdings können Sie mit einer Zoomvorrichtung arbeiten: Sobald Sie die Z-Taste drücken, erscheint auf dem Bildschirm eine beliebig wählbare Ausschnittsvergrößerung eines Teils des Abschnitts, in dem Sie sich befinden.«

Cindy zeigte Bond, daß auf den beiden Staffeleien ein Kalender und die Wetterkarten standen; die Karten für jeden Monat wurden separat gemischt, bevor das Spiel begann. »Das Wetter fördert oder behindert alle Bewegungen auf dem Gefechtsfeld.« Sie demonstrierte, wie die britischen Patrouillen bei gutem Wetter fünf Felder pro Tag vorrücken konnten, während es bei starkem Regen nur drei und bei Schnee sogar nur zwei waren.

Während Bond die Landkarte anstarrte, versuchte er, sich an die amerikanische Geschichte der damaligen Zeit zu erinnern, die er vor ewig langer Zeit in staubigen Klassenzimmern gelernt hatte. Er dachte an die Frustration der Offiziere der Kolonialmiliz, die Unfähigkeit der Briten, die kleinen und großen Städte zu schützen, und die Unruhe, aus der Rebellion und offene Feindseligkeit entstanden waren.

Dann hatte es einen General gegeben (General Gage?), der in die Zwickmühle geraten war, weil die Lage rasches Handeln erforderte, während er andererseits auf Befehle aus England warten mußte. Britische Patrouillen suchten nach den Waffenverstecken der Rebellen, Paul Revere ritt durch die Nacht, um seine aufständischen Landsleute zu warnen, und die Miliz schaffte ihre Waffen aus Concord fort; danach kam es zu Scharmützeln in der Umgebung dieser Stadt und bei Lexington. Die Briten zogen sich nach Boston zurück und kämpften bei Bunker's Hill, das in der Erinnerung der Amerikaner als eine Art Dünkirchen weiterlebte, denn die britische Garnison hatte ihren Sieg mit so schrecklichen Verlusten erkämpft, daß sie einen Rückzug über See nach Halifax antreten mußte.

Das alles ging Bond durch den Kopf, während Jason, dessen Begeisterung für dieses Thema sichtlich wuchs, ihm erklärte, wie die Simulation gespielt wurde, indem die beiden Spieler abwechselnd Befehle erteilten und dadurch ihre Truppen einsetzten. Manche dieser Bewegungen konnten geheim bleiben und mußten schriftlich vermerkt werden. Später kam es zu Konfrontationen und möglicherweise zu Kampfhandlungen.

»Was ich daran am interessantesten finde, ist die Tatsache, daß man die Geschichte verändern kann. Ich halte persönlich sehr viel von der Idee, geschichtliche Abläufe zu ändern.« Wieder diese Andeutung einer Besessenheit, die an gemeingefährliche Verrücktheit grenzte. »Vielleicht werde ich die Geschichte noch ändern«, fuhr Jason fast drohend flüsternd fort. »Ein Traum? Vielleicht, aber Träume können zur Realität werden, wenn ein Mann mit brillantem Verstand richtig eingesetzt wird. Glauben Sie, daß meine Geistesgaben richtig angewandt werden? Nein?« Er erwartete keine Antwort, und seine nächsten Worte betrafen etwas, das weit über die Simulation hinausging. »Vielleicht könnten wir uns eingehender mit dieser Thematik befassen, James, und sogar ein paar Runden spielen – sagen wir morgen?«

Bond erklärte sich gern dazu bereit und spürte dahinter mehr als nur eine gewöhnliche Herausforderung. St. John-Finnes sprach weiter von Revolutionen, Veränderungen und der Komplexität von Kriegsspielen. Cindy entschuldigte sich bald danach, nickte Bond zu und sagte, daß sie hoffe, ihn demnächst wiederzusehen.

»Oh, er kommt bestimmt wieder!« Jason schien sich seiner Sache sehr sicher zu sein. »Ich lade James zu einer weiteren ausführlichen Besichtigung ein. Morgen um achtzehn Uhr, wenn's Ihnen recht ist?«

Bond akzeptierte die Einladung. Dabei fiel ihm auf, daß Jason nicht einmal lächelte.

Als sie den Raum verließen, ging Jason voraus, aber

Peter hielt sich mit Bond im Hintergrund und nutzte die Gelegenheit, um ihm zuzuflüstern: »Falls Sie gegen ihn spielen: Er gewinnt gern. Ein schlechter Verlierer – und er hält sich streng an die historischen Tatsachen. Er bildet sich ein, sein Gegner werde die tatsächlichen Ereignisse nachspielen. Eine paradoxe Auffassung.« Er blinzelte Bond grinsend zu und ließ deutlich erkennen, daß Dr. Peter Amadeus seinen Boß nicht gerade liebte.

Oben wurden sie von Dazzle erwartet, die Freddie ins Hotel zurückgefahren hatte. »Sie war schrecklich müde«, berichtete sie. »Freddie hat mir erzählt, daß Sie sie heute nachmittag durch die halbe Grafschaft geschleppt haben, Mister Bond. Sie dürfen sie körperlich nicht überanstrengen. Freddie ist eben doch eine Stadtmaus, wissen Sie.«

Bond war in dieser Beziehung etwas anderer Meinung. Auch er wäre am liebsten früh ins Bett gegangen, ließ sich aber von seinem Gastgeber zu einem letzten Drink einladen. Cindy war schon zu Bett gegangen, und Peter und Dazzle entschuldigten sich jetzt ebenfalls, so daß die beiden Männer allein zurückblieben.

Nach kurzem Schweigen hob Jason sein Glas. »Auf morgen!« sagte er, während seine grünen Augen glitzerten. »Vielleicht spielen wir keine Spiele, James. Aber ich würde mich gerne einmal mit Ihnen messen. Wer weiß? Computer, ja...« Er schien wieder in seiner eigenen Welt – an einem anderen Ort mit unterschiedlicher Zeitrechnung und andersartigen Wertvorstellungen – zu leben. »Computer sind das großartigste Werkzeug, das die Menschheit je erfunden hat, und imstande, ein neues Zeitalter zu erschaffen...« Er lachte kurz auf. »Oder sie sind das schönste Spielzeug, das Gott uns je geschenkt hat.« Sekunden später schien der vertraute freundliche und charmante Jason wieder in den Vordergrund zu treten. »Darf ich Ihnen ganz offen sagen, was ich von Ihnen halte, James? Ich glaube...« Er wartete Bonds Antwort oder Zustimmung nicht erst ab. »Ich glaube, daß Sie ein kleiner Hochstapler sind, Mister Bond. Daß Sie nicht allzuviel von der Kunst der Computerprogrammierung verstehen. Sie besitzen natürlich Grundkenntnisse – aber nicht die vertieften Kenntnisse, die Sie zu besitzen vorgeben. Habe ich recht?«

»Nein!« antwortete Bond nachdrücklich. »Nein, Sie haben nicht recht. Ich habe die für Leute wie mich vorgesehenen Standardkurse absolviert. Ich halte meine Kenntnisse für ausreichend. Ich bin wahrscheinlich nicht in Ihrer Klasse, aber wer ist das schon?«

»Viele Leute.« Jasons Stimme klang ruhig und gelassen. »Junge Leute wie Cindy und Peter, um nur zwei zu nennen. Ein Beruf und eine Zukunft für junge Menschen, James. Ja, ich weiß viel und habe ein gewisses Talent für Strategie. Aber junge Leute, die mit diesen Geräten aufwachsen, eignen sich solche Talente rasch an. Wissen Sie, wie alt der erfolgreichste Software-Anbieter – ein Multimillionär! – in den Vereinigten Staaten ist?«

»Achtundzwanzig.«

»Richtig! Er ist achtundzwanzig Jahre alt, und einige der Spitzenprogrammierer sind noch jünger. Ich habe alles längst im Kopf, aber ich brauche Helfer wie Cindy und Peter, die meine Ideen in die Wirklichkeit umsetzen. Auch ein Genie ist auf Zuarbeiter angewiesen. Programmierer wie meine beiden verstehen wahrscheinlich nicht einmal, welchen Anteil sie an meinen großen Plänen haben. Und was Sie betrifft: Als Mann mit minimaler Ausbildung sind Sie für mich wertlos. Sie hätten auf diesem Gebiet keine Chance.«

Bond zuckte mit den Schultern. »Nicht gegen Sie«, sagte er, ohne sich recht darüber im klaren zu sein, ob das ein doppelsinniges Wortspiel, eine psychologische Herausforderung war.

An der Haustür versicherte Jason ihm, er freue sich auf ihre nächste Begegnung. »Wenn Sie glauben, es mit mir aufnehmen zu können – im Spiel, meine ich natürlich –, stehe ich gern zu Ihrer Verfügung. Aber vielleicht finden wir etwas Interessanteres als Spiele, hmmm? Auf Wiedersehen bis morgen abend!«

Bond konnte nicht ahnen, wie dramatisch seine Lebensumstände sich bis zu seinem nächsten Zusammentreffen mit Dr. Jay Autem Holy verändert haben würde. Und er konnte nicht wissen, worum es bei den Spielen, die dieser eigenartig facettenreiche Mann so gern spielte, wirklich ging. Er wußte jedoch, daß Holy ein Besessener war. Unter seiner Freundlichkeit und seinem Charme lag die irregeleitete Genialität eines Mannes, der sich anmaßte, wie Gott mit der Welt zu spielen. Eine zutiefst beunruhigende Vorstellung!

Im Hotel ließ Bond sich seinen Schlüssel von dem verschlafenen Nachtportier geben und ging in sein Zimmer hinauf. Als er den Schlüssel ins Schloß steckte, merkte er jedoch, daß die Tür bereits offen war. Freddie! dachte er einigermaßen irritiert, denn er wollte jetzt allein sein, um in Ruhe nachdenken zu können.

Er blieb vorsichtig, zog seine Pistole aus dem Halfter und hielt sie hinter dem rechten Oberschenkel verdeckt, während er die Klinke herunterdrückte und die Zimmertür mit dem linken Fuß aufstieß.

»Hallo, Mister Bond.« Cindy Chalmer lächelte aus einem der Sessel zu ihm auf und hatte ihre langen Beine wie einladend vor sich ausgestreckt.

Bond schloß leise die Tür.

»Ich soll Ihnen Grüße von Percy bestellen.« Cindys Lächeln wurde zu einem spitzbübischen Grinsen.

Bond erinnerte sich an die Blicke, die sie ihm im Laufe des Abends zugeworfen hatte. »Wer ist Percy?« fragte er ausdruckslos, während er ihr in die Augen starrte und zu erkennen versuchte, ob sie die Wahrheit sagte.

9

Im Haus Endor

»Das wissen Sie doch, Mister Bond! Percy Proud. Persephone. Wir sind Verbündete.«

»Tut mir leid, Cindy. Nett von Ihnen, daß Sie vorbeigekommen sind, aber ich weiß nichts von Percy, Persephone oder Proud.«

Bond steckte unauffällig die Pistole in den Halfter zurück. Cindy würde mehr bieten müssen, damit er sie als das akzeptierte, was sie zu sein behauptete. Der äußere Eindruck und die Erwähnung des Namens Percy allein genügten nicht.

Wir haben sogar jemanden ins Haus Endor eingeschleust, hörte er Percy in der Echokammer seines Verstands flüstern.

»Sie sind wirklich gut.« Cindy sprach wie ein vorlautes Schulmädchen. »Das hat Percy mir bereits erzählt. Außerdem soll ich erwähnen, daß Sie Leckerbissen mögen – und daß ein Apfel für die Lehrerin immer seinen Lohn findet.«

Bond war noch längst nicht überzeugt. Natürlich wußten nur Percy und er von seinem Scherz mit dem Apfel in Monte Carlo und ihren Witzen über Belohnungen für fleißige Schüler. Aber was war, wenn Percy enttarnt worden war?

»Sie sind mit jemandem verbündet – wie Sie es ausgedrückt haben –, der Percy heißt?« fragte er und starrte Cindy weiter durchdringend an.

Sie nickte eifrig. »Verbündet, verschworen, alliiert. Wir gehören zur selben Organisation, Mister Bond.«

Das klang vernünftig. Falls die Amerikaner bereits jemanden in Jay Autem Holys Umgebung eingeschleust hatten, würden sie damit keine Reklame machen. Und

Persephone, die ein echter Profi war, hatte ihm ebenfalls nichts davon erzählt. Der Kreis der Eingeweihten würde bis zur letzten Minute so klein wie möglich gehalten werden. War dies also die letzte Minute?

»Erzählen Sie mir mehr.«

»Sie hat gesagt – Percy hat gesagt –, daß Sie wüßten, was damit anzufangen ist.« Cindy holte zwei Festplatten in Plastikboxen aus ihrer Umhängetasche. Die dünnen Kassetten hatten etwa fünf Zoll Seitenlänge und waren kaum einen halben Zentimeter dick. Eine Seite war wie bei den viel dickeren Videokassetten mit einem Klappdeckel versehen. Die Boxen waren leuchtend blau und trugen in einer Ecke ein kleines Etikett.

Bond streckte nicht einmal die Hand nach ihnen aus. »Und was haben Sie da, Miß Chalmer?«

»Einige der weniger konventionellen Programme unserer Zielperson. Und ich kann sie nicht allzu lange behalten. Gegen vier Uhr morgens verwandle ich mich nämlich in einen Kürbis.«

»Dann bestelle ich ein paar weiße Mäuse, die Sie nach Hause fahren.«

»Ganz im Ernst: Ich muß vor vier Uhr ins Haus zurück, um nicht entdeckt zu werden. Dann ist Schichtwechsel beim Sicherheitsdienst.«

»Wir sprechen davon, daß Sie ins Haus Endor zurück müssen, stimmt's?«

»Natürlich sprechen wir von Endor! Das Haus ist elektronisch gesichert wie Fort Knox – *das* kennen Sie doch wohl?« Cindy lächelte spöttisch. »Auch in Endor gibt's Codes und Kombinationen, die mit jeder Schicht wechseln. Ich muß in der jetzigen Phase zurück, sonst bin ich erledigt, wirklich erledigt.«

Bond erkundigte sich, ob sie häufig nächtliche Ausflüge unternehme.

»Ja, während der Brunftzeit. Deshalb habe ich dafür gesorgt, daß ich im Dorf einen bestimmten Ruf habe. Auf diese Weise habe ich eine Art Alibi, falls ich mal geschnappt werde. Aber wenn sie mich mit diesem Zeug in der Tasche erwischen... Na ja...« Cindy fuhr sich mit dem Zeigefinger über die Kehle. »Deshalb wäre ich Ihnen dankbar, wenn Sie diese kleinen Kostbarkeiten kopieren würden, Mister Bond.«

»Wie unkonventionell sind sie?« Er griff zögernd nach den beiden Boxen und hatte das Gefühl, sobald er sie berühre, müsse irgend etwas Unwiderrufliches passieren. Allein die Tatsache, daß er sie in die Hand nahm, deutete bereits an, daß er tun *könnte,* was Cindy von ihm verlangt hatte. Falls dies ein Versuch war, ihn zu kompromittieren, konnte es kein Zurück mehr geben.

»Das merken Sie noch. Aber beeilen Sie sich bitte mit der Arbeit! Ich habe keine Möglichkeit, die Platten im Haus zu duplizieren...«

»Sie können sie heimlich mitnehmen, aber keine Kopien davon herstellen? Tut mir leid, das verstehe ich nicht. Ihr Boß hat mir erst heute abend versichert, wie großartig Sie mit Computern umgehen können.«

Sie gab ein irritiertes, fast schnaubendes Geräusch von sich, das Bond an M erinnerte, wenn sein Vorgesetzter sich ärgerte. »Natürlich habe ich alle technischen Mittel zur Verfügung! Aber es wäre viel zu gefährlich, die Programme bei uns im Haus kopieren zu wollen. Die anderen lassen mich niemals lange genug mit der Hardware allein. Entweder ist Jason der Große in der Nähe, oder die Königin der Nacht macht sich irgendwo zu schaffen...«

»Wer?«

»Die Königin der... ich meine, Peter. Das ist mein Spitzname für ihn. Möglicherweise würde er sogar dichthalten – er kann den Boß jedenfalls nicht ausstehen –, aber das Risiko wäre zu groß. Percy hat davon nichts wissen wollen.«

Bond grinste innerlich. »Cindy?«

Sie hob den Kopf und war offensichtlich darauf vorbereitet, jede Frage zu beantworten.

»Wie gut kennen Sie diese Percy?«

»Sie sind schrecklich mißtrauisch, James!« Sie waren jetzt dazu übergegangen, sich mit Vornamen anzureden.

»Nein, nur schrecklich vorsichtig.«

»Ich kenne sie ziemlich gut. Seit... ja, seit wann eigentlich? Seit acht Jahren.«

»Ist sie in dieser Zeit stationär in einem Krankenhaus behandelt worden? Ist sie irgendwann operiert worden?«

»Sie hat sich die Nase korrigieren lassen. Ein voller Erfolg. Das ist alles gewesen.«

»Und Sie?«

»Ich habe mich nie einer Schönheitsoperation unterzogen.«

»Hintergrundinformationen, Cindy. Was? Wer? Und warum?«

»Alles? Gut, wenn's sein muß. Unmittelbar nachdem ich die High School absolviert hatte, habe ich wegen einer Nierengeschichte acht Monate in einer Klinik gelegen. Dort gibt es eine Krankengeschichte und Ärzte und Schwestern, die sich an mich erinnern können. Das weiß ich, weil unser Freund Jason seine Spürhunde auf mich angesetzt hat. Aber in Wirklichkeit bin ich nicht in der Klinik, sondern zur Ausbildung auf der ›Farm‹ gewesen. Und dann habe ich überraschend ein Stipendium erhalten, um in Cambridge studieren zu können. Seither bin ich über jeden Verdacht erhaben. Ein ehrliches, anständiges, fleißiges Mädchen. Die ›Firma‹ hat mich sozusagen auf Eis gelegt. Ich habe zuerst bei IBM und dann bei Apple gearbeitet, bevor ich mich um die Stelle bei Jay Autem Holy beworben habe. Seine Leute haben mich doppelt und dreifach überprüft und mir selbst dann eineinhalb Jahre lang nicht recht getraut.«

Bond nickte rasch. Er war sich darüber im klaren, daß keine andere Wahl blieb, als Cindy zu vertrauen. Das Vertrauensverhältnis zwischen ihm und der Amerikanerin mußte rasch, aber nicht leichtfertig angebahnt werden. »Okay, erzählen Sie mir etwas über diese beiden Programme.«

»Warum sehen Sie sich nicht selbst an? Percy hat mir gesagt, Sie hätten die dafür erforderlichen Geräte.«

»Erzählen Sie's mir, Cindy. So knapp wie möglich, damit wir weitermachen können.«

Sie sprach rasch, beschränkte sich auf die wichtigsten Informationen und verkürzte sogar ihre Sätze auf ein Minimum. Im Haus Endor fanden Spielwochenende statt – das wußte Bond bereits –, zu denen außer den üblichen Kriegsspielfreaks auch einige sehr seltsame Leute kamen.

»Auffällig sind vor allem zwei Kerle: Balmer und Hopcraft«, fuhr Cindy fort. »Die beiden sind bei uns unter den Spitznamen Tigerbalsam und Happy bekannt. Tigerbalsam ist ungefähr so sanft wie ein Schneesturm mit Windstärke zehn. Er würde Sie am liebsten umbringen, wenn Sie ihn nur schief ansehen, und Happy ist wahrscheinlich nur happy, wenn er plündern und vergewaltigen kann. Happy hätte einen guten Wikinger, einen Seeräuber abgegeben.«

Cindy erklärte Bond, daß die Gunfire Weekends, wie sie in den Anzeigen in Computerzeitschriften hießen, militärisch straff organisiert seien. »Strikte Disziplin. Antreten zum Dienst um acht Uhr, Zapfenstreich um zweiundzwanzig Uhr und so weiter. Wirklich interessant ist jedoch, was *nach* dem offiziellen Zapfenstreich passiert...

Die Spinner erhalten Zimmer nebeneinander zugewiesen, die jedoch immer in der Nähe von Tigerbalsam und Happy liegen. Die langen Wochenenden beginnen schon am Donnerstagabend. Wenn die Spinner abreisen, sehen sie aus, als hätten sie eine Woche lange nicht mehr geschlafen. Tatsächlich bekommen sie sehr wenig Schlaf, denn gegen Mitternacht werden sie zu Jason dem Großen gerufen, bleiben die ganze Nacht auf und arbeiten an ihren eigenen kleinen Spielen, von denen ich zwei mitgebracht habe, die ich noch vor Tagesanbruch wieder zurückbringen möchte.«

Bond forderte sie auf, in seinem Zimmer zu warten, während er leise zu seinem Bentley hinunterging, die benötigten Geräte aus dem Kofferraum holte und damit zurückkam. Das dauerte seine Zeit, aber die zusätzlichen Minuten, die er damit verbrachte, den Parkplatz zu erkunden, erschienen ihm gut angelegt.

»Spitze!« Cindy nickte zufrieden, als er den Terror Twelve auspackte. »Das hat sie gut gemacht! Ich kann nur hoffen, daß die von mir gelieferten Schaltpläne alle richtig gewesen sind.«

Das klang glaubhaft: Cindy konnte die technologischen Fortschritte im Haus Endor beobachtet und Percy mit allen Informationen versorgt haben, die für den Bau eines Computers erforderlich waren, der mit Holys Gerät identisch war. Vielleicht bestand seine eigene Aufgabe im Rahmen dieses Unternehmens lediglich darin, die neuesten Programme herauszuschmuggeln. Danach würden andere eingreifen und den Augiasstall ausmisten – aufgrund des Beweismaterials, das Cindy, Percy und er gesammelt hatten.

Sobald die Tastatur und die Laufwerke angeschlossen waren, legte Bond die erste Diskette ein. Als dann die erste Programmwahl auf dem Bildschirm erschien, wußte er, worum es sich handelte, denn in flackernder grüner Schrift erschienen folgende Zeilen:

1. Phase – Flughafen zur Ken High Street
A Erste Fahrerin
B Zweite Fahrerin
C Vorauswagen
D Schlußwagen

Bond begann mit der *Ersten Fahrerin*, und der Bildschirm zeigte ihm dichten Verkehr vom Flughafen Heathrow nach London hinein. Vor ihm war ein kleiner Konvoi aus Polizei- und Sicherheitsfahrzeugen zu erkennen. Der Zweck des Programms war offensichtlich, und Bond rief nacheinander die einzelnen Phasen ab: *Abbiegen; Kensington High Street: Phase eins; Kensington High Street: Phase zwei; Abbruch; Kensington High Street: Phase violetter Rauch* und so weiter bis zur Flucht der Täter, wobei zwischendurch Optionen wie Wachmannschaft (Elektroschock) und *Wachmannschaft (Narkosegas)* vorkamen. Bond brauchte nicht die gesamte Simulation ablaufen zu lassen, um zu erkennen, daß die eingelegte Diskette ein Trainingsprogramm für den Raub der Sammlung Kruxator enthielt.

Bond legte eine unbenützte Diskette ein und machte sich an die komplizierte Arbeit, Jay Autem Holys Schutzprogramm zu knacken, um das Original kopieren zu können.

Damit kam er nur langsam voran, weil Holy sich nicht darauf beschränkt hatte, einige Diskettensektoren zu überschreiben, sondern das Unterprogramm benützt hatte, das Percy Bond erläutert hatte. Dieses Unterprogramm sollte die Diskette zerstören und völlig wertlos machen, sobald jemand sie zu kopieren versuchte. Mit Hilfe seiner bei Percy erworbenen Kenntnisse konnte Bond es zunächst orten und dann Zeile für Zeile löschen. Danach formatierte er seine ungebrauchte Diskette wie das Original, um das Programm genau übernehmen zu können. Bond brauchte insgesamt über eine Stunde, aber dann hatte er ein exaktes Duplikat von Holys Trainingsprogramm für den Raub der Sammlung Kruxator. Weitere 20 Minuten verwendete er darauf, das ursprüngliche Schutzprogramm auf der Originaldiskette zu rekonstruieren.

Die zweite von Cindy mitgebrachte Diskette enthielt ein ähnliches Trainingsprogramm – diesmal offenbar für eine Flugzeugentführung. Da erst vor kurzem eine eigens gecharterte Frachtmaschine mit in der Royal Mint gedruckten englischen Geldscheinen entführt und ausgeraubt worden war, deutete einiges darauf hin, daß dies der Plan war, nach dem dieses Unternehmen abgelaufen war.

Bond machte sich daran, auch die zweite Diskette zu duplizieren – diesmal jedoch rascher, weil Cindy, deren Zeit allmählich ablief, ihn zur Eile drängte.

»Übrigens noch was...«, begann sie mit müder Stimme.

»Ja?« grunzte Bond, ohne den Blick vom Bildschirm zu wenden.

»Im Augenblick wird wieder mal ein großer Coup vorbereitet. Kein Raub, das weiß ich ziemlich sicher, aber ein kriminelles, vermutlich gewalttätiges Unternehmen. Holy hat mehrmals nächtliche Besucher empfangen, und ich habe einige Hinweise auf ein Spezialprogramm gehört.«

»Was für ein Spezialprogramm?«

»Ich kenne es nur dem Namen nach – es heißt ›Ballonspiel‹ und scheint den Einsatz von Spezialisten zu erfordern.«

Bond mußte sich darauf konzentrieren, wieder das Schutzprogramm auf die Originaldiskette mit dem Programm für die Flugzeugentführung zu schreiben. »Alle sind Spezialisten, Cindy«, murmelte er.

»Nein. Ich habe einige dieser Leute gesehen. Längst nicht alle sehen wie Ganoven oder Gangster aus. Manche haben mehr Ähnlichkeit mit... mit Piloten oder Pfarrern.«

»Pfarrern?«

»Na ja, nicht ganz. Ärzte und Zahnärzte, wenn Ihnen das lieber ist. Angesehene Männer. Akademiker.«

»Das Ballonspiel?«

»Ich habe gehört, wie Tigerbalsam und einer der anderen im Gespräch mit Jason dem Großen diesen Ausdruck gebraucht haben. Melden Sie das bitte weiter? Ich glaube, daß dahinter eine häßliche Sache steckt.«

Bond erklärte Cindy, er werde die Duplikate der beiden Programme so rasch wie möglich nach London weiterleiten und bei dieser Gelegenheit auch das Ballonspiel zur Sprache bringen.

»Glauben Sie, daß es im Augenblick aktuell ist? Daß dafür ausgebildet wird?«

»Bestimmt.«

»Wenn Sie mir die entsprechende Diskette verschaffen könnten...«

»Ausgeschlossen! Zumindest vorläufig.«

Er schwieg erneut und arbeitete konzentriert weiter. Dann gab er Cindy eine knappe Personenbeschreibung von Rolling Joe Zwingli. »Haben Sie einen Mann, auf den diese Beschreibung zutrifft, schon mal im Haus Endor erlebt?«

»General Zwingli? Ich erkenne ihn aufgrund der Personenbeschreibung, aber er hat sich nie bei uns blicken lassen. Percy hat mir gegenüber angedeutet, er lebe noch.« Sie machte eine Pause, bevor sie hinzufügte, das klinge sehr unwahrscheinlich.

Bond, der jetzt mit der Arbeit fertig war, gab Cindy die Originaldisketten zurück und erkundigte sich nach dem Tagesprogramm im Haus Endor. Gingen Jason und Dazzle jemals aus? Verreisten sie häufig? Wieviel Mann Sicherheitspersonal beschäftigten sie?

Nach Cindys Auskunft verreiste ihr Boß jeden Monat für einige Tage. Er fuhr nachts ab und kehrte nachts zurück. Tagsüber verließ er das Haus praktisch nie; er zeigte sich vor allem niemals im Dorf. Bond fiel auf, daß sie Holy stets nur als Zielperson oder Jason den Großen bezeichnete.

»Wirklich sehr gerissen, unsere Zielperson. Dazzle ist auffällig viel unterwegs – im Dorf, in Oxford, auch in London, gelegentlich im Ausland. Ich vermute, daß sie als Verbindungsoffizier fungiert.«

»Wohin reist sie im Ausland?«

»Nach Europa, in den Nahen Osten, überall hin. Percy

hat eine ganze Liste ihrer Reisen. Ich versuche, auf dem laufenden zu bleiben – hauptsächlich durch Zündholzbriefchen aus Hotels, Kofferanhänger oder Aufkleber. Aber sie ist auch gerissen: Sie läßt viel von diesem Zeug verschwinden, bevor sie heimkommt.«

Das Hauspersonal bestand aus dem jungen Filipino und vier Wachmännern. »Er beschäftigt sechs echte Verkaufsrepräsentanten, die keinen Einblick in die Ereignisse im Haus Endor haben. Die vier Männer, die den Sicherheitsdienst versehen, treten nach außen hin ebenfalls als Verkaufsrepräsentanten auf. Das ist eine erstklassige Tarnung. Sogar ich hätte mich davon täuschen lassen, wenn ich nicht eingeweiht gewesen wäre. Die vier sind ruhige, unauffällige Leute, die ihre Sache verstehen – sie haben gemeinsam zwei Wagen, sind viel unterwegs, machen Telefondienst, nehmen Bestellungen auf und liefern Ware aus. Aber sie teilen sich die Arbeit so ein, daß ständig mindestens zwei von ihnen im Haus sind. Und die elektronischen Sicherheitsvorrichtungen sind natürlich erstklassig. Notfalls zu umgehen, aber doch verdammt ausgefuchst. Man muß das System in allen Einzelheiten kennen, um hindurchschlüpfen zu können. Und darüber hinaus wird die Kodierung von Schicht zu Schicht geändert, so daß man nur hinein oder heraus kann, wenn man die Zahlen für die jeweilige Sechsstundenschicht kennt. Aber auch dann muß die Elektronik erst den Stimmabdruck erkannt haben.«

»Optische Überwachung?« fragte Bond.

»Ziemlich umfangreich – das Haupttor, große Teile der äußeren Mauer, die Vorder- und die Rückseite des Hauses. Ungesehen kann man das Haus nur von der Rückseite erreichen, falls man weiß, wo die Kameras montiert sind. Die Überwachungsbereiche ändern sich parallel zur Kodierung, so daß man sich in einer bestimmten Sechsstundenschicht schon sehr gut auskennen muß, um das Haus unbemerkt verlassen und wieder betreten zu können. Ein Eindringling ohne diese Vorkenntnisse bliebe keine zwei Minuten unentdeckt.«

»Ist das schon mal vorgekommen?«

»Eindringlinge? Nur ein Landstreicher und ein Fehlalarm – zumindest nimmt man an, daß es ein Fehlalarm gewesen sei.«

»Waffen?«

»Ich bin im Haus gewesen, als der Fehlalarm ausgelöst worden ist. Ja, einer der Wachhabenden hat eine Pistole in der Hand gehalten. Ich habe nur diese eine gesehen, aber es sind wahrscheinlich ein paar mehr. James, kann ich jetzt abhauen? Ich darf mich nicht mit diesen Disketten erwischen lassen. In den Boxen stecken jetzt Leerdisketten, aber...«

»Ja, gehen Sie nur, Cindy, und alles Gute! Wir sehen uns heute abend wieder. Ich komme zu einem kleinen Turnier mit unserer Zielperson. Ihr Freund Peter hat mir übrigens einen Tip gegeben, wie Jason der Große spielt...«

»Er verliert nicht gern«, bestätigte sie grinsend. »Fast pathologisch, jedenfalls kindisch. Für ihn ist es Ehrensache, nicht zu verlieren.«

Bond lächelte nicht. »Für mich auch«, sagte er halblaut. »Für mich ist es auch Ehrensache, nicht zu verlieren.«

Inzwischen war es 3.45 Uhr geworden. Nachdem Cindy gegangen war, packte Bond die Geräte zusammen, trug sie zum Auto hinunter und sperrte sie in den Kofferraum des Bentleys. In seinem Zimmer steckte er dann die duplizierten Disketten in einen FloppiPak Disk Mailer und lächelte dabei trocken über diese gräßliche fachsprachliche Bezeichnung. Er adressierte den Umschlag an sich selbst, gab ein Londoner Postfach an und wog das kleine, flache Päckchen dann prüfend in der Hand, um sein Gewicht zu schätzen. Danach klebte er seiner Meinung nach genügend Briefmarken aus dem Briefmarkenheftchen in seinem Aktenkoffer auf den

Umschlag. Er hätte das Päckchen am liebsten persönlich abgegeben, aber er wollte kein unnötiges Risiko eingehen.

Bond setzte sich als nächstes an den Schreibtisch, um auf Hotelbriefpapier ein Briefchen an Freddie zu schreiben:

Mußte vormittags nach Oxford. Wollte Dich nicht wecken; bin aber zum Mittagessen wieder da. Gibst Du mir heute nachmittag Revanche?

J.

Er zog sich aus, drehte die kalte Dusche auf, stellte sich darunter, hielt das Gesicht unter die Eisnadeln gleichenden dünnen Strahlen und japste im ersten Schock nach Luft. Nach ungefähr einer Minute drehte er auch das heiße Wasser auf, wusch sich mit viel Seifenschaum, trat dann aus der Duschkabine und frottierte sich rasch. Bevor er sich rasierte, zog er sich an: Unterzeug, schwarze Cordhose von Ted Lapidus und schwarzer Rollkragenpullover. Die ASP in ihrem Halfter lag eng an seiner rechten Hüfte an. Zuletzt schlüpfte Bond in eine leichte Wildlederjacke und steckte die Füße in seine vertrauten alten Mokassins.

Draußen wurde es eben Tag: Der dunkle Himmel hellte sich zu dem Perlmuttgrau auf, das unbeständiges Wetter ankündigt. Mit dem verhaßten FloppiPak im Aktenkoffer ging Bond nach unten, hinterließ seinen Zimmerschlüssel und das Briefchen für Freddie an der Rezeption, die um diese Zeit nicht besetzt war, und trat ins Freie.

Der Motor des Bentleys sprang sofort an, und Bond wartete, bis er leise surrend rundlief, während er sich anschnallte und beobachtete, wie eine der roten Kontrollleuchten nach der anderen erlosch.

Dann nahm er den Fuß von der Bremse, stellte den Wählhebel auf Drive und ließ den Wagen anrollen.

Wenn er in Richtung Oxford fuhr, auf der Umgehungsstraße blieb und dann die Autobahn M40 benützte, konnte er in eineinhalb Stunden in London sein.

Es begann zu regnen, als er das große Überführungsbauwerk an der Peripherie der Ringstraße erreichte und auf die Autobahn nach London einfuhr. Nach knapp zwei Kilometern tauchte der graue Mercèdes, der ihn bereits am Vortag beschattet hatte, in seinem Rückspiegel auf.

Bond fluchte leise vor sich hin, zog seinen Hosenträgergurt straffer und gab Gas. Der Bentley beschleunigte mit Leichtigkeit auf 160, dann auf 190 Stundenkilometer.

Zum Glück herrschte nur schwacher Verkehr, so daß Bond sich mühelos zwischen einzelnen langsameren Autos und Lastwagen hindurchschlängeln und meistens auf der Überholspur bleiben konnte.

Der Mercedes blieb etwas weiter zurück, aber Bond konnte ihn selbst bei hoher Geschwindigkeit nicht ganz abhängen. Vor ihm wurde eine Ausfahrt angezeigt. Er schaltete den Blinker erst im letzten Augenblick ein und war noch über 160 Stundenkilometer schnell, als er die Autobahn verließ. Der Bentley reagierte präzise auf Bonds leichte Lenkbewegungen – auch während seine Reifen in der Kurve quietschten. Der Mercedes war verschwunden. Bond hoffte, daß es dem anderen Fahrer nicht gelungen war, rechtzeitig zu bremsen und die Autobahn wie er zu verlassen.

Vor ihm wurde die Straße enger und führte durch einen Kiefernwald. Ein schwerfälliger Lastzug brummte Dieselqualmwolken ausstoßend mit 70 Stundenkilometern hinter einem Tankzug her. Der Bentley konnte ebenfalls nicht schneller fahren. Als Bond in eine Kurve einfuhr, sah er hinter sich auf einem Parkplatz Scheinwerfer aufblitzen. Wenig später nahm ein weiterer Mercedes die Verfolgung auf.

Die anderen standen offenbar über Funk in Verbindung und schienen mehrere Wagen – wahrscheinlich fünf bis sechs – auf ihn angesetzt zu haben. In der nächsten Kurve griff Bond nach dem Telefonhörer, drückte auf die Tasten, ohne den Blick von der Straße zu nehmen, und wählte die Nummer des Wachhabenden im Hauptquartier am Regent's Park, mit dem er über eine abhörsichere Scramblerfrequenz in Verbindung stand.

Die kurvenreiche Straße wurde noch schmaler. Der zweite Mercedes blieb hartnäckig hinter ihm. Bond durchfuhr eben die nächste Kurve, als der Wachhabende sich meldete.

»Blitzmeldung von Spieler an Kerkermeister«, sagte Bond hastig. »Werde südlich von Oxford verfolgt. Wichtige Sendung für Kerkermeister. Versuche sie zur Post zu geben. An mich selbst adressiert. Der Programmierer ist wie vermutet eindeutig in illegale Aktionen verwikkelt. Ermittelt wegen Ballonspiel. Sprecht mit der Göttin.«

»Verstanden«, antwortete der Wachhabende knapp, bevor Bond die Verbindung unterbrach.

Nachdem es Bond gelungen war, die beiden Lastzüge zu überholen, sah er ein Dorf vor sich liegen und erkannte, daß er den Mercedes zumindest vorläufig abgehängt hatte. Er bremste den Bentley scharf ab und spähte nach links und rechts. Bond hatte die Dorfmitte bereits hinter sich gelassen, bevor er entdeckte, wonach er Ausschau gehalten hatte: das willkommene leuchtende Rot eines Briefkastens. Der Bentley hielt daneben, und Bond hatte seinen Gurt bereits gelöst, noch bevor der Wagen ausgerollt war.

Er brauchte keine 20 Sekunden, um das Päckchen einzuwerfen und sich wieder ans Steuer zu setzen. Bond schnallte sich erst an, als der Bentley schon beschleunigte, während hinter ihm der Mercedes im Rückspiegel auftauchte. Er überholte einen elektrischen Milchwagen, der seine Morgenrunde machte, und hatte dann wieder freie Strecke vor sich. Als die Straße erneut durch einen Wald führte, sah Bond einen Rastplatz angekündigt und erkannte gleich darauf zwei weitere Fahrzeuge, die unter den Bäumen hervorkamen und mit den Motorhauben ein V bildeten, das ihm die Straße versperrte.

»Die meinen's ernst!« murmelte er vor sich hin, während er auf die Bremse trat und das Lenkrad nach links riß.

Während der Bentley sich auf der Straße querstellte, war Bond sich des weißen Mercedes dicht hinter sich bewußt.

Die Tachometernadel zeigte noch 90 Stundenkilometer an, als der Bentley die Straße verließ und in den Wald hineinschoß. Bond lenkte den schweren Wagen auf einem Zickzackkurs an den Baumstämmen vorbei durchs Unterholz und bemühte sich, einen auf die Straße zurückführenden Weg zu finden.

Die erste Kugel schien übers Wagendach zu schrammen. Bond konnte in diesem Augenblick nur an den Karosserieschaden denken, den jeder Treffer verursachen mußte. Die zweite durchschlug seinen linken Hinterreifen und ließ das 1,5 Tonnen schwere handgefertigte Sondermodell im Unterholz auf die Seite kippen.

Bond, der gegen seinen Gurt geworfen wurde, griff gleichzeitig nach seiner Pistole und der Taste für das elektrisch betätigte Fahrerfenster.

10

Erewhon

Die ASP 9 mm ist eine kleine, sehr tödliche Waffe. Diese Pistole – im Prinzip ein verkleinertes Modell der Smith & Wesson Kaliber 39 – ist seit über einem Jahrzehnt bei den amerikanischen Geheimdiensten eingeführt. Ihr Rückstoß ist nicht größer als der einer Walther-Kleinkaliberpistole, und die ASP wirkt auf den ersten Blick nicht wie die gefährliche Handfeuerwaffe, die sie in Wirklichkeit ist, sondern eher wie eine Sportpistole. Die Firma Armaments Systems and Procedures, die dieses Spezialmodell entwickelt hatte, war bemüht gewesen, hohen Anforderungen zu genügen: Die Pistole sollte leicht zu verbergen sein, ein Magazin mit mindestens acht Schuß enthalten, zuverlässig sein, den Munitionsvorrat durch Verwendung durchsichtiger Lexon-Griffe erkennen lassen und alle bekannten 9-mm-Patronen verschießen können.

Die Patronen in Bonds Magazin waren besonders unangenehm: Glaser Safety Slugs. Ein Glaser ist ein Splittergeschoß, das mehrere hundert Schrotkugeln in flüssigem Teflon enthält. Die Mündungsgeschwindigkeit dieser Geschosse beträgt über 520 Meter in der Sekunde, wenn sie aus einer ASP verschossen werden. Sie durchschlagen am Körper getragene Schutzkleidung, und ein Treffer in lebenswichtige Organe ist im allgemeinen tödlich.

Schon bevor der Bentley endgültig zum Stehen gekommen war, schoß Bond zweimal durchs offene Fenster. Er ließ dabei beide Augen offen und blickte durch das Guttersnipe-Visier, dessen dreieckige gelbe Seitenflächen die Zielerfassung erleichterten.

Zwischen Bäumen und Unterholz erkannte er mehrere Männer, die aus Autos sprangen. Andere bemühten sich, die Fahrzeuge von der Straße zu fahren. Bonds rasche Schüsse galten den deutlichen Umrissen eines großen Mannes in einem hellen Trenchcoat, der auf den Bentley zukam. Er hielt sich nicht damit auf, den Erfolg seiner Schüsse zu kontrollieren, sondern öffnete die Autotür und rollte sich ins Unterholz davon.

Ranken und Zweige verhakten sich in seine Kleidung und zerkratzten ihm das Gesicht, aber Bond bewegte sich weiter, weil er entschlossen war, sich möglichst weit von dem Mulsanne Turbo zu entfernen. Er rollte sich nach rechts und brachte ungefähr zwanzig Meter zwischen sich und den Wagen. Dann drehte er sich um, so daß er flach auf dem Bauch lag, hob schußbereit die Pistole und suchte das Gelände vor sich ab, indem er den Kopf von links nach rechts und wieder zurück bewegte.

Die anderen Wagen waren von der Straße gefahren worden und jetzt vermutlich nur mehr mit ihren Fahrern besetzt. Bond erkannte zwei Männer und ahnte intuitiv, daß mindestens vier weitere unterwegs waren, die sich gebückt anschleichen würden, um ihn allmählich einzukreisen.

Bond blieb unbeweglich liegen, damit seine Atmung wieder zur Ruhe kam. Falls seine Verfolger methodisch vorgingen – und das würden sie vermutlich tun –, mußten sie ihn irgendwann aufspüren. Möglicherweise konnten sie sogar Verstärkung anfordern. Jedenfalls schienen sie Profis zu sein. Wie hatten sie ihn auf dieser Straße abfangen können? Hatte jemand einen Peilsender an dem Bentley angebracht, mit dessen Hilfe sie ihn aufgespürt hatten? Wer waren sie überhaupt? Gehörten sie zu Holys Leuten? Wahrscheinlich bestand hier eine Verbindung, aber Holy hätte ihn bei seinem abendlichen Besuch im Haus Endor müheloser in seine Gewalt bringen können. Es sei denn ... es sei denn, Cindy hätte ihn verraten – oder sei geschnappt worden. Falls letztere Vermutung zutraf, hatten seine Verfolger sich erstaunlich schnell auf seine Fährte gesetzt. Jedenfalls hatte Bond nicht die Absicht, sich gleich schnappen zu lassen. Er mußte Zeit gewinnen, um sich absetzen und verschwinden zu können.

Unterdessen hatte es heftiger zu regnen begonnen, so daß es gleichmäßig in den Bäumen rauschte. Bond war sich darüber im klaren, daß ein Fluchtversuch zum jetzigen Zeitpunkt selbstmörderisch gewesen wäre. Er war mindestens 150 Meter von der Straße entfernt, und selbst wenn er die anderen Wagen erreichte, ohne abgefangen zu werden – was unwahrscheinlich war –, wären die anderen ihm dreifach überlegen gewesen. Er mußte warten, versuchen, die Treibjagd im Auge zu behalten, und dafür sorgen, daß ihn niemand von hinten überraschte.

Bonds Kopf blieb ständig in Bewegung. Er spähte angestrengt von links außen nach rechts außen, sah sich zwischendurch mehrmals um und bemühte sich, irgendwelche Geräusche zu hören. Die beiden ursprünglich vor ihm sichtbaren Männer waren verschwunden, und der Regen übertönte jetzt alle Geräusche, die ihre Annäherung hätten verraten können.

Bond lag seit fast einer Viertelstunde in Deckung, bevor es ihm gelang, einen seiner Verfolger zu orten. Das Knacken eines trockenen Zweigs und eine rasche Bewegung alarmierten Ohr und Auge gleichzeitig. Er drehte langsam den Kopf zur Seite. Kaum zwanzig Schritte von ihm entfernt kauerte ein Mann hinter einem Baum und beobachtete einen Punkt rechts von Bond. In seiner äußerst wachsamen Art – wie er tief geduckt blieb, den Baumstamm als Deckung benützte und den kleinen Revolver schußbereit in der rechten Hand hielt – wirkte der Mann wie ein Profi, wie ein gutausgebildeter Soldat. Er suchte seine Umgebung mit der bedächtigen Gelassenheit eines Jägers ab, indem er jeden Quadratmeter Boden begutachtete. Das bedeutete vermutlich, daß er einen weiteren Mann links oder rechts neben sich hatte –

oder links und rechts je einen. Darüber hinaus war es nur mehr eine Frage der Zeit, bis sein Blick auf die Stelle fiel, an der Bond lag.

Der Verfolger trug eine olivgrüne Tarnhose und ein grünes Hemd unter einer steingrauen Feldjacke. Bond drehte sich langsam, ganz langsam, quälend langsam nach ihm um. Er wollte wenigstens einmal schießen können, bevor jemand ihn entdeckte.

Dann nahm er eine weitere Bewegung wahr – diesmal rechts. Bonds Intuition warnte ihn vor einer drohenden Gefahr, so daß er automatisch mit der ASP auf diese neue Bedrohung zielte.

Die drei gelben Winkelflächen, aus denen das Guttersnipe-Visier besteht, fingen das Ziel wie von selbst ein und zeigten Bond eine weitere Gestalt, die unbehaglich nahe in geduckter Haltung von einem Baum zum nächsten spurtete. Aus dem Augenwinkel heraus sah Bond, daß der erste Mann seinen Revolver mit beiden Händen hob. Dann hörte er ganz dicht hinter sich das unverkennbare Klicken, mit dem der Hammer eines Revolvers zurückgezogen wurde. Im nächsten Augenblick berührte das kalte Metall der Revolvermündung sanft seinen Nacken.

»Weg mit der Pistole, Mister Bond!« forderte ihn eine Männerstimme auf. »Machen Sie bitte keine Dummheiten. Lassen Sie die Pistole einfach fallen.«

Bond hatte keine Lust, seine Karriere in dieser Sekunde beenden zu lassen. Er ließ die ASP zu Boden fallen.

»Ausgezeichnet.« Die Stimme klang weich und schien leicht ausländisch gefärbt zu sein. »Jetzt legen Sie bitte die Hände auf den Kopf.«

Die beiden Männer, die Bond beobachtet hatte, waren jetzt aufgestanden und kamen auf ihn zu. Der von links Herankommende hielt seinen kurzläufigen Revolver nach wie vor mit beiden Händen auf Bond gerichtet. Sein Blick ließ den Gefangenen keine Sekunde lang los.

Bond war sich darüber im klaren, daß er mit zwei Kugeln rechnen mußte, sobald er eine falsche Bewegung machte. Der andere Mann kam rasch heran und bückte sich, um die ASP aufzuheben. Seine Hand glich dabei einem Raubvogel, der auf seine Beute herabstößt.

»Gut, jetzt stehen Sie bitte ganz langsam auf«, fuhr die Stimme fort, während die Revolvermündung sich von der Stelle hinter Bonds Ohr löste. Schlurfende Schritte zeigten, daß der Mann zurücktrat. »Kein schlechter Trick, was? Wir haben ungefähr gewußt, wo Sie sich versteckt hielten, deshalb ist's nur darum gegangen, Ihnen einen sich anschleichenden und einen schnellen Mann zu zeigen. Die Jungs haben diese kleine Komödie dreimal aufgeführt, bevor sie die richtige Stelle entdeckt haben. Solches Verhalten im Gelände wird in unserer Ausbildung gelehrt. Drehen Sie sich bitte um.«

»Von wem gelehrt?« wollte Bond wissen, während er sich umdrehte. Er stand jetzt einem großen, athletisch gebauten Mann Mitte Dreißig gegenüber, der auf den ersten Blick ausländisch wirkte. Der Unbekannte hatte schwarzes welliges Haar, dunkle Augen und ein breites Gesicht mit großer Nase und vollen Lippen. Bond konnte sich vorstellen, daß manche Frauen seinen Typ attraktiv fanden. Sein an sich bereits dunkler Teint war durch zusätzliche Sonnenbräune noch dunkler geworden. Wirklich verräterisch waren seine Augen. Sie trugen den eigenartigen Ausdruck, als hätten sie viele Jahre lang Horizonte nach Staubwolken, den Himmel nach winzigen Punkten, eine Felslandschaft nach Bewegungen oder Türen und Fenster nach Gewehrmündungen abgesucht. Wahrscheinlich hatten sie das bereits getan, als der Schwarzhaarige noch ein Kind gewesen war. Nationalität? Schwer zu beurteilen. Der andere stammte aus dem Nahen Osten, aber ob er aus Jerusalem, Beirut oder Kairo kam, ließ sich nicht sagen.

»Wer lehrt das?« fragte er erneut.

Der andere zuckte mit den Schultern. »Vielleicht erfahren Sie das noch, Mister Bond. Wer weiß?« Sein Lächeln war nicht unfreundlich. »Jetzt müssen wir Sie abtransportieren«, fuhr er fort, »aber ich fürchte, daß Sie nicht freiwillig stillsitzen werden.« Er lachte kurz. »Da ich weiß, daß meine Vorgesetzten Sie lebend und unbeschädigt angeliefert bekommen wollen, darf ich Sie bitten, die Jacke auszuziehen und Ihren Ärmel hochzustreifen.«

Aus dem Unterholz tauchten zwei weitere Gestalten auf, während der Anführer seinen Revolver wegsteckte und ein längliches Metalletui aus der Innentasche seiner Feldjacke zog.

Einer der Neuankömmlinge machte sich daran, Bond die Wildlederjacke auszuziehen, während die Hände des anderen auf seinen Schultern lagen. Bond leistete keinen Widerstand, als sie den Ärmel seines Rollkragenpullovers hochstreiften, während ihr Anführer eine Einwegspritze aus dem Etui nahm und bei senkrecht nach oben gehaltener Nadel kurz auf den Kolben drückte. Ein winziger Strahl einer farblosen Flüssigkeit spritzte in die Luft. Bond spürte einen feuchten Wattebausch in der Armbeuge.

»Keine Angst«, sagte der Anführer lächelnd. »Wir wollen, daß Sie heil und gesund bleiben, das dürfen Sie mir glauben. Nur ein kleiner... äh... ein kleiner Stich, wie die Schauspielerin zum Bischof sagte.«

Irgend jemand lachte dröhnend laut, und Bond hörte einen anderen etwas in einer ihm unverständlichen Sprache sagen. Er spürte nicht einmal mehr, wie die Nadel aus seiner Armvene gezogen wurde.

Zuerst glaubte er in einem Hubschrauber zu liegen: flach auf dem Rücken, während die Maschine unter ihm bockte. Er konnte das Pfeifen der Propellerturbine und das Knattern der Rotorblätter hören. Irgendwo in weiter Ferne waren Feuerstöße aus Maschinenwaffen zu hören. Dann verlor Bond wieder eine Zeitlang das Bewußtsein, bevor die Hubschrauberillusion – diesmal von lauten Detonationen in unmittelbarer Nähe begleitet – erneut einsetzte.

Als er die Augen öffnete, sah er über sich an der Zimmerdecke einen sich langsam drehenden elektrischen Ventilator und wurde auf weiße Wände und ein schlichtes Feldbett aufmerksam, auf dem er vollständig bekleidet lag.

Bond stützte sich auf einen Ellbogen. Körperlich fühlte er sich durchaus wohl: keine Übelkeit, keine Kopfschmerzen, keine Sehstörungen. Er streckte seine rechte Hand mit leicht gespreizten Fingern aus. Sie zitterten nicht. Der Raum, dessen ganze Einrichtung aus dem Feldbett bestand, wies nur eine Tür und ein von außen durch Gitterstäbe gesichertes Fenster mit fast undurchsichtig gemachten Scheiben auf. Von draußen fiel gedämpftes Sonnenlicht herein.

Während Bond sich auf die Bettkante setzte, hörte er eine weitere ferne Detonation. Er stand auf und stellte fest, daß er sich gut auf den Beinen halten konnte. Als er die Tür fast erreicht hatte, war MG-Feuer zu hören – ebenfalls in der Ferne. Die Tür war abgesperrt, und durch die fast blinden Fensterscheiben war fast nichts von der Außenwelt zu erkennen. Die Beschichtung auf der Innenseite bestand aus einer dicken papierartigen Masse, die fest an den Scheiben haftete und sie so in Milchglas verwandelte. Außerdem konnte sie verhindern, daß die Scheiben durch den Luftdruck einer in der Nähe stattfindenden Detonation zersplitterten. Bond war der Überzeugung, nicht in England zu sein. Die Temperatur in dem kleinen weißgestrichenen Zimmer war trotz des eingeschalteten Deckenventilators höher als selbst am heißesten englischen Sommertag. Die Feuerstöße aus Handfeuerwaffen und die vereinzelten lauteren Detonationen ließen den Schluß zu, er befinde sich in irgendeinem Kriegsgebiet.

Bond rüttelte erneut an der Türklinke und sah sich danach das Schloß an. Es war massiv, stabil und ohne Handwerkszeug nicht zu knacken. Außerdem war die Tür bestimmt durch zusätzliche Riegel auf der anderen Seite gesichert.

Er suchte methodisch seine Taschen ab, ohne irgend etwas Brauchbares zu finden. Die anderen hatten ihm alles weggenommen. Sogar seine Armbanduhr fehlte, und das Metallgestell des Feldbetts war solide zusammengeschweißt. Mit viel Zeit und Geduld mußte es möglich sein, einen starken Draht aus dem Federrahmen zu lösen, aber das wäre eine mühsame Aufgabe, und er konnte nicht beurteilen, wie lange er noch in Ruhe gelassen werden würde.

Im Zweifelsfall lieber untätig bleiben, dachte Bond.

Er ging zum Bett zurück, streckte sich darauf aus und versuchte, sich die Ereignisse bis zu seiner Bewußtlosigkeit ins Gedächtnis zurückzurufen. Der Versuch, mit den Computerprogrammen zu entkommen. Der Einwurf in den Briefkasten. Die Verfolgung und die Straßensperre. Seine Gefangennahme im Wald. Die Injektion. Er hatte als einziger einen Schuß abgegeben. Sogar zwei Schüsse, mit denen er einen der Gegner getroffen und wahrscheinlich getötet hatte. Trotzdem hatten die anderen sich alle Mühe gegeben, ihn unverletzt in ihre Gewalt zu bringen. Ein Zusammenhang zwischen seinem Besuch bei Jay Autem Holy und dieser Entführung war wahrscheinlich, aber keineswegs sicher. Keine Vermutungen anstellen! Die weitere Entwicklung abwarten! Mit dem Schlimmsten rechnen!

Bond hatte etwa eine Viertelstunde auf dem Feldbett gelegen und über seine gegenwärtige Situation nachgedacht, als draußen Schritte näher kamen: gedämpfte Schritte, als trügen die Männer Stiefel mit Gummisohlen, aber entschieden militärisch klingende Marschtritte. Riegel wurden zurückgezogen, und ein Schlüssel klirrte im Schloß. Dann öffnete sich die Tür zu Bonds Zimmer.

Ein Blick nach draußen zeigte ihm Sand, niedrige

weiße Gebäude und zwei bewaffnete Männer in olivgrünen Uniformen. Ein dritter Uniformierter betrat jetzt den Raum. Bond erkannte in ihm den Mann wieder, der ihm in den Wäldern von Oxfordshire die Betäubungsspritze gegeben hatte. Der andere trug jetzt Uniform – einen schlichten olivgrünen Kampfanzug ohne Rangabzeichen –, hohe Schnürstiefel und einen breiten Webgürtel, an dem rechts ein Halfter mit einem großkalibrigen Revolver hing. Links an seinem Gürtel hatte er einen Dolch in silberbeschlagener Scheide hängen. Seine Kopfbedekkung bestand aus einem hellbraunen, fast behelfsmäßig wirkenden Arabertuch, das von einer roten Kordel gehalten wurde. Einer der beiden anderen Uniformierten griff nach der Türklinke und schloß die Tür von außen.

»Gut geschlafen, Mister Bond?« Das Lächeln des anderen war beinahe ansteckend. Während Bond den Kopf hob, erinnerte er sich daran, was er über die Augen des Unbekannten gedacht hatte.

»Ich wäre lieber wach geblieben.«

»Aber Ihnen fehlt doch nichts? Keine unangenehmen Nachwirkungen?«

Bond schüttelte den Kopf.

»Gut. Ich heiße übrigens Simon.« Der Mann sprach energisch und geschäftsmäßig; er streckte seine Hand aus, die Bond jedoch nicht ergriff. »Die Sache mit unserem Mann tragen wir Ihnen nicht nach«, fuhr der andere nach kurzer Pause fort. »Sie haben ihn erschossen, aber er ist schließlich dafür bezahlt worden, sein Leben zu riskieren.« Er zuckte mit den Schultern. »Wir haben Sie unterschätzt, fürchte ich. Das ist meine Schuld gewesen. Niemand hat geglaubt, daß Sie noch bewaffnet sein würden. Schließlich sind Sie nicht mehr aktiv. Ich habe vermutet, daß Sie im Andenken an die gute alte Zeit schlimmstenfalls mit einer kleinkalibrigen Pistole bewaffnet sein würden – jedenfalls nicht mit einer so tödlichen Waffe. Für uns ist sie übrigens neuartig gewesen. Um welches Modell handelt es sich genau?«

»Ich heiße James Bond, früher Commander in der Royal Navy. Früher im Auswärtigen Dienst. Jetzt pensioniert.«

Simon war sekundenlang sichtlich verblüfft.

»Ah, ich verstehe! Namen und Dienstgrad, nicht wahr?« Er lachte trocken. »Tut mir leid, Sie enttäuschen zu müssen, Commander Bond, aber Sie sind kein Kriegsgefangener. Als Sie uns mit Ihrem luxuriösen Sportwagen davongefahren sind, konnten wir Ihnen nicht begreiflich machen, daß wir Sie als Abgesandte aufsuchen wollen. In aller Freundschaft. Um Ihnen möglicherweise einen Job anzubieten.«

»Sie hätten laut rufen können. Im Wald hätten Sie mich anrufen können, wenn das wahr wäre.«

»Und hätten Sie uns denn geglaubt?«

Schweigen.

»Ganz recht. Nein, das hätten Sie vermutlich nicht getan, Commander Bond. Deshalb mußten wir Sie mit möglichst wenig Gewaltanwendung gefangennehmen, um Sie gesund und unversehrt hierher transportieren zu können.«

Bond überlegte kurz. »Ich verlange Auskunft darüber, wo ich bin und wer Sie und Ihre Leute sind.«

»Das erfahren Sie noch. Alles zu...«

»Wo bin ich?« knurrte Bond.

»In Erewhon.« Simon lachte in sich hinein. »Wir haben eine Vorliebe für Kodewörter und Tarnbezeichnungen. Aus Sicherheitsgründen und in unserem wohlverstandenen Interesse – für den Fall, daß Sie den Auftrag ablehnen oder sich vielleicht als nicht ganz unseren Vorstellungen entsprechend erweisen. Sie befinden sich hier in Erewhon. Und jetzt möchte unser Kommandeur Sie sprechen, Sir.«

Bond stand langsam auf, streckte die Hand aus und bekam Simons linkes Handgelenk zu fassen. Er sah jedoch, daß der andere blitzschnell nach seinem Revolver griff.

»Commander, ich möchte Ihnen nicht raten ...«

»Schon gut, ich will Sie nicht angreifen. Ich kann mich nur nicht daran erinnern, mich um eine Stelle beworben zu haben. Weder bei Ihnen noch bei sonst jemandem.«

»Wirklich nicht? Na ja, vielleicht haben Sie recht.« Simon spielte spöttisch den Ahnungslosen. »Aber Sie sind arbeitslos, Commander Bond. Das stimmt doch, nicht wahr?«

»Ja.«

»Und Sie sind von Natur aus kein Mann, der gerne untätig ist. Wir wollten ... wie würden Sie sagen? Wir wollten Ihnen ein Angebot machen.«

Bond starrte ihn durchdringend an. »Wäre es nicht zivilisierter gewesen, dieses Angebot durch eine Einladung in England statt durch eine Entführung hierher zu machen?«

»Der Kommandeur von Erewhon möchte Sie sprechen«, antwortete Simon mit gewinnendem Lächeln, als sei damit bereits alles erklärt.

Bond schien kurz nachzudenken; dann nickte er. »Gut, ich bin bereit, mit ihm zu sprechen.«

»Ausgezeichnet.«

Simon klopfte an die Tür, die daraufhin von einem der draußen wartenden Uniformierten geöffnet wurde. Als sie den Raum verließen, postierten die beiden Wachen sich rechts und links neben Bond. Er sog prüfend die Luft ein. Sie war warm, aber klar. Eigenartig. Sie mußten sich ziemlich hoch über dem Meeresspiegel befinden. Außerdem befanden sie sich in einer kleinen Senke, die einem von Hügeln umgebenen ausgetrockneten Seebett glich. Auf einer Seite bildeten die Hügel sanft geschwungene Erhebungen, aus deren trockener, sonnendurchglühter Erde jedoch karstiger Fels aufragte. Der Rest des Gesichtskreises war wilder: Felszacken und -zinnen schlossen über hundert Meter hohe, beinahe senkrechte Felswände ab. Die Sonne stand hoch, fast genau über ihnen. Auf dem flachen Sandboden am Fuß der Felswände standen einige niedrige weiße Gebäude, deren Grundriß den Buchstaben E bildete, obwohl der langgestreckte Bau und die kürzeren Querbauten auf unterschiedlich hohen Terrassen standen. Noch dichter unter den Felsen standen mehrere kleinere, nicht so rechtwinklig ausgerichtete Gebäude. Simon führte Bond etwa einen halben Kilometer weit zu ihnen hinüber.

Aus einigen der kleineren Bauten stieg Rauch auf. Links von Bond befand sich eine Schießbahn, die offenbar von einer Gruppe Uniformierter benutzt werden sollte. Von den abgerundeten Hügeln herüber kam plötzlich das Detonationsgeräusch schwerer Sprengladungen; dann fielen zwischen Hausruinen, die beinahe europäisch wirkten, zahlreiche Schüsse. Zwischen diesen Häusern bewegten sich Gestalten, als übten sie Straßen- und Häuserkampf.

Während Bond sich nach den Schüssen umdrehte, fiel ihm eine Art Bunker im Fels unterhalb der Kuppe eines der abgerundeten Hügel auf. Eine Verteidigungsstellung, die selbst aus der Luft kaum zu orten und nur schwer anzugreifen war, obwohl ein Luftlandeunternehmen denkbar gewesen wäre.

»Gefällt Ihnen unser Erewhon?« fragte Simon gutgelaunt.

»Das hängt davon ab, was Sie hier tun. Veranstalten Sie Pauschalreisen?«

»Beinahe.« Simon wirkte ehrlich belustigt.

Sie erreichten ein Gebäude von der Größe eines bescheidenen Bungalows. Rechts neben dem Eingang war ein Messingschild an der Wand befestigt. Es trug die Aufschrift KOMMANDEUR in mehreren Sprachen – auch auf hebräisch und arabisch. Hinter der Eingangstür lag ein kleines, leeres Vorzimmer. Simon trat an die nächste Tür und klopfte an. »Herein!« rief eine Stimme. Simon machte Bond ein Zeichen, er solle vorausgehen, und meldete zugleich zackig:

»Commander James Bond, Sir.«

Nach allem was bisher passiert war, und da unzählige Fragen unbeantwortet geblieben waren, hätte Bond sich nicht gewundert, wenn der Mann hinter der Tür General Zwingli gewesen wäre. Aber die Identität des Mannes, der hinter dem Klapptisch in dem geräumigen Büro saß, ließ ihn überrascht tief Luft holen. Irgendeine Verbindung zwischen diesem Mann und Zwingli bestand jedenfalls, denn Bond hatte ihn zuletzt in den Salles Privées der Spielbank Monte Carlo gesehen.

»Treten Sie bitte näher, Commander Bond. Nur herein mit Ihnen! Willkommen in Erewhon«, sagte Tamil Rahani. »Nehmen Sie bitte Platz. Simon, holen Sie dem Commander einen Stuhl.«

11

Terroristen zu vermieten

Der Raum war streng funktionell möbliert: der Klapptisch, die vier Stühle und der Aktenschrank hätten auf dem Nachschubweg jeder Armee der Welt angefordert werden können.

Die Einrichtung schien auch Tamil Rahanis Charakter widerzuspiegeln. Als Bond ihn in Monte Carlo kurz gesehen hatte, war Rahani ihm aus einiger Entfernung wie irgendein anderer erfolgreicher Geschäftsmann erschienen: aalglatt, elegant, clever und selbstbewußt. Bei näherer Betrachtung verstärkte sich der Eindruck großen Selbstbewußtseins, aber Rahanis aalglatte Art erwies sich als nur oberflächlich. Statt dessen dominierte unverkennbare Dynamik – gezügelte und beherrschte Dynamik. Das war die allen hervorragenden Offizieren eigene Selbstdisziplin: eine gelassene Ruhe, hinter der eiserne Entschlossenheit steckte. Rahani strahlte jedenfalls Autorität und den Glauben an seine eigenen Fähigkeiten aus.

Während Simon ihm einen Stuhl brachte und sich selbst einen holte, sah Bond sich in dem Büro um – oder wäre Dienstzimmer der bessere Ausdruck gewesen? An den Wänden hingen Landkarten, grafische Darstellungen und große Tafeln mit den Silhouetten von Flugzeugen, Schiffen, Panzern und anderen gepanzerten Fahrzeugen. Eine große Jahresübersicht mit roten, grünen und blauen Markierungen war der einzige Farbfleck in dem ansonsten sehr nüchternen Raum.

»Kenne ich Sie nicht, Sir?« Bond achtete darauf, Rahani wie einen militärischen Vorgesetzten anzusprechen. Die den anderen umgebende Aura von Macht und Gefahr war schließlich unverkennbar.

Rahani lachte, wobei er den Kopf etwas in den Nacken warf. »Vielleicht haben Sie mein Bild in der Zeitung gesehen, Commander«, antwortete er lächelnd. »Darauf kommen wir möglicherweise später zurück. Im Augenblick möchte ich lieber über Sie sprechen. Sie sind uns wärmstens empfohlen worden.«

»Tatsächlich?«

Rahani klopfte sich mit einem Bleistift leicht gegen die Vorderzähne. Seine Zähne unter dem militärisch kurz gestutzten Schnurrbart waren blitzend weiß und völlig regelmäßig.

»Ich will ganz offen mit Ihnen sprechen, Commander. Niemand weiß, ob man Ihnen trauen darf oder nicht. Jeder – und damit meine ich alle großen Geheimdienste der Welt – weiß, daß Sie über viele Jahre hinweg als Agent des britischen Secret Intelligence Service aktiv gewesen sind. Seit kurzem sind Sie nun kein SIS-Agent mehr, sondern aus dem aktiven Dienst ausgeschieden. Sie sollen aus persönlicher Verbitterung Ihren Abschied eingereicht haben.« Rahani machte eine kurze Pause und zog fragend die Augenbrauen hoch. »Andererseits wird behauptet, aus SIS, CIA, Mossad oder KGB scheide *niemals* jemand aus, um ins Privatleben überzutreten. Ist das der richtige Ausdruck? Ins Privatleben übertreten?«

»So heißt's jedenfalls in Spionageromanen.« Bond blieb unverändert gleichgültig.

»Wie Sie sich denken können«, fuhr Rahani fort, »sind ziemlich viele Leute daran interessiert, die Wahrheit herauszubekommen. Mehrere Geheimdienste wären am liebsten mit Ihnen in Verbindung getreten. Einer hätte es auch beinahe getan. Aber diese Leute haben dann doch kalte Füße bekommen. Sie haben sich überlegt, daß Sie im Ernstfall vermutlich Ihre Loyalität wiederentdecken würden, selbst wenn Sie im Augenblick enttäuscht und verbittert seien.«

Danach entstand eine Pause, in der Bond ein Pokergesicht aufsetzte, bis der Kommandeur weitersprach.

»Sie sind entweder ein außergewöhnlich guter Schauspieler, Commander, der einen dienstlichen Auftrag ausführt, oder Sie sind echt. Unbestreitbar ist jedenfalls, daß Sie auf Ihrem speziellen Gebiet außergewöhnliche Fähigkeiten besitzen. Und Sie sind arbeitslos. Falls die Gerüchte in bezug auf Ihr Ausscheiden aus dem aktiven Dienst zutreffen, wäre es jammerschade, Sie weiterhin unbeschäftigt zu lassen. Sie sind hierher gebracht worden, damit wir Ihre Story durchleuchten und Ihnen möglicherweise einen Job anbieten können. Möchten Sie wieder arbeiten? Natürlich auf dem Geheimdienstsektor?«

»Je nachdem.« Bonds Stimme war ausdruckslos.

»Wie meinen Sie das?« fragte Rahani scharf. Seine Reaktion verriet einen befehlsgewohnten Mann.

»Ich meine, daß das von dem Job abhängt, den Sie mir anzubieten haben.« Bonds Gesichtsausdruck wurde eine Spur umgänglicher. »Hören Sie, Sir, ich möchte nicht unhöflich erscheinen, aber ich bin gegen meinen Willen hierher verschleppt worden. Außerdem ist meine frühere Laufbahn eine Sache, die nur mich etwas angeht und höchstens noch die Leute, für die ich früher gearbeitet habe. Und ich habe die Branche ganz ehrlich gesagt so satt, daß ich nicht sicher weiß, ob ich wieder auf diesem Gebiet tätig werden möchte.«

»Nicht mal als Berater? Nicht mal bei sehr hohem Gehalt? Bei wenig anstrengender und keineswegs gefährlicher Tätigkeit?«

»Ich weiß nicht recht...«

»Sind Sie dann wenigstens bereit, sich einen Vorschlag anzuhören?«

»Vorschläge höre ich mir immer an.«

Rahani holte tief Luft.

»Ein Jahreseinkommen von über einer Viertelmillion Pfund Sterling. Gelegentliche Auslandsreisen zu kurzfristig angesetzter Beratertätigkeit in anderen Ländern. Alle acht Wochen eine einwöchige hier stattfindende Vortragsreihe.«

»Wo ist ›hier‹?«

Rahani verzog zum erstenmal unwillig das Gesicht. »Alles zu seiner Zeit, Commander. Alles zu seiner Zeit!«

»Was für eine Beratertätigkeit? Vorträge über was?«

»Vorträge über Aufbau und Methoden der britischen Dienste: Secret Intelligence Service und Security Service. Beratung in bezug auf die geheim- und nachrichtendienstlichen Aspekte bestimmter Unternehmen.«

»Wessen Unternehmen?«

Rahani breitete die Hände aus. »Schwer zu sagen, Commander. Außerdem würde sich das von Unternehmen zu Unternehmen ändern. Die mir unterstehende Organisation ist keinem Land, keiner Gruppierung und keinem Ideal verpflichtet, müssen Sie wissen. Wir sind – ein viel mißbrauchtes Wort, aber das einzige, das hier zutrifft – apolitisch.«

Bond wartete schweigend, als sei er noch nicht bereit, sich festzulegen.

Der andere gab schließlich nach. »Ich bin Soldat. Ich habe früher als Söldner gekämpft. Darüber hinaus bin ich ein höchst erfolgreicher Geschäftsmann. Wir haben einiges gemeinsam, glaube ich – darunter eine Vorliebe fürs große Geld. Gemeinsam mit einigen Gleichgesinnten habe ich vor einiger Zeit die Möglichkeit erkannt, in der Söldnerbranche hohe Gewinne zu erzielen. Da ich selbst apolitisch bin und keinen Überzeugungen oder Ideologien anhänge, habe ich dabei leichtes Spiel gehabt. Viele Länder und revolutionäre Gruppen benötigen Spezialisten. Einen bestimmten Mann oder ein ganzes Team, sogar eine Planungsgruppe – und danach die Söldner zur Ausführung des Vorhabens.«

»Terroristen zu vermieten«, sagte Bond leicht angewidert. »Wer selbst keinen Mut hat, heuert andere an, die den Kopf für ihn hinhalten. Das nenne ich wahres Heldentum!«

»Vielleicht haben Sie recht, Commander. Aber Sie würden sich wundern, wenn Sie wüßten, wie groß der

Bedarf auf diesem Gebiet ist. Terroristenorganisationen sind keineswegs unsere einzigen Klienten. Wir haben auch schon Anfragen von angesehenen Regierungen bekommen. Jedenfalls können Sie als ehemaliger Geheimdienstler sich nicht den Luxus politischer Überzeugungen oder Ideale leisten.«

»Aber ich kann mir den Luxus leisten, gegen bestimmte Ideale zu kämpfen«, warf Bond ein. »Ich kann anderer Auffassung sein und sie zutiefst verabscheuen.«

»Und wenn unsere Informationen zutreffen, verabscheuen Sie die Arbeitsweise der britischen und amerikanischen Geheimdienste, nicht wahr?«

»Sagen wir einfach, daß ich es enttäuschend finde, daß eine staatliche Stelle meine Loyalität nach so vielen Jahren treuer Dienste anzweifeln könnte.«

»Haben Sie niemals davon geträumt, wie süß die Rache sein könnte?«

»Ich wäre ein Lügner, wenn ich behaupten würde, daran hätte ich nie gedacht, aber ich bin nie von dieser Idee besessen gewesen. Ich bin nicht nachtragend veranlagt.«

»Wir sind auf Ihre Mitarbeit und Ihre Entscheidung angewiesen. Sie verstehen wohl, was ich meine?« Rahani zog fragend die Augenbrauen hoch.

Bond nickte zustimmend und fügte hinzu, er sei schließlich nicht auf den Kopf gefallen: Nachdem Tamil Rahani ihm Existenz und Zweck seiner Organisation erläutert habe, müsse er zu einer Entscheidung in bezug auf Bond gelangen. Falls er ihm einen Job anbiete, den Bond annehme, sei alles in Ordnung. Sollte er jedoch zu dem Schluß gelangen, Bond sei ein Sicherheitsrisiko oder seine Motive seien zweifelhaft, könne es nur eine mögliche Antwort geben.

Rahani ließ ihn ausreden.

»Sie haben also nichts dagegen, wenn ich Ihnen ein paar einschlägige Fragen stelle?«

»Was bezeichnen Sie als einschlägig?«

»Ich möchte mit Ihnen über die Punkte sprechen, zu denen Sie Journalisten gegenüber die Aussage verweigert haben. Ich meine den *wahren* Grund für Ihr Ausscheiden, Commander Bond. Sie haben von Meinungsverschiedenheiten einzelner Dienststellen gesprochen, glaube ich. Die damals erhobenen Anschuldigungen sind zurückgenommen worden, aber Sie scheinen sie sehr ernstgenommen zu haben.«

»Was ist, wenn ich mich lieber nicht dazu äußere?«

»Dann müssen wir daraus den Schluß ziehen, daß Sie nicht vertrauenswürdig sind, mein Freund. Eine Schlußfolgerung, die unangenehme Konsequenzen haben könnte.« Rahani lächelte vielsagend.

Bond spielte den Nachdenklichen, als lasse er sich diese Warnung durch den Kopf gehen. Gemeinsam mit M und Bill Tanner hatte er sich eine Legende ausgedacht, die nur sehr schwer zu widerlegen sein würde. Um das zu schaffen, hätte jemand sich Geheiminformationen aus der Rechtsabteilung, der Personalabteilung und der Abteilung S besorgen müssen – ein fast unmögliches Unterfangen. Nach kurzer Bedenkpause nickte Bond gelassen. »Gut, wenn Sie die Wahrheit hören wollen...«

»Wir bitten darum, Commander.« Rahanis Miene und Stimme waren gleichermaßen ausdruckslos.

Bond erzählte die Story, wie die drei Männer sie sich in dem Dienstzimmer von M ausgedacht hatten. In einem Zeitraum von fünf bis sechs Monaten war festgestellt worden, daß mehrere streng geheime Akten aus der Zentrale mitgenommen und über Nacht außer Haus behalten worden waren. Das war eine alte und zudem plausible Geschichte, selbst wenn man die scharfen Ein- und Ausgangskontrollen sowie die Tatsache berücksichtigte, daß solche Unterlagen nur gegen Unterschrift ausgegeben wurden. Darüber hinaus war jede Akte durch eine Kodierung geschützt, die elektronisch abgetastet wurde, wenn die Akte ausgegeben oder zurückgebracht wurde. Die Akten durchliefen ein Lesegerät, das den Kode ablas und in der Datenbank der Registratur speicherte, die jeweils zum Monatsende kontrolliert wurde. Es war unmöglich, die Kodierung zu ändern oder zu imitieren. Da die einschlägigen Informationen jedoch nur einmal im Monat kontrolliert wurden, konnte jeder abends eine gefälschte Akte zurückbringen und das Original erst am nächsten Abend zurückgeben. Mit diesem Wechsel zwischen Fälschung und Original konnte man in einem Monat etwa zwanzig Akten unter die Lupe nehmen, bevor die unbefugte Ausleihung entdeckt wurde. Das war nach Bonds Darstellung passiert, allerdings sollte die Registratur so viel Zeit mit weiteren Überprüfungen und Kontrollen vergeudet haben – weil sie eher an einen Computerfehler glaubten –, daß eine weitere Woche verstrichen war, bevor dem SIS-Chef Meldung gemacht worden war.

Insgesamt waren lediglich acht Akten gefährdet gewesen. An den entsprechenden Tagen hatte James Bond jedoch zu denen gehört, die Zugang zu diesen Akten gehabt hatten. Fünf Personen standen unter Verdacht, aber Bond war als erster in die Zange genommen worden.

»Mit meinem Dienstgrad und meiner Erfahrung hätte ich normalerweise Anspruch auf höfliche Behandlung, auf ein Gespräch unter vier Augen mit dem SIS-Chef gehabt«, berichtete er hörbar verärgert. »Aber nein! Daß die vier anderen niedrigere Dienstgrade hatten, verhältnismäßig unerfahren waren und keine Erfolge im Außendienst vorweisen konnten, hat anscheinend keine Rolle gespielt. Man hätte glauben können, ich sei wegen meiner Stellung, wegen meiner Erfahrung und weil ich im Außendienst gewesen war, besonders scharf angefaßt worden.«

»Sie sind tatsächlich beschuldigt worden?« wollte diesmal Simon wissen.

Bond konnte seinen Zorn offensichtlich nicht mehr

ganz beherrschen. »Allerdings! Ja, ich bin beschuldigt worden! Bevor die anderen auch nur befragt worden waren, haben sie mich mit zwei sehr guten Vernehmungsoffizieren und einem Kronanwalt konfrontiert. *Sie haben diese Akten aus dem Dienstgebäude mitgenommen, Commander Bond. Warum? Haben Sie sie kopiert? Wer hat Sie dafür bezahlt?* So ist das zwei Tage lang weitergegangen...«

»Und hatten Sie die Unterlagen mitgenommen, Commander?«

»Nein, natürlich nicht!« antwortete Bond fast schreiend laut. »Die anderen haben weitere zwei Tage gebraucht, um die vier jüngeren Kollegen zu vernehmen, und dann dauerte es noch einen Tag, bis der Leiter der Registratur aus dem Urlaub zurückkam und sich daran erinnerte, daß einer unserer Leute die Sondererlaubnis erhalten hatte, diese verdammten Akten zu einem hohen Ministerialbeamten zu bringen, der sie durcharbeiten mußte. Der Leiter der Registratur hätte diesen Vorgang durch eine Spezialcode absichern und gewissermaßen neutralisieren müssen. Aber er wollte in Urlaub fahren und hatte nicht mehr daran gedacht. Kein Mensch ist auf die Idee gekommen, *ihn* zur Verantwortung zu ziehen und mir seinen Kopf auf einem Silbertablett zu präsentieren.«

»Das heißt also, daß in Wirklichkeit gar keine Akten verschwunden gewesen sind. Man hat sich natürlich bei Ihnen entschuldigt?«

»Nicht sofort.« Bond machte ein Gesicht wie ein beleidigter Schuljunge. »Und niemand hat sich auch nur im geringsten um meine persönlichen Gefühle gekümmert. Der SIS-Chef hat offenbar nicht einmal verstanden, warum ich wütend war.«

»Deshalb haben Sie Ihren Rücktritt erklärt? Einfach so?«

»So ungefähr.«

»Eine ausgezeichnete Story.« Tamil Rahani machte ein zufriedenes Gesicht. »Aber sehr schwer nachzuweisen, wenn ich daran denke, um welche Dienststellen es hier geht.«

»Sehr schwer«, bestätigte Bond.

»Und welche Informationen haben die fraglichen Akten enthalten?«

»Ah!« Bond bemühte sich, gewinnend zu lächeln. »Jetzt soll ich wirklich etwas verraten.«

»Ja.« Rahani blieb geschäftsmäßig nüchtern.

»Hauptsächlich aktualisiertes Material über die Verteilung der Truppen des Warschauer Pakts auf ihre Standorte – und die Stationiereung unserer Agenten an diesen Orten.«

Rahani runzelte die Stirn. »Streng geheimes Material... Ja, ich verstehe. Ich werde ein paar Nachforschungen anstellen, Commander. Bis dahin kann Simon Sie durch Erewhon führen, und wir kommen später wieder zu kleinen Gesprächen zusammen.«

»Sie meinen Vernehmungen?«

Der andere zuckte mit den Schultern. »Ganz wie Sie wollen. Ihre zukünftige Laufbahn hängt davon ab, was Sie uns jetzt erzählen. Völlig schmerzlos, das dürfen Sie mir glauben.«

Bond, der aufgestanden war, blieb an der Tür stehen. »Darf ich *Ihnen* eine Frage stellen, Sir?«

»Selbstverständlich.«

»Sie sehen einem Mister Tamil Rahani, dem Präsidenten der Firma Rahani Electronics, erstaunlich ähnlich. Sind Sie nicht vor kurzem in Monte Carlo gewesen?«

Rahanis Lachen klang eher wie das Zischen einer wütenden Kobra. »Das müßten Sie doch am besten wissen, Commander! Soviel mir bekannt ist, haben Sie zur selben Zeit die Spielbanken an der Côte d'Azur ausgeplündert.«

»*Touché,* Sir!«

Bond folgte Simon in den Sonnenschein hinaus. Als erstes gingen sie zu einer Kantine, in der ungefähr achtzig Personen zum Mittagessen Huhn mit Reis verspeisten. Alle trugen die gleiche olivgrüne Uniform. Manche hatten eine Pistole am Gürtel. Die Männer und Frauen waren im allgemeinen jung und schienen aus vielen verschiedenen Ländern zu stammen. Sie saßen paarweise oder in Vierergruppen zusammen. Simon erklärte Bond, daß das mit ihrer Ausbildung zusammenhing. Sie arbeiteten mit einem Partner oder in Teams zusammen. Falls der Auftrag es erforderte, konnten auch mehrere Teams gemeinsam eingesetzt werden. Wieder andere wurden als Einzelgänger ausgebildet.

»Wofür ausgebildet?« erkundigte Bond sich.

»Oh, wir decken das gesamte Spektrum ab. Überfälle, Entführungen, Sprengstoffanschläge, sonstige Attentate. Und wir stellen vor allem auch die nötigen Hilfskräfte: Elektriker, Mechaniker, gute Fahrer und so weiter.«

Bond identifizierte einige der in der Kantine gesprochenen Sprachen als Deutsch, Französisch und Italienisch. Von Simon erfuhr er, daß hier auch Israelis, Iren und sogar Engländer ausgebildet wurden. Auf den ersten Blick erkannte er zwei deutsche Terroristen, deren Namen und Personenbeschreibung bei SIS, MI5 und Scotland Yard aktenkundig waren.

»Wenn Sie auf Anonymität Wert legen, würde ich diese beiden nicht in Europa einsetzen«, erklärte er Simon halblaut. »Sie stehen auf unserer Fahndungsliste ganz oben.«

»Ah, vielen Dank für die Auskunft. Wir arbeiten lieber mit Unbekannten, und ich habe bei den beiden ein ungutes Gefühl gehabt. Wer hierher zu uns kommt, hat im allgemeinen schon ein paar Einsätze hinter sich, aber wir bevorzugen Leute, die noch nicht zur Fahndung ausgeschrieben sind.« Simon grinste wissend. »Andererseits können wir sie hier gut gebrauchen. Ein paar gehen immer drauf, wissen Sie. Das ermöglicht eine realistischere Ausbildung.«

Sie verbrachten den Nachmittag damit, das hervorragend ausgestattete Übungsgelände zu besichtigen, und Bond hatte den seltsamen Eindruck, dies alles schon einmal gesehen zu haben. Er brauchte fast eine Stunde lang, um zu erkennen, was ihn daran störte. Dann wurde ihm klar, daß diese Männer und Frauen nach Methoden ausgebildet wurden, die er von verschiedenen zur Terroristenbekämpfung aufgestellten Einheiten – SAS in Großbritannien, GSG 9 in Deutschland, GIGN in Frankreich und anderen – her kannte. Der entscheidende Unterschied bestand jedoch darin, daß die praktische Ausbildung in Erewhon darauf abzielte, den jungen Leuten die Fähigkeiten zur Abwehr solcher Einsätze von Eliteeinheiten zu vermitteln.

Neben der Schießausbildung mit allen möglichen Handfeuer- und Maschinenwaffen lag der Ausbildungsschwerpunkt auf Geiselnahmen und Entführungen. In einem der Lagergebäude standen sogar zwei Flugsimulatoren. In einem anderen Gebäude wurde ausschließlich gelehrt, wie man sich als Geiselnehmer oder Entführer bei Verhandlungen mit Behörden zu verhalten hatte. Die Ausbildung war auf sämtlichen Gebieten äußerst gründlich.

Zu den spektakulärsten Ausbildungsmitteln gehörte der Bereich um die Hausruinen, die Bond schon früher aufgefallen waren. Dort wurden Viererteams in der Abwehr von Rettungsunternehmen ausgebildet, was unter Einsatz aller bekannten Methoden zur Terroristenbekämpfung durchgeführt wurde. Zu Bonds Beunruhigung schienen dabei die meisten denkbaren Möglichkeiten berücksichtigt zu werden.

Die Nacht verbrachte Bond in demselben spärlich möblierten Raum, in dem er aus seiner Bewußtlosigkeit aufgewacht war. Am nächsten Tag begann die Vernehmung. Sie wurde nach der klassischen Einer-gegen-einen-Methode durchgeführt – Tamil Rahani gegen James Bond –, wobei Rahani ihm scheinbar harmlose Fragen stellte, mit denen er in Wirklichkeit versuchte, an streng geheime Informationen über Bonds Service heranzukommen.

Rahani begann mit einigermaßen harmlosen Themen wie Gliederung und Befehlsstrukturen. Wenig später ging er jedoch ins Detail, so daß Bond seine ganze Erfindergabe aufwenden mußte, um den Eindruck zu erwekken, er gebe rückhaltlos Auskunft, während er in Wirklichkeit die entscheidend wichtigen Informationen für sich behielt.

Rahani war wie ein Terrier. Jedesmal wenn Bond sich einbildete, es vermieden zu haben, Auskunft zu einem sicherheitsrelevanten Thema zu geben, wechselte Rahani die Angriffsrichtung, schlug einen Kreis und kam auf seine ursprüngliche Frage zurück. Bond war sich darüber im klaren, daß er den Wölfen zum Fraß vorgeworfen werden sollte, sobald der andere alles aus ihm herausgeholt hatte, was herauszuholen war.

Auch am sechsten Tag konzentrierte Rahani sich weiter auf dieselben Fragen nach den Sicherheitsvorkehrungen für Staatsoberhäupter, die Premierministerin, die Königin und weitere Mitglieder des Königshauses. Damit waren weder Bond noch sein Service jemals befaßt gewesen, aber Rahani vermutete ganz richtig, daß Bond viel darüber wußte. Er verlangte sogar Auskunft über die Namen der mit solchen Aufgaben Betrauten, ihre möglichen Schwächen und die Dienstpläne, nach denen sie eingesetzt wurden. Gegen 17 Uhr wurde eine Meldung hereingereicht. Rahani las sie aufmerksam, faltete das Fernschreiben dann langsam zusammen und sah zu Bond hinüber.

»Nun, Commander, Ihre Tage hier bei uns scheinen gezählt zu sein. Sie werden in England gebraucht. Dort geht ein sehr wichtiges Unternehmen endlich seiner Verwirklichung entgegen, und Sie sollen daran teilnehmen. Sie stehen ab sofort auf unserer Gehaltsliste.«

Er nahm den Hörer eines seiner Telefone ab und wies Simon an, so schnell wie möglich zu ihm herüberzukommen. Bond hatte unterdessen mitbekommen, daß in Erewhon jeder mit dem Vornamen angesprochen wurde – nur der Kommandeur nicht.

»Commander Bond gehört jetzt zu uns«, erklärte er Simon. »Es gibt Arbeit für ihn, und er reist morgen nach England ab. Sie begleiten ihn.« Die beiden Männer wechselten einen eigenartigen Blick, bevor Rahani fortfuhr: »Aber wir haben den tapferen Commander noch nicht in Aktion gesehen, Simon. Wäre es eine gute Idee, ihn durchs Schlachthaus zu schicken?«

»Das würde ihm bestimmt gefallen, Sir.«

Schlachthaus war der aus Galgenhumor entstandene Spitzname für die teilweise demolierten Häuser, in denen Angriff und Verteidigung im Häuser- und Straßenkampf geübt wurden. Simon sagte, er werde das Nötige veranlassen, und sie gingen gemeinsam zum Übungsgelände hinüber, wo Simon sich von ihnen trennte, um die Vorbereitungen zu treffen. Zehn Minuten später kam er zurück und führte Bond in eines der Häuser.

Obwohl das Gebäude die Spuren zahlloser simulierter Häuserkämpfe trug, war es bemerkenswert massiv. Hinter der stabilen Eingangstür befand sich eine geräumige Diele. Zwei kurze Korridore führten nach rechts und links in große, spärlich möblierte Räume ohne Teppichboden. Eine breite, stabile Treppe führte zu einem geräumigen Treppenabsatz mit einer Tür hinauf. Dahinter verlief ein langer Flur in der Hausmitte, während zwei Türen in Zimmer unmittelbar über den Räumen im Erdgeschoß führten. Simon begleitete Bond in den ersten Stock hinauf. »Sie müssen mit einem Viererteam rechnen. Natürlich mit Platzpatronen, aber mit echten Blendgranaten. Die vier wissen, daß Sie irgendwo hier oben sind.« Simon zog die ASP aus der Hosentasche. »Hübsche kleine Waffe, James. Wirklich sehr hübsch! Wer hätte gedacht, daß sie die Durchschlagskraft einer Magnum Kaliber 44 hat?«

»Sie haben mit meinen Spielsachen gespielt.«

»Die Versuchung ist zu groß gewesen. Hier! Ein Magazin mit Platzpatronen und ein Reservemagazin. Handeln Sie selbständig, James. Alles Gute!« Er sah auf seine Armbanduhr. »In drei Minuten geht's los!«

Bond erkundete rasch das Gebäude und zog sich dann in den oberen Korridor zurück, der fensterlos war. Er blieb in der Nähe der auf den Treppenabsatz hinausführenden Tür und trotzdem in Deckung der Korridorwand. Bond kauerte an der Wand, als in der Diele Blendgranaten detonierten: ein ohrenbetäubender Doppelknall, dem mehrere Feuerstöße aus Handfeuerwaffen folgten. Kugeln ließen Putz und Ziegelstaub von der Treppenhauswand spritzen, bevor ein weiterer Feuerstoß beinahe die Tür neben Bond aus den Angeln riß.

Die Angreifer benützten keine Übungsmunition. Sie hatten es auf ihn abgesehen, und Bond erkannte entsetzt, daß er zuvor richtig vermutet hatte. Er war den Wölfen zum Fraß vorgeworfen worden.

12

Annahme verweigert

Aus dem Erdgeschoß kamen zwei weitere Detonationen, denen erneut Feuerstöße folgten. Das zweite Zweimannteam säuberte die unteren Räume. Bond konnte die Schritte des ersten Teams auf der Treppe hören. In wenigen Sekunden würde es zu einem Todestanz auf dem Treppenabsatz kommen: Ein paar Blend- oder Rauchgranaten würden durch die Tür rechts von ihm geworfen werden, bevor ein Kugelhagel den Flur eindeckte und den dort hilflos Kauernden durchsiebte.

Simons Stimme sprach in seinem Kopf wie auf einem Endlosband: »Handeln Sie selbständig... Handeln Sie selbständig...« War das ein Hinweis gewesen? Ein gutgemeinter Tip? Sein Tonfall war jedenfalls drängend gewesen.

Weg von hier! Bond hastete den Korridor entlang in das linke Zimmer. Er hatte die vage Idee, vielleicht aus dem Fenster springen zu können. Wenn es ihm nur gelänge, dem drohenden Kugelhagel zu entgehen...

Bond stürmte in den Raum, bemühte sich, die Tür möglichst leise hinter sich zu schließen, und sicherte sie automatisch mit dem kleinen Riegel über dem Schloß. Er durchquerte das Zimmer in Richtung Fenster und hielt dabei seine wertlose ASP umklammert, als hänge sein Leben von ihr ab. Als er einen Bogen um einen Sessel machte, sah er sie: zwei ASP-Magazine, aufgeschnittene mattschwarze Rechtecke, die auf einem Tischchen zwischen den hohen Fenster lagen. Er griff nach dem ersten und stellte sofort fest, daß dies seine eigenen Reservemagazine voll Glaser-Munition waren.

Die ASP läßt sich von einem geübten Pistolenschützen mit einem fließenden Bewegungszyklus nachladen, der das leergeschossene Magazin rasch auswirft und durch ein volles ersetzt. Bond lud seine Waffe innerhalb von drei Sekunden nach und hatte dabei sogar noch Zeit, sich durch einen raschen Bick davon zu überzeugen, daß die ASP mit einer scharfen Patrone durchgeladen war.

Während Bond nachlud, war er bereits wieder in Bewegung und blieb zuletzt links neben der Tür an die Wand gepreßt stehen. Das Zweiterteam würde hereinstürzen, sobald die Blendgranaten den Gegner kampfunfähig gemacht hatten: ein Mann nach links, der andere nach rechts. Dabei würden sie bereits schießen, aber Bond rechnete damit, daß ihre ersten Feuerstöße ihn knapp verfehlen und quer durch den Raum gehen würden.

Er drückte sich gegen die Wand, hielt die gefährliche kleine Waffe mit ausgestreckten Armen in beiden Händen und umklammerte das Reservemagazin, so daß es nur wenig unterhalb des Pistolengriffs herausragte.

Die beiden kamen geradewegs auf die Tür zu, neben der er stand. Während Bond nachgeladen hatte, war ihr schulmäßiger Sturmangriff durch die Tür auf dem Treppenabsatz abgelaufen. Kugeln durchschlugen das Türblatt rechts neben ihm und ließen das Holz zersplittern. Ein Stiefel krachte gegen die Klinke und sprengte den viel zu schwachen Riegel auf; dann polterten zwei Blendgranaten auf die Bodendielen und rollten noch ein Stück weit, bevor sie detonierten.

Bond hatte die Augen geschlossen und den Kopf leicht zur Seite gedreht, um nicht geblendet zu werden, aber das half nicht gegen den Doppelknall, der seinen Schädel wie eine große Glocke dröhnen ließ. Der Detonationsknall übertönte alle sonstigen Geräusche, selbst die Schüsse aus seiner eigenen Pistole und das Hämmern der Maschinenpistolen, als das Zweierteam aus den Qualmwolken auftauchte.

Bond handelte rein intuitiv. Sobald eine Bewegung wahrzunehmen war, zielte er mit den drei kleinen gelben Dreiecken auf die dunkle hereinstürmende Gestalt. Er drückte zweimal ab, nahm einen Zielwechsel vor und schoß noch zweimal. Insgesamt fielen diese vier Schüsse in weniger als zwei Sekunden – obwohl der gesamte Ablauf künstlich verlangsamt wie in Zeitlupe vor sich zu gehen schien, so daß alles mit schwerfälliger, sogar unbeholfener Brutalität ablief.

Der Bond am nächsten stehende Mann kam mit einem Satz durch die Tür und warf sich nach links; seine zwischen Oberarm und Brustkorb festgeklemmte kleine Maschinenpistole hämmerte bereits los, als er das Ziel erfaßte und sich danach umdrehte. Bonds erste Kugel traf seinen Hals, durchschlug Fleisch, Knochen, Adern und Sehnen, warf den Mann zur Seite und ließ seinen Kopf zur Seite hängen, als werde er vom Körper gerissen. Die zweite Kugel drang in seinen Schädel ein und ließ ihn zerplatzen, so daß er sekundenlang von einer grau-rosa Wolke umgeben war. Die dritte und vierte Kugel trafen die Brust des zweiten Mannes eine Handbreit unter der Schlüsselbeingrube. Er war eben dabei, sich nach rechts umzudrehen, als er zu spät erkannte, wo das Ziel sich befand. Seine Maschinenpistole spuckte ihren Feuerstoß in Richtung Fenster. Die Wucht der beiden Treffer riß den Mann von den Beinen, so daß er für Bruchteile einer Sekunde halb auf dem Rücken liegend in der Luft schwebte. Seine Maschinenpistole hämmerte weiter: Der Feuerstoß ging in die Decke, während aus dem zerfetzten Brustkorb eine Fontäne aus Blut und Fleisch aufstieg.

Wegen seiner vorübergehenden Taubheit hatte Bond den Eindruck, außerhalb der Ereignisse zu stehen, als sehe er einen Stummfilm. Aber seine Erfahrung drängte ihn zum Weitermachen: Zwei sind erledigt, dachte er, zwei stehen dir noch bevor. Das zweite Team hielt natürlich unten die Stellung und war vielleicht schon in diesem Augenblick dabei, seinen Kameraden zu Hilfe zu kommen.

Bond stieg über den ersten Toten hinweg. An der Tür blieb er einen Augenblick stehen und horchte vergebens nach draußen, denn in seinem Kopf summte und dröhnte es noch immer so laut, als klingelten Dutzende von Türglocken gleichzeitig.

Ein rascher Blick zeigte ihm, daß der zweite Mann noch immer zwei Blendgranaten am Gürtel hängen hatte, wo sie durch den Sicherungshebel festgehalten wurden. Bond bückte sich nach einer Handgranate, zog den Sicherungsstift heraus und hielt sie in der linken Hand, während er auf den Flur hinaustrat, in Richtung Treppenabsatz schlich und sich dabei überlegte, mit wieviel Kraft er die Blendgranate die Treppe hinunterwerfen mußte. Der Schwung mußte genau richtig sein, denn er würde keine zweite Chance bekommen.

Er blieb dicht vor der auf den Treppenabsatz hinausführenden Tür stehen. Irgend etwas brachte ihn dazu, sich umzudrehen – sein sechster Sinn, den er im Laufe der Jahre entwickelt hatte, so daß er jetzt Gefahren förmlich witterte. Bond warf sich gerade rechtzeitig herum, um einen weiteren Mann aus dem Zimmer kommen zu sehen, das er soeben verlassen hatte. Später wurde ihm klar, daß die beiden Männer des zweiten Teams eine Art Zangenbewegung geplant haben mußten, als sie die Schüsse gehört hatten: Einer von ihnen war die Hausmauer hinaufgeklettert, um durchs Fenster anzugreifen, während der andere die Treppe heraufkam.

Bond schoß zweimal auf den Mann in der Tür – er zielte dabei nur auf die Körpermitte –, während seine linke Hand die entsicherte Blendgranate ins Treppenhaus hinauswarf. Er sah den Mann mit hochgeworfenen Armen zusammenbrechen. Im nächsten Augenblick detonierte die Blendgranate mit einem grellen Lichtblitz.

Das erste Magazin enthielt nur noch zwei Schuß. Bond wechselte es sekundenschnell gegen das volle Reservemagazin aus. Dann war er mit einem Sprung durch die Tür auf dem Treppenabsatz und drückte zweimal ab, ohne wirklich darauf zu achten, wohin die Schüsse gingen, während er sein eigentliches Ziel suchte und fand.

Der letzte Mann mühte sich am Fuß der Treppe ab, denn die Blendgranate hatte ihn überrascht. Brandspuren und seine verzweifelten Löschversuche zeigten, daß sie auf der Treppe seinen Unterleib getroffen hatte.

Bond, der noch immer taub war, sah nur, wie der andere mit schmerzverzerrtem Gesicht den Mund aufriß. Er hob die ASP und drückte einmal ab. Die Kugel riß dem Mann das Schädeldach ab, so daß er nach hinten fiel und auf dem schmutzigen Fußboden in der Diele liegenblieb.

Bond machte kehrt, stieg erneut über die jetzt zahlreicheren Toten hinweg, durchquerte das Zimmer und trat ans Fenster. Unten standen etwa zwanzig Meter vom Haus entfernt Tamil Rahani, Simon und ein halbes Dutzend der in Erewhon tätigen Ausbilder. Sie schienen schweigend zu horchen. Keiner der Männer hatte seine Waffe gezogen, und soviel Bond erkennen konnte, war auch von höhergelegenen Punkten aus keine Waffe auf das Haus gerichtet.

Er trat vom Fenster zurück, weil er sich noch nicht zeigen wollte, und überlegte, wie er das Gebäude ungefährdet verlassen konnte. Bond hatte erst zwei Schritte getan, als ihm diese Entscheidung teilweise abgenommen wurde.

»Sind Sie noch da, Commander Bond?« fragte Rahani mit lauter Stimme, während Simon rief: »James? Haben Sie's rausgekriegt?«

Bond ging ans Fenster zurück, blieb seitlich daneben stehen und zeigte nur einen möglichst kleinen Teil seines Kopfes. Alle standen noch an derselben Stelle. Sie schienen weiterhin nicht schießen zu wollen.

»Ihr habt versucht, mich killen zu lassen, ihr Schweine!« brüllte Bond nach draußen. »Ich verlange einen fairen Kampf! Ich nehm's mit euch allen auf – mit einem nach dem anderen!«

Er sank auf die Knie und kroch auf allen vieren zum nächsten Fenster. Die Wartenden konzentrierten sich noch aufs erste Fenster, als Bond aus dem zweiten schoß. Die Kugel schlug ungefähr zehn Meter vor ihnen ein und wirbelte eine große Staubwolke auf.

»Okay, schon gut, Bond!« Das war wieder Tamil Rahani. »Niemand hat Ihnen etwas anhaben wollen. Das Ganze ist nur ein Test gewesen, sonst nichts. Um zu sehen, wie gut Sie wirklich sind. Jetzt können Sie rauskommen. Sie haben Ihre Bewährungsprobe bestanden.«

»Ich verlange, daß einer von euch unbewaffnet zu mir kommt. Nur einer – zum Beispiel Simon. Er soll zur Haustür reinkommen. Sonst knalle ich euch nacheinander ab!« Bond warf einen raschen Blick ins Freie. Simon schnallte bereits seinen Gürtel ab und ließ ihn zu Boden fallen, während er auf die Haustür zuging.

Sekunden später stand Bond wieder auf dem Treppenabsatz und blickte auf Simon hinunter, der die Hände auf dem Kopf gefaltet hatte und bewundernd zu ihm aufsah.

»Was wird hier eigentlich gespielt?« erkundigte Bond sich.

»Nichts. Sie haben sich wie erwartet bewährt. Wir haben von allen Seiten gehört, wie gut Sie sind, deshalb haben wir vier entbehrliche Leute gegen Sie eingesetzt. Zwei davon sind die beiden gewesen, auf die Sie mich neulich aufmerksam gemacht haben – die beiden Deutschen, die in Europa auf den Fahndungslisten stehen. Von dieser Sorte haben wir noch mehr. Das Ganze ist eine Standardübung.«

»Eine Standardübung, bei der Sie dem Opfer vorgaukeln, es werde nur mit Platzpatronen geschossen?«

»Nun, Sie haben bald gemerkt, daß Sie richtige Munition hatten – wie die anderen auch. Ihre Gegner haben übrigens auch geglaubt, nur Übungsmunition zu haben.«

»Aber ich bin nur zufällig auf die scharfe Munition gestoßen...«

»Unsinn, James. Sie haben von Anfang an scharfe Munition gehabt – und überall lagen Reservemagazine verteilt. Kann ich raufkommen?«

Simon, der die Hände auf dem Kopf behielt, stieg langsam die Treppe herauf, während Bond über seine Aussagen nachdachte. Dummkopf! warf er sich vor. Du hast ihm blindlings Glauben geschenkt. Er hat behauptet, du hättest nur Platzpatronen, aber...

Wenige Minuten später hatte Simon bewiesen, daß er die Wahrheit gesagt hatte: Er zeigte Bond, daß sein Originalmagazin mit scharfen Patronen geladen war, und machte ihn dann auf zusätzliche Reservemagazine auf dem Fußboden im Korridor, in dem zweiten Zimmer und auf dem Treppenabsatz aufmerksam. Selbst mit scharfer Munition war der Test eine höchst riskante Übung gewesen. Ein Mann gegen vier, die mit Maschinenpistolen MP 5K bewaffnet gewesen waren, wie sich jetzt herausstellte.

»Ich hätte schon nach wenigen Sekunden tot sein können.«

»Aber Sie haben's überlebt, nicht wahr, James? Unseren Informationen nach mußten Sie imstande sein, sich selbst unter diesen Umständen zu behaupten. Jetzt wissen wir, daß unsere Informanten recht gehabt haben.«

Sie gingen die Treppe hinunter und traten in die warme Luft hinaus, die sich sehr gut anfühlte. Bond war sich darüber im klaren, daß er wirklich von Glück sagen konnte, daß er noch lebte. Er fragte sich jedoch auch, ob sein Glück lediglich einen Hinrichtungsaufschub bedeutete.

»Und wenn ich dort drinnen umgekommen wäre?«

Rahani lächelte nicht über Bonds Frage. »Dann hätten wir nur einen Toten zu verbrennen gehabt, Commander Bond – nicht gleich vier. Sie haben überlebt; Sie haben uns bewiesen, daß Ihr Ruf wohlverdient ist. Hier sind Leben und Tod gleich wichtig, weil nur das Überleben zählt.«

»Und das Ganze ist eine Herausforderung gewesen, wie Simon gesagt hat? Eine Art Test?«

»Eher ein Test.«

Sie hatten zu dritt zu Abend gegessen. Jetzt saßen sie in Tamil Rahanis Dienstzimmer.

»Glauben Sie mir ...« Der Kommandeur von Erewhon breitete die Hände aus. »Hätte ich darüber zu bestimmen gehabt, hätte ich Ihnen dieses schlimme Erlebnis lieber erspart.«

»Aber dies ist doch *Ihre* Organisation? *Sie* haben mir einen Job angeboten.«

Rahani sah ihm nicht in die Augen.

»Hören Sie«, sagte er schließlich, »ich will die Karten auf den Tisch legen. Ja, der Aufbau einer Organisation, die Terroristen-Söldner vermietet, ist ursprünglich *meine* Idee gewesen. Aber dann hat sich, wie so oft in solchen Fällen, herausgestellt, daß ich fachliche Hilfe brauchte. Das hat bedeutet, daß ich Partner hereinnehmen mußte. Auf diese Weise erziele ich hohe Gewinne, aber ... nun, ich erhalte meine Befehle von anderen.«

»Und was hat man Ihnen in meinem Fall befohlen?«

»Wir sollen uns davon überzeugen, ob Sie vertrauenswürdig waren und eingesetzt werden konnten – oder ob Sie lediglich versucht hatten, sich bei uns einzuschleichen. Und wir sollten uns leicht überprüfbare Informationen von Ihnen verschaffen, um Sie dann – sobald die Überprüfung positiv verlaufen war – unter Einsatzbedingungen zu testen, ob Sie sich in einer lebensgefährlichen Situation behaupten können.«

»Und ich habe in allen Punkten bestanden?«

»Ja. Wir sind zufrieden mit Ihnen. Jetzt können Sie zu unseren Planern zurückgebracht werden. Dort wartet tatsächlich ein Job auf Sie – übrigens schon von Anfang an. Deshalb sind Sie hierher gebracht worden, weil wir hier alle Möglichkeiten haben. Hätten Sie sich als... wie sagt man gleich wieder? Als Double? Stimmt das?«

Bond nickte schweigend.

»Hätten Sie sich als Double erwiesen, hätten wir Sie hier für immer verschwinden lassen können.«

»Welchen Job haben Sie also für mich?«

»Es handelt sich um ein großangelegtes, komplexes Unternehmen. Eines kann ich Ihnen allerdings schon jetzt verraten.« Rahanis Augen glitzerten wie aus Glas, als er zu Bond aufsah. »Was sich jetzt im Planungsstadium befindet, wird der terroristische Coup des Jahrzehnts, vielleicht sogar des Jahrhunderts. Wenn alles wie geplant klappt, löst er eine Weltrevolution aus: eine einzigartige und vollständige Veränderung des Laufs der Weltgeschichte. Damit beginnt eine neue Ära. Und wir, die wir dabei mitgeholfen haben, stehen in der neuen Gesellschaftsordnung ganz weit oben!«

»Ja, den Film kenne ich.«

Simon stand auf und trat an den Aktenschrank, dessen Mittelfach als Hausbar diente. Er schenkte sich ein großes Glas Wein ein und verschwand dann aus Bonds Blickfeld.

»Spotten Sie nur, Commander Bond! Aber ich glaube, daß sogar Sie einsehen werden, daß dieses Unternehmen geschichtlich einmalig ist.«

»Und es klappt nur mit meiner Hilfe?« Bond zog spöttisch eine Augenbraue hoch.

»Das habe ich nicht behauptet. Aber wir brauchen vermutlich einen Mann wie Sie.«

»Okay.« Er lehnte sich in seinen Stuhl zurück. »Pakken Sie also aus.«

»Tut mir leid, aber dazu bin ich nicht befugt.« Rahanis kalter Blick bohrte sich förmlich in ihn hinein, so daß Bond sekundenlang glaubte, der andere wolle es bei ihm mit Hypnose versuchen.

»Und?«

»Und deshalb müssen Sie zurückgeschickt werden. Sie müssen zurück.«

»Zurück? Wohin zurück?«

Bond spürte zu spät, daß Simon hinter ihm aufgetaucht war.

»Wo Sie hergekommen sind, James.«

Bond fühlte einen Stich durchs Hemd, als die Nadel unter seiner rechten Schulter in den Arm eindrang.

Tamil Rahani sprach weiter.

»Wir reden hier nicht von Stories, die sich drittklassige Autoren ausdenken. Keine Erpressung mit Hilfe atomarer Sprengsätze, die im Herzen westlicher Großstädte versteckt sind; keine Verschwörungen mit dem Ziel, den amerikanischen Präsidenten zu entführen oder die Welt als Geisel zu nehmen, indem die zehn wichtigsten Währungen völlig entwertet werden. Wir sprechen nicht von Erpressung; wir... sprechen... nicht... von...« Seine Stimme klang allmählich leiser, verschwommener und verstummte dann ganz.

13

Zahlenlotto

Der Himmel war wolkenverhangen, fast bleigrau. Er konnte ihn durchs Fenster sehen: den Himmel und die Zweige eines alten Apfelbaums. Das war alles.

Bond war aus einem scheinbar natürlichen Schlaf aufgewacht. Er war noch immer vollständig bekleidet, und seine ASP lag mit Halfter und Reservemagazin auf dem Nachttisch. Der Raum schien ein echt englisches Schlafzimmer mit weißen Schleiflackmöbeln, Laura-Ashley-Tapeten und farblich kontrastierenden Vorhängen zu sein; aber das Fenster war zu drei Vierteln zugemauert, und die Tür ließ sich nicht öffnen, als er an der Klinke rüttelte.

Er hatte das dumpfe Gefühl, dies alles schon einmal erlebt zu haben. Er war schon beim letztenmal auf diesem Trip gewesen – nur daß die Reise nach Erewhon gegangen war. Rahani hatte behauptet, er sei akzeptiert worden, aber Bond fragte sich, wie und warum. Gewiß waren dic langen Vernehmungen sehr ins Detail gegangen: M hatte ihn angewiesen, alles preiszugeben, was die anderen nachprüfen konnten, selbst wenn es sich um streng geheime Informationen handelte. Etwa angerichete Schäden ließen sich später reparieren, hatte sein Chef behauptet. Aber wie würde das Spiel stehen, wenn es darum ging, die Schäden aufzuspüren und zu beseitigen. In Erewhon liefen die Vorbereitungen für ein Unternehmen, das den Lauf der Weltgeschichte verändern sollte. Wie hatte Rahani es gleich wieder ausgedrückt? »Eine einzigartige und vollständige Veränderung des Laufs der Weltgeschichte...« Der Wunschtraum aller Revolutionäre: die Geschichte zu verändern und den Status quo zu beseitigen, um eine neue Gesellschaft aufbauen zu können. Bond überlegte sich, daß das bisher nur in einzelnen Ländern gelungen war: Rußland war das beste Beispiel dafür, obwohl Hitlers Aufstieg in Deutschland ebenfalls eine Revolution gewesen war. Das Problem bei Revolutionen bestand darin, daß ihre Ideale im allgemeinen wegen der menschlichen Schwächen der Revolutionäre nicht erreicht wurden. M ließ sich oft über solche Theorien aus.

Rahani hatte Bond erklärt, für den Erfolg des geplanten Unternehmens sei er – Bond – oder ein Mann wie er unentbehrlich. Sie brauchten jemanden mit den Fähigkeiten, den Verbindungen und dem Wissen eines erfahrenen Geheimdienstoffiziers. Aber welcher Teil seiner Fähigkeiten, welches spezielle Wissen wurde benötigt?«

Bond war noch mit diesen und anderen Fragen beschäftigt, als jemand an die Tür klopfte. Dann wurde sie von außen aufgesperrt.

Cindy Chalmer wirkte fröhlich und munter. Sie hatte einen weißen Laborkittel über Jeans und Bluse und trug ein großes Tablett.

»Frühstück, Mister Bond«, erklärte sie ihm lächelnd.

Im Hintergrund sah er einen großen, muskelbepackten Mann stehen.

Bond nickte zu dem Unbekannten hinüber. »Er soll wohl auf mich aufpassen?«

»Und auf mich, schätze ich.« Sie stellte das Tablett ans Fußende des Betts. »Bei heißen Typen wie Ihnen kann man nie vorsichtig genug sein. Weil niemand wußte, was Sie mögen, hat Dazzle Ihnen ein komplettes englisches Frühstück gemacht – Rührei mit Schinken, Würstchen, Toast, Orangensaft und Kaffee.« Sie hob den versilberten Warmhaltedeckel vom Teller und hielt Bond die Innenseite hin. Er sah, daß innen ein zusammengefalteter Zettel mit Klebstreifen befestigt war.

»Danke, das reicht.« Bond nickte ihr zu. »Soll ich nach dem Zimmerservice klingeln, wenn ich fertig bin?«

»Danke, wir melden uns selbst wieder«, wehrte sie

freundlich ab. »Damit können Sie sicher rechnen, Mister Bond. Soviel ich weiß, möchte der Professor Sie später sprechen. Ich freue mich, daß Sie sich anscheinend vollkommen erholt haben. Sie sollen sich ziemlich weh getan haben, als Sie von der Straße abgekommen sind. Der Professor hat sich ernstlich Sorgen um Sie gemacht – deshalb hat er im Krankenhaus durchgesetzt, daß er Sie hierher mitnehmen durfte.«

»Sehr nett von ihm.«

Cindy blieb an der Tür stehen. »Na, ich freue mich jedenfalls, daß wir in Zukunft alle zusammenarbeiten werden.«

»Immer gut, wenn man in diesen schwierigen Zeiten einen Job hat«, antwortete Bond, der nicht beurteilen konnte, wieviel Cindy wußte oder glaubte. Hatten sie ihr erzählt, er habe einen Verkehrsunfall gehabt? Und daß er einen Job in Endor bekommen solle? Nun, letzteres stimmte wohl mehr oder weniger.

Bond wartete, bis die Tür hinter Cindy abgeschlossen worden war. Er hörte keine weiteren Geräusche, keine sich entfernenden Schritte, denn der Korridor war wie sein Zimmer mit dickem Teppichboden ausgelegt.

Der Zettel ließ sich leicht von der Innenseite des Deckels ablösen. Cindy, deren zierliche, präzise Handschrift gut lesbar war, mußte einen wasserfesten Filzschreiber benutzt haben, dem der Dampf nichts hatte anhaben können. Ihr Brief begann ohne Anrede.

Ich weiß nicht, was passiert ist. Sie haben angeblich einen Unfall gehabt, aber ich weiß nicht, ob ich ihnen das glauben soll. Ihr Bentley ist hierher zurückgebracht worden, und die anderen haben oft davon gesprochen, daß Sie als Programmierer in unser Team eintreten würden. Ich habe mich gefragt, ob sie von Ihrer Computerausrüstung wußten, und vermutet, daß es Ihnen lieber wäre, wenn sie nicht gefunden würde. Ich habe mir die Bentleyschlüssel besorgt, was sehr schwierig gewesen ist, und den Kofferraum leergeräumt. Ihre privaten Sachen sind jetzt in der Garage versteckt, wo sie nicht so leicht gefunden werden dürften – es sei denn, wir hätten Pech. Nur gut, daß ich das gleich getan habe, denn die Sicherheitsvorkehrungen sind fürs Wochenende verschärft worden. Wir erwarten viel Besuch, und nach allem, was ich gehört habe, soll das Spiel, von dem ich Ihnen erzählt habe (erinnern Sie sich an die Ballone?), gespielt werden. Vielleicht kann ich's diesmal beiseite schaffen. Wollen Sie's kopieren? Oder ist das überflüssig, weil Sie jetzt doch zu uns gehören?

C.

Das Haus Endor würde also überfüllt sein; das Ballonspiel sollte gespielt werden; Bond wurde dringend benötigt. Falls das Ballonspiel eine Simulation des geplanten Unternehmens war, mußte ein enger Zusammenhang zwischen Bond und dem Spiel bestehen. *Quod erat demonstrandum.*

Er zerriß den Brief in kleine Fetzen, die er mit etwas Toast aß. Er hatte keinen Appetit auf die Würstchen oder Rühreier mit Schinken, aber der Kaffee war ausgezeichnet, und Bond trank vier Tassen – ungezuckert und ohne Sahne.

Zu seinem Zimmer gehörte ein kleines Bad. Auf der Ablage unter dem Spiegel fand Bond sein Rasierzeug und sonstige Toilettenartikel. Seinen Koffer hatte er bereits neben dem kleinen Kleiderschrank stehen gesehen. Als er ihn öffnete, zeigte sich, daß alle seine Sachen frisch gewaschen und gebügelt waren.

Nimm nicht alles für bare Münze! ermahnte er sich. Gewiß, er konnte sich einbilden, das Vertrauen der anderen zu genießen: seine Pistole, sein Rasierzeug und seine Kleidung waren vollständig vorhanden. Aber die Tür blieb abgeschlossen, und er hätte nicht einfach aus dem Fenster klettern können. Möglicherweise sollte er nur glauben, akzeptiert worden zu sein.

Bond duschte sich, rasierte sich sorgfältig und zog leichte Freizeitkleidung an, in der er sich gut und schnell bewegen konnte. Sogar die ASP war schon an seiner rechten Hüfte festgeschnallt, als ein zweites Klopfen und das Geräusch des Schlüssels im Türschloß die Ankunft zweier Muskelmänner ankündigten, die Bond bereits aus Cindys Erzählungen kannte – ›Tigerbalsam‹ Balmer und ›Happy‹ Hobcraft.

»Morgen, Mister Bond«, begrüßte Tigerbalsam ihn grinsend. Er sah Bond dabei nicht an, sondern ließ seinen Blick durch den Raum wandern, als überlege er, was sich hier zu stehlen lohne.

»Hallo, James, freut mich, Sie kennenzulernen.« Happy streckte ihm die Hand entgegen, aber Bond übersah sie geflissentlich.

»Balmer und Hopcraft«, stellte Tigerbalsam sich und seinen Kollegen vor. »Zu Ihren Diensten. Der Professor hätte Sie gern gesprochen.«

Unter den teuren Anzügen aus Schurwolle und der polternden Gutmütigkeit lauerte etwas Bedrohliches. Ein einziger Blick genügte, um Bond zu zeigen, daß diese beiden Kerle vor keiner Schandtat zurückschrekken würden, wenn sie sich einen Vorteil davon versprachen – oder wenn sie im Namen eines Auftraggebers handelten, der sie für ihre Dienste großzügig entlohnte.

»Ah, wenn der Professor ruft, dürfen wir ihn nicht warten lassen.« Bond warf einen Blick auf den Schlüssel in Tigerbalsams Hand. »Ist das wirklich nötig?«

»Befehl«, sagte Happy lakonisch.

»Gut, dann wollen wir mal sehen, was der Professor von mir wünscht.«

Die beiden Männer führten ihn nicht gerade ab, als sie die zwei Treppen zu den Arbeitsräumen im Keller hinunterstiegen. Sie vermieden es, Bond zu schieben oder zu stoßen, aber ihre Gegenwart wirkte trotzdem einschüchternd. Bond hatte den Eindruck, jede falsche Bewegung – jeder Versuch, eine andere als die von ihnen gewünschte Richtung einzuschlagen – werde mit raschen Gegenmaßnahmen beantwortet werden. Cindy und Peter waren nirgends zu sehen. Aber St. John-Finnes saß an seinem Arbeitstisch und hatte eine große Tastatur und einen grünlich leuchtenden Bildschirm vor sich.

»Freut mich, Sie wieder bei uns zu haben, James.« Er bedeutete Tigerbalsam und Happy mit einem Nicken, sie sollten den Raum verlassen, und wies dann auf einen Sessel.

»Tut mir leid, daß Sie gewisse Unannehmlichkeiten zu ertragen hatten«, fuhr er lächelnd fort, nachdem Bond ihm gegenüber Platz genommen hatte.

»Ich hätte dabei leicht umkommen können«, stellte Bond ruhig, fast ausdruckslos fest.

»Ganz recht. Ja, das tut mir leid. Aber zuletzt haben Sie andere Leute ins Jenseits befördert, wenn ich richtig gehört habe.«

»Nur weil ich mußte. Alte Gewohnheiten legt man nicht so rasch ab. Ich glaube, daß ich zufriedenstellend schnell reagiert habe.«

Der schmale, vogelähnliche Kopf nickte verständnisvoll. »Ja, in allen Berichten wird betont, wie gut Sie reagiert haben. Sie verstehen hoffentlich, daß wir uns von Ihren Fähigkeiten überzeugen mußten. Immerhin hätte ein Irrtum sehr viel Geld und Planungsarbeit gefährden können.«

Bond äußerte sich nicht dazu.

»Jedenfalls haben Sie die Prüfung mit Bravour bestanden. Das freut mich, denn wir brauchen Sie. Sind Sie sich jetzt über die Zusammenhänge zwischen den Ereignissen hier im Haus Endor und dem Ausbildungslager Erewhon im klaren?«

»Soviel ich mitbekommen habe, leiten Sie und Ihr Partner Tamil Rahani ein seltsames Unternehmen«, stellte Bond ausdruckslos fest, »das Söldner an terroristische und revolutionäre Gruppen vermietet.«

»Oh, das ist längst nicht alles.« St. John-Finnes lächelte gönnerhaft. »Wir können heutzutage auch Pauschalarrangements anbieten. Eine Gruppe kommt mit einer Idee zu uns, und wir erledigen alles Weitere von der Geldbeschaffung bis hin zur Durchführung des Unternehmens. Beispielsweise befindet sich das Unternehmen, für das Sie angeworben worden sind, schon seit einiger Zeit im Planungsstadium, und wir erwarten uns davon sehr viel.«

Bond sagte, er sei sich darüber im klaren, daß er einer Eignungsprüfung unterzogen worden sei, und wisse, daß es innerhalb der Organisation einen Job für ihn gebe, der mit einem geplanten Unternehmen zusammenhänge. »Aber ich habe keine Ahnung von den...«

»Details? Nein, natürlich nicht! Wie Ihre ehemaligen Kollegen im Geheimdienst nach der Regel arbeiten, daß niemand mehr erfahren darf, als er für seine Arbeit wissen muß, sind wir zu äußerster Vorsicht gezwungen – vor allem bei diesem Unternehmen. Nur zwei der Beteiligten kennen den Plan in sämtlichen Einzelheiten: Oberst Rahani und ich.« Er neigte dabei den Kopf und machte eine Handbewegung, die Bescheidenheit ausdrücken sollte. Das war eine merkwürdig orientalische Geste, als solle Bond daraus entnehmen, daß er in Wirklichkeit der Ehre, solche Pläne zu kennen, keineswegs würdig sei. Bond fiel auch auf, daß jetzt von *Oberst* Rahani die Rede war, und er fragte sich, wer diesen Dienstgrad verliehen haben mochte.

»...besonders Ihretwegen, fürchte ich«, sagte St. John-Finnes soeben. »Unsere Auftraggeber sind strikt dagegen gewesen, Sie in eine Vertrauensstellung zu übernehmen, aber Ihr Auftritt in Erewhon hat sie dann doch nachdenklich gemacht.«

»Dieser Job, für den Sie mich angeworben haben...«, begann Bond.

»Das Unternehmen ist von langer Hand vorbereitet worden. Die aufzubringenden Mittel waren beträchtlich, und unsere Auftraggeber waren, sagen wir mal, knapp bei Kasse. Das ist uns nur recht gewesen. Wir sind Pauschalunternehmer, Bond. Deshalb haben wir einige lukrative Projekte mit hineingenommen, um das Hauptunternehmen zu finanzieren.«

»Daher der Raub der Sammlung Kruxator und weitere generalstabsmäßig geplante Unternehmen.«

Jay Autem Holy, alias St. John-Finnes, blieb eisig ruhig. Nur in seinem Blick war ein gewisses Mißtrauen zu erkennen. »Sie gelangen zu interessanten Schlußfolgerungen, mein lieber Bond. Für einen Mann, der angeblich nichts weiß...«

»Nur eine Vermutung.« Bonds Gesicht blieb ausdruckslos gelassen. »Schließlich hat's in letzter Zeit mehrere kühne Raubüberfälle gegeben – alle mit der gleichen Handschrift. Man braucht nur zwei und zwei zusammenzuzählen, um vielleicht auf die richtige Antwort zu kommen.«

Holys Grunzen konnte Zustimmung bedeuten. »Ich akzeptiere, daß Sie clean sind, Bond. Trotzdem habe ich den Auftrag, Sie von den anderen fernzuhalten. Sie besitzen Kenntnisse und Fertigkeiten, die Sie jetzt für uns einsetzen sollen.«

»In welcher Form?«

»Nun, als ehemaliger Außendienstler im Secret Intelligence Service müssen Sie das diplomatische und militärische Fernmeldenetz ziemlich gut kennen.«

»Ja.«

»Können Sie mir dann sagen, was eine EPOC-Frequenz ist?«

»Ja.«

Bonds Miene blieb so ausdruckslos wie zuvor, obwohl die Richtung, die ihre Unterhaltung nahm, ihm allmählich Sorgen machte. Zuletzt hatte er von EPOC-Frequenzen gehört, als es darum gegangen war, sie während eines Europabesuchs des amerikanischen Präsidenten vor aggressiven Abhörversuchen zu schützen. EPOC bedeutete *Emergency Presidential Orders Communications.* Eine EPOC-Frequenz war eine freigehaltene Funkfrequenz, auf der der amerikanische Präsident bei Aufenthalten außerhalb der Vereinigten Staaten Anweisungen für Notfälle übermitteln lassen konnte.

»Und was für Meldungen werden auf EPOC-Frequenzen übermittelt?«

Bond antwortete nicht gleich, sondern schien erst nachzudenken. »Nur äußerst wichtige militärische Befehle. Manchmal die Reaktion auf ein militärisches Problem, über das nur der Präsident allein entscheiden kann. Manchmal von ihm erteilte Einsatzbefehle.«

»Und wie werden diese Befehle übermittelt?«

»Wie üblich durch Hochleistungsfernschreiber, aber auf einer ständig freigehaltenen Verbindung über einen Fernmeldesatelliten.«

»Nein, ich meine die Art der Übertragungen. Ihre äußere Form.«

»Oh. Einfache Zahlengruppen – Fünfergruppen mit verschlüsselten Informationen. Die Befehle, die über die EPOC-Frequenz erteilt werden können, sind sehr beschränkt. Sie wird selten benützt, müssen Sie wissen.«

»Ganz recht.« Holy lächelte wissend. »Selten benutzt und sehr eingeschränkt – aber mit weitestreichenden Konsequenzen, nicht wahr?«

Bond nickte zustimmend. »Der Präsident würde die EPOC-Frequenz nur auf ausdrückliche Empfehlung seiner militärischen Berater benützen. Die Befehle beziehen sich im allgemeinen auf die rasche Verlagerung konventioneller Truppen und Waffen...«

»Aber auch auf Veränderungen im Bereitschaftsstatus der Atomstreitmacht?«

»Richtig, auch darauf.«

»Und würden diese Anweisungen befolgt werden? Augenblicklich? Nehmen wir einmal an, der Präsident wäre beispielsweise in Venedig und wollte von dort aus die NATO in Alarmzustand versetzen und seine Atomstreitmacht einsatzbereit machen. Würden seine Befehle ausgeführt? Ohne Rückfragen?«

»Das nehme ich an. Der Code für solche Einsätze ist im Grunde genommen ein Computerprogramm. Sobald er eingegeben wird, läuft alles andere automatisch ab. In dem von Ihnen geschilderten Fall würden die britische Premierministerin und der NATO-Oberbefehlshaber zurückfragen. Aber die Alarmbereitschaft würde fortbestehen.«

»Und wenn bekannt wäre, daß die britische Premierministerin und der NATO-Oberbefehlshaber sich im Augenblick der Befehlserteilung in Gesellschaft des Präsidenten befunden haben?«

Das Eis schien dünner zu werden. Bond spürte, wie seine Magennerven sich verkrampften. Aber dann erinnerte er sich an Rahanis Worte, nach denen keine Erpressung, keine Entführung des amerikanischen Präsidenten und keine dramatische Geiselnahme geplant sei.

»Unter diesen Umständen würde der Befehl automatisch an die jeweiligen Kommandeure weitergeleitet. Er würde in die Hauptcomputer eingegeben werden, und das Programm würde weltweit abzulaufen beginnen. Ohne weitere Rückfragen.« Dahinter steckte etwas Gerisseneres, etwas Raffinierteres als irgendein unausgegorener revolutionärer Plan mit dem Ziel, Befehle des amerikanischen Präsidenten zu fälschen, um die Spannungen zwischen den Supermächten zu erhöhen. »Aber das wissen Sie natürlich alles.«

»Allerdings weiß ich das!« bestätigte Holy eigenartig gelassen. »Oh, ich kenne den Ablauf dieses Verfahrens. Und ich weiß, wer Zugang zu den täglich wechselnden Schlüsselunterlagen für die EPOC-Frequenz hat – und wer darüber hinaus Zugang zu dieser Frequenz hat.«

»Tatsächlich? Wer denn?« Bond spielte bewußt den Ahnungslosen.

»Was soll das, Mister Bond? Das wissen Sie so gut wie ich!«

»Ich würd's aber doch lieber von Ihnen selbst hören.«

»Es gibt nur elf Codes, die über die EPOC-Frequenz übermittelt werden können. Sie werden selten geändert, weil sie, wie Sie ganz richtig gesagt haben, in Wirklichkeit Programme sind, die automatisch ablaufen sollen, wenn der Präsident sie vom Ausland aus aktiviert. Der elfte ist übrigens ein Widerrufsprogramm, das alle vorigen Befehle aufhebt und den Ausgangszustand wiederherstellt. Er läßt sich jedoch nur in einem eng begrenzten Zeitraum übermitteln. Die Frequenz selbst wird alle zwei Tage um Mitternacht gewechselt. Das stimmt doch?«

»Transportiert werden die Codes stets von einem allgegenwärtigen und stets mit einem Aktenkoffer bewaffneten Beamten, der als ›Bag Man‹ bekannt ist. Stimmt das?«

»Genau! Dieses System hat sich als zuverlässig erwiesen«, bestätigte Bond. »Schon als John F. Kennedy in Dallas ermordet wurde, gehörte ein Bag Man zu seiner Begleitung. Daran hat sich seither nichts geändert. Er hält sich stets in der Nähe des Präsidenten auf – in den Vereinigten Staaten wie bei Auslandsreisen. Das ist der Preis, den man dafür bezahlen muß, wenn das Staatsoberhaupt zugleich Oberbefehlshaber der Streitkräfte ist.«

»Der Bag Man darf die Codes und die EPOC-Frequenz lediglich dem Präsidenten übergeben – oder dem Vizepräsidenten, falls dem Präsidenten etwas zugestoßen sein sollte«, fuhr Holy fort. »Sollte der Präsident im Ausland umkommen, wären die Codes automatisch ungültig, es sei denn, der Vizepräsident hätte ihn auf dieser Auslandsreise begleitet.«

»Ja.«

»Falls jemand – irgend jemand – die EPOC-Frequenz

und die elf Codes wüßte, könnte er also einen Befehl erteilen, der automatisch befolgt würde?«

Bond lächelte erstmals seit Beginn dieses Gesprächs und schüttelte langsam den Kopf. »Nein, das würde durch eine eingebaute Sicherung verhindert. Die EPOC-Frequenz ist für die Satelliten des Defense Communications Satellite Systems bestimmt, die nicht so leicht zu überlisten sind. Das Programm läuft nur, wenn der Satellit bestätigt, daß der Befehl genau aus dem Gebiet kommt, in dem sich der Präsident aufhält – was dem Satelliten zuvor gemeldet worden ist. Man müßte dem Präsidenten schon *sehr* nahe sein, um das Kontrollsystem täuschen zu können.«

»Gut.« Zu Bonds Überraschung machte Jay Autem Holy ein ganz zufriedenes Gesicht. »Wären Sie sehr überrascht, wenn ich behaupte, daß wir die elf Codes, die Programme bereits haben?«

»Mich überrascht nichts mehr. Aber falls Sie mit Notverordnungen des Präsidenten spielen wollen, brauchen Sie trotzdem noch die Frequenz für die achtundvierzig Stunden, in denen Sie zu operieren gedenken. Dann müssen Sie irgendwie in die Nähe des Präsidenten gelangen und eine Möglichkeit finden, auf der richtigen Frequenz zu senden. Ich glaube, daß das am schwierigsten wäre: mit einem Sender in die Nähe des Präsidenten zu gelangen und sich zuvor die jeweils gültige Frequenz zu beschaffen.«

»Wer kennt die EPOC-Frequenz sonst noch? Und zwar immer? Das kann ich Ihnen sagen, Mister Bond. Der Nachrichtenoffizier vom Dienst im Hauptquartier des NATO-Oberbefehlshabers, der Nachrichtenoffizier vom Dienst im CIA-Hauptquartier Langley, der Nachrichtenoffizier vom Dienst im NSA-Hauptquartier, die jeweiligen Nachrichtendienstchefs der amerikanischen Teilstreitkräfte … und der Offizier vom Dienst im GC-Hauptquartier Cheltenham. Auch der wachhabende Sicherheitsoffizier im britischen Außenministerium – der stets aus dem Secret Intelligence Service kommt – kennt diese Frequenz. Ziemlich viele Leute, wenn man bedenkt, daß der Präsident die EPOC-Frequenz erst erfährt, wenn er sie benutzen will.«

»Sie wird eben sehr selten benützt. Ja, soviel ich mich erinnere, stimmt Ihre Liste – aber Sie haben einen Mann vergessen.«

»Wen?«

»Den Offizier, der die Codes und Frequenzen überhaupt erst zuteilt. Normalerweise ein Schlüsselexperte der National Security Agency.«

»Der die Einzelheiten im allgemeinen binnen fünf Minuten wieder vergessen hat, Mister Bond. Von Ihnen brauchen wir die genaue EPOC-Frequenz für einen bestimmten Tag, was bedeutet, daß wir sie vierundzwanzig Stunden vorher brauchen. Alle sonstigen Punkte sind bereits geregelt.«

»Und wie soll ich imstande sein, Ihnen die EPOC-Frequenz zu beschaffen?«

Jay Autem Holy lachte heiser. »Sie haben als Sicherheitsoffizier im Außenministerium Dienst getan. Sie kennen das System und den Dienstplan. Für einen Mann mit Ihren Kenntnissen und Fähigkeiten müßte es leicht sein, uns die gewünschte Frequenz zu beschaffen. Strengen Sie sich gefälligst ein bißchen an! Deshalb sind Sie für diese Aufgabe unser Mann, Bond. Natürlich unter der Voraussetzung, daß Sie es so ehrlich meinen, wie wir erwarten. Sie kennen doch das alte Sprichwort: ›Willst du was von den Löwen, mußt du einen Löwen, keinen Menschen schicken‹?«

»Nie gehört.«

»Nein? Sie sind der Löwe, der zu den Löwen geht. Wir haben Vertrauen zu Ihnen, aber falls Sie uns enttäuschen sollten... Wir vergessen und vergeben so leicht nichts, fürchte ich. Im übrigen ist es kein Wunder, daß Sie das Sprichwort nicht gekannt haben. Ich hab's nämlich eben erst erfunden!«

Jay Autem Holy warf den Kopf in den Nacken und lachte schallend. James Bond starrte ihn verständnislos an.

»Sie beschaffen uns die Frequenz, nicht wahr, Bond?« fragte Holy, nachdem er sich wieder beruhigt hatte. »Damit können Sie sich rächen, Mann! Ich verspreche Ihnen, daß sie für einen guten Zweck verwendet wird, daß damit keine Katastrophe ausgelöst werden soll.«

Bond blieb keine andere Wahl. »Gut, ich beschaffe sie Ihnen. Schließlich wollen Sie doch nur ein paar Zahlen.«

»Richtig! Sie spielen jetzt bei einem illegalen Zahlenlotto mit. Ein paar einfache Ziffern, Mister Bond.« Er machte eine Pause, und seine lebhaften grünen Augen schienen sich in Bonds Schädel zu bohren. »Wissen Sie übrigens, daß die Sowjets ein ganz ähnliches System benützen, wenn der Generalsekretär und Vorsitzende des Zentralkomitees auf Reisen ist? Sie bezeichnen die Frequenz als Panikfrequenz – allerdings natürlich auf russisch.«

»Brauchen Sie diese Panikfrequenz etwa auch?« fragte Bond nervös.

»Oh, die haben wir bereits! Sie sind nicht der einzige Teilnehmer an diesem Zahlenlotto, Mister Bond. Unsere Auftraggeber haben nur wenig Geld übrig, aber sie verfügen über allerbeste Verbindungen. Schlecht bei Kasse, aber absolute Spitze, was Informationen angeht. Sie vertrauen Ihnen übrigens nicht so vorbehaltlos wie wir – oder habe ich Ihnen das bereits mitgeteilt?«

»Ja, ganz recht – Ihre Auftraggeber.« Bond zog die Mundwinkel herab. »Obwohl ich bei diesem Unternehmen eine sehr wichtige, eine entscheidende Rolle spiele, soll ich nicht erfahren dürfen...?«

»Wer unsere Auftraggeber sind? Ich hätte gedacht, daß ein kluger Mann wie Sie das längst erraten hätte. Eine einst reiche und mächtige Organisation, die im Augenblick schlimme Zeiten durchmacht – vor allem deshalb, weil sie ihre beiden letzten Führer unter tragischen Umständen verloren hat. Unser Auftraggeber ist eine Gruppe, die sich SPECTRE nennt: Special Executive for Counterintelligence, Terrorism, Revenge and Extortion. Mir gefällt besonders der Buchstabe R wie Revenge, Revanche oder Rache. Ihnen doch wohl auch?«

14

Bunker's Hill

Tigerbalsam und Happy, die beiden im Haus wohnenden Muskelmänner, begleiteten Bond in sein Zimmer zurück und verabschiedeten sich dort mit einigen humorvoll gemeinten Bemerkungen.

Trotzdem war irgend etwas anders als bisher. Aber Bond war zu sehr mit anderen Dingen beschäftigt, als daß er diese Veränderung hätte analysieren können.

Er streckte sich auf dem Bett auf, starrte die Zimmerdecke über sich an und dachte über das gegenwärtige Problem nach. Alles erschien ihm so unwirklich – vor allem in diesem hübsch eingerichteten Zimmer mit den weißen Möbeln und der geblümten Tapete. Trotzdem wußte Bond genau, daß im Keller dieses Hauses ein Wissenschaftler saß, der bereits Simulationen strafbarer Handlungen ausgearbeitet hatte und jetzt Männer für einen anderen, gefährlicheren Auftrag ausbildete, wobei er auf fortentwickelte Computerspiele und seine eigenen besonderen Fähigkeiten zurückgriff.

Noch unglaublicher klang die von Jay Autem Holy aufgestellte Behauptung, das für SPECTRE maßgeschneiderte Pauschalarrangement betreffe die Übermittlung militärischer Befehle des amerikanischen Präsidenten. Bond war keineswegs überrascht gewesen, als er hörte, daß SPECTRE als Auftraggeber nicht mit seiner Anwerbung einverstanden gewesen war. Schließlich hatten sie viele Jahre lang – länger, als beide Seiten zurückdenken mochten – einen Kampf auf Leben und Tod gegeneinander geführt. Aber darum ging es jetzt nicht. Jay Autem Holy hatte endlich die Katze aus dem Sack gelassen. Bond wußte genau, was man von ihm erwartete. Jetzt lag es bei ihm, seine Rolle überzeugend zu spielen.

M hatte ihm klare Anweisungen für sein Verhalten in einer Situation dieser Art erteilt. »Falls Sie angeworben werden – falls irgendeine Organisation sich ernstlich für Sie interessiert –, müssen Sie sich zweiteilen«, hatte er ihm geraten. Bond sollte irgendeine Anwerbung nicht als ernst- oder dauerhaft betrachten; andererseits sollte er sie paradoxerweise sehr ernst nehmen. »Falls Sie für eine Spezialaufgabe angeworben werden, müssen Sie sich ernstlich damit befassen. Arbeiten Sie einen Plan aus, wie man ihn von einem Profi wie Ihnen erwarten kann.«

Obwohl ein Teil seines Ichs die Situation mit äußerstem Mißtrauen betrachtete, befaßte James Bond sich deshalb jetzt auf dem Bett liegend mit dem Problem, wie er diesen Leuten die EPOC-Frequenz beschaffen konnte.

Dabei ergab sich immerhin ein Hoffnungsschimmer. Um diese Zahlenkombination zu beschaffen, würde er mit der Außenwelt in Verbindung treten müssen. Das bedeutete, daß er mit dem Service Kontakt aufnehmen konnte – irgendwann auch physischen Kontakt, der eine Fluchtmöglichkeit bedeutete. Im Augenblick kam es darauf an, sich eine plausible Methode einfallen zu lassen, wie er die richtigen Verbindungen knüpfen konnte, um an die spezielle Frequenz heranzukommen. Gleichzeitig mußte er eine Möglichkeit finden, das mit Wissen und voller Unterstützung durch seine eigene Organisation zu tun.

Bond brauchte eine halbe Stunde, um sich zwei Möglichkeiten auszudenken, obwohl beide von der Voraussetzung ausgingen, daß er allein würde arbeiten dürfen. Um den ersten Plan verwirklichen zu können, brauchte er Cindy Chalmers heimliche Unterstützung und eine Möglichkeit, an seinen Bentley heranzukommen. Falls sich das als unmöglich erwies, würde der zweite Plan genügen müssen, obwohl er eine ganze Anzahl unberechenbarer Elemente enthielt, die zum

Teil beunruhigend rasch in die Katastrophe führen konnten.

Er war noch immer dabei, diesen Reserveplan auszuarbeiten, als ihm auffiel, was diesmal anders war. Als Tigerbalsam und Happy gegangen waren, hatte kein Schlüssel im Schloß der Zimmertür gerasselt.

Bond stand vom Bett auf, trat an die Tür und griff nach der Klinke. Die Zimmertür ließ sich mühelos öffnen. War das ein Irrtum oder eine Botschaft des Herrn von Endor, der ihm damit signalisieren wollte, er dürfe sich jetzt frei bewegen? Falls die zweite Möglichkeit zutraf, wäre Bond jede Wette eingegangen, daß seine Bewegungsfreiheit sehr eingeschränkt sein würde. Warum sollte er sie nicht gleich auf die Probe stellen? Dafür gab es zahlreiche gute Gründe. Er hatte keine Ahnung, was in letzter Zeit in der Welt vorgegangen war.

Der Flur im ersten Stock führte zu einem Treppenabsatz und zu der Haupttreppe, über die Bond in die Eingangshalle gelangte.

Dort endeten bereits alle Möglichkeiten wahrer Freiheit. In der Nähe der Haustür saß in Jeans und Rollkragenpullover ein junger Mann, den Bond aus Erewhon kannte. Ein weiterer Absolvent dieser Alma mater lungerte in der Nähe der Kellertür herum, hinter der die Treppe ins Labor hinunterführte.

Bond nickte den beiden freundlich zu, um ihnen zu zeigen, daß er sie wiedererkannte, und registrierte das wachsame Mißtrauen in ihrem Blick, während sie sein Nicken erwiderten. Er ging weiter und betrat den Salon, in dem er an einem Abend, der nun schon ein Jahrhundert zurückzuliegen schien, vor dem Dinner mit Freddie, Peter, Cindy und ihren liebenswürdigen Gastgebern gesessen hatte.

Der Raum war leer. Bond sah sich um, weil er hoffte, eine Zeitung zu entdecken. Aber er sah keine – nicht einmal eine Programmzeitschrift. Im Salon stand jedoch ein Fernsehgerät, auf das er rasch zutrat. Der Bildschirm blieb dunkel. Das Gerät funktionierte nicht – eingesteckt, eingeschaltet, aber trotzdem mausetot. Das gleiche galt für den Tuner der teuren Stereoanlage.

Das Haus Endor schien von den üblichen Informationsquellen abgeschnitten zu sein. Bond war davon überzeugt, daß auch weitere Radios und Fernsehgeräte im Haus nicht funktionieren würden. Das bedeutete, daß er – und möglicherweise auch andere – von der Außenwelt abgeschnitten bleiben sollte. Durch eine Nachrichtensperre völlig isoliert.

Er blieb ungefähr fünf Minuten im Erdgeschoß und ging dann in sein Zimmer zurück.

Ungefähr eine Stunde später kam Tigerbalsam herauf, um ihm mitzuteilen, daß es bald Mittagessen geben werde. »Der Chef sagt, daß Sie mitessen können.« Er verhielt sich Bond gegenüber auffällig neutral – weder freundlich noch feindselig. Tigerbalsams polternde Jovialität schien irgendwo auf der Strecke geblieben zu sein.

Aus dem Speisezimmer waren die schönen alten Möbelstücke verschwunden. An Stelle des Refektoriumstischs waren mehrere militärisch wirkende Tischplatten auf Böcke gelegt worden, während das Essen von einem mit einem Tischtuch bedeckten Nebentisch geholt wurde. Es gab Suppen, Brot, Käse und mehrere Salate zur Auswahl. Sehr einfache Kost, zu der es nur Mineralwasser gab.

Der Raum war jedoch fast überfüllt, und Bond erkannte die meisten Gesichter aus Erewhon wieder. Nur Tigerbalsam und Happy schienen nicht recht hierher zu passen: Zwischen den braungebrannten, soldatisch auftretenden jungen Männern wirkten sie dicklich und verschlagen.

»Ah, freut mich, Sie wiederzusehen, James!« Simon stand neben ihm.

»Ich habe mich schon gefragt, wo Sie bleiben.«

Bond betrachtete den anderen aufmerksam. Seine in

Erewhon so deutlich hervorgetretene Offenheit wirkte hier aufgesetzt. Simons gespielter Freimut sagte Bond mehr über die gegenwärtige Situation, als alle Verschleierungsversuche von anderer Seite verbergen konnten. Das Unternehmen, das SPECTRE mit Hilfe dieser Leute in Gang setzten wollte, lief bereits. Bond vermutete, daß der Tag X nur noch drei, vier oder fünf Tage entfernt war. Dann verkürzte sich diese Frist in seiner Einschätzung drastisch, als er Tamit und Rahani und General Zwingli rechts und links von St. John-Finnes sitzen sah. Die drei Männer saßen abseits von der Menge an einem eigenen kleinen Tisch und wurden dort von zwei jungen Soldaten bedient. Wie die anderen trugen sie eine Art Uniform, die aus olivgrüner Hose und grüngrau meliertem Rollkragenpullover bestand, und steckten eifrig die Köpfe zusammen.

Bond dachte flüchtig an das im Dort stationierte Überwachungsteam von M. Hatten die Kollegen dieses rege Kommen und Gehen beobachtet? Wußten sie, welche gefährlichen Mächte hier versammelt waren?

»Ich habe gefragt, ob Sie gut geschlafen haben?« wiederholte Simon.

»Geschlafen? Oh, geschlafen, ja.« Bond rang sich ein Lächeln ab. »Mir ist schließlich nichts anderes übriggeblieben, Simon. Dafür haben Sie gesorgt.«

»Kommen Sie, nehmen Sie sich auch einen Teller.« Er begann, Käse und Salate auf einen Teller zu laden, bis Bond ihn mit einer Handbewegung bat, damit aufzuhören.

Sie nahmen an einem der langen Tische Platz, wobei Simon dafür sorgte, daß Bond den drei Führern den Rücken zukehrte.

»Aus Sicherheitsgründen, James«, stellte Simon grinsend fest und kam damit auf Bonds letzte Bemerkung zurück. »Das wissen Sie doch selbst am besten. Ein schöner Traum und eine Reise auf dem fliegenden Teppich. Sie schlafen in einem heißen, staubigen Klima ein und wachen in einem stillen englischen Dorf auf. Wollte Gott, daß alle Reisen so problemlos wären!«

»Ich weiß aber lieber, wo ich gewesen bin und wohin ich reise. Ich reise gern mit offenen Augen.«

»Ja, natürlich.« Er schob ein Stück Brot in den Mund, biß von seinem Käse ab und kaute genußvoll. In Bonds Augen war Simon der Prototyp eines hervorragend ausgebildeten Soldaten. Sein Gesicht war das Gesicht der ungezählten Millionen von Männern, die seit der Schlacht von Karkemisch marschiert waren und als Soldaten gekämpft hatten.

»He, der Professor kommt auf Sie zu, James. Er scheint einen Auftrag für Sie zu haben.«

St. John-Finnes beugte sich über sie. »James«, sagte er in fast beschwichtigendem Tonfall, als versuche er, ein ungezogenes Kind zu beruhigen, »haben Sie ein, zwei Stunden für mich Zeit?«

Bond, der sich beherrschen mußte, um keine sarkastische Antwort zu geben, nickte wortlos, stand auf und blinzelte Simon zu, bevor er dem Herrn von Endor, wie er ihn jetzt insgeheim nannte, aus dem Speisezimmer folgte. Er bildete sich ein, Rahanis und Zwinglis Blick zwischen den Schulterblättern zu spüren, als er hinausging.

An der ins Labor hinunterführenden Treppe hielt ein junger Mann Wache. Er ließ sich nicht einmal anmerken, daß er sie wahrgenommen hatte, sondern blickte fast ostentativ in eine andere Richtung.

»Ich wollte Ihnen Gelegenheit geben, die Amerikanische Revolution gegen mich zu verlieren«, sagte Jay Autem, als sie die Treppe hinunterstiegen. »Die Simulation ist vorerst noch sehr einfach, deshalb können wir uns während des Spiels vielleicht über ihre Absichten unterhalten. Einverstanden?«

»Wie Sie meinen.« Bond wirkte äußerlich gleichmütig, aber er ließ sich seinen Plan für die Beschaffung der EPOC-Frequenz erneut durch den Kopf gehen.

Im Labor, in dem sie wider Erwarten weder auf Cindy noch auf Peter trafen, hatten radikale Veränderungen stattgefunden. Der größte Raum stand nun voller Klappstühle, deren Reihen an einen Vortragssaal erinnerten. Vor den Stuhlreihen war ein großer Projektionsbildschirm aufgebaut; daneben stand Holys Version des Terror Twelve auf einem fahrbaren Tischchen.

Bond fielen zwei moderne Stühle mit Schreibplatten und jeweils einem klobigen Joystick auf. Offenbar war hier vormittags geübt worden. Das Ballonspiel? Höchstwahrscheinlich.

Sie betraten den langgestreckten Raum mit seiner Landkarte der amerikanischen Ostküste im 18. Jahrhundert: Boston mit Bunker's Hill und Breed's Hill im Norden, den Dorchester Heights, die den Hafen umschlossen, und den landeinwärts liegenden Townships Lexington und Concord. Autem Holy lächelte ihm über den Spieltisch mit dem beweglichen offenen Rechteck und dem Spielzubehör auf den beiden Plätzen an den Kopfenden hinweg zu.

Bond, der dieses Lächeln und diesen Blick richtig deutete, erkannte jetzt, wo die große Schwäche seines zweifellos brillanten Gegenspielers lag. Aus seinem Interesse für Strategie und Taktik hatte sich eine Besessenheit entwickelt – der Zwang, gewinnen zu müssen. Holy interessierte nur mehr der Sieg. Eine Niederlage hätte er als persönliche Demütigung empfunden. Er mußte wie ein verzogenes Kind seinen Willen haben, um mit sich selbst zufrieden sein zu können. Hatte er im Pentagon irgendeine persönliche Niederlage einstecken müssen, als er damals verschwunden war? Das fragte Bond sich, während er seine Kräfte sammelte.

Sein fanatischer Gegenspieler überschüttete ihn jetzt mit einem Hagel von Anweisungen. Bond bereitete sich darauf vor, die Amerikanische Revolution zu gewinnen und Jay Autem Holy dadurch in eine psychologisch nachteilige Lage zu bringen.

Die Spielregeln waren einfach genug. Beide Spieler kamen abwechselnd zum Zug, der in vier Sektoren unterteilt war: Befehl, Bewegung, Angriff und Entscheidung. Manche dieser Züge konnten auch geheimgehalten werden, indem der Spieler sie auf einer verkleinerten Karte des Kriegsgebiets markierte, von denen beide einen ganzen Stapel vor sich liegen hatten.

»Sobald wir das ganze Spiel in den Computer übertragen haben, werden natürlich auch die heimlichen Züge sehr erleichtert«, erklärte Holy ihm mit dem ganzen Stolz eines kleinen Jungen, der seine Sammlung von Zinnsoldaten vorführt.

Das Spielfeld auf der großen Landkarte war in Hunderte von schwarzen Sechsecken unterteilt. Beide Spieler hatten Spielmarken in verschiedenen Farben – schwarze Marken für eine Kanone mit Bespannung und Bedienungsmannschaft, grüne für fünf Männer, blaue für zehn, rote für zwanzig und so weiter. Darüber hinaus gab es Marken mit einem aufgedruckten Pferd, die Kavallerieabteilungen verkörperten, und spezielle Spielmarken, die Waffenverstecke und die Anführer der Rebellen darstellten.

Bei gutem Wetter konnten Marschierer pro Tag fünf Sechsecke weit vorrücken; die Kavallerie schaffte sogar sieben – und die Artillerie nur zwei. Schlechtes Wetter sowie bewaldetes oder hügeliges Gelände konnten diese Marschleistungen erheblich verringern.

Sobald die Befehle ausgegeben und festgehalten waren, bewegte der Spieler sich und griff dann an, indem er bis auf zwei Sechsecke an eine gegnerische Mannschaft herankam oder sie über fünf Sechsecke hinweg sichtete, wobei etwa gemachte heimliche Züge sich auswirkten. Nach dem Angriff folgte die Entscheidung unter Berücksichtigung der jeweiligen Truppenstärken, ihres Kampfwertes, des Wetters und anderer Faktoren. Dieses Ergebnis wurde festgehalten: Einer der beiden Spieler hatte Truppen, Material oder das jeweilige Gefecht verloren.

Da jeder Zug anfangs nur einen Tag betraf – und das ganze Spiel den Zeitraum von September 1774 bis Juni 1775 umfaßte –, war Bond sich darüber im klaren, daß sie unter Umständen sehr lange zu spielen haben würden.

»Als richtiges Computerspiel läuft es dann natürlich auch erheblich schneller«, erklärte Holy ihm, als sie mit ihrer Befehlsphase begannen – wobei Bond die Briten spielte. Er dachte daran, was Peter ihm gesagt hatte. Danach rechnete sein Gegner damit, daß die Briten praktisch dieselben Bewegungen – und Fehler – wie damals machten.

Soviel Bond sich erinnerte, war der britische Befehlshaber durch den langen Befehlsweg – er mußte jedesmal auf Anweisungen aus England warten – entscheidend behindert worden. Hätte er in den ersten Wochen und Monaten entschlossen gehandelt, hätte diese Anfangsphase ganz anders enden können. Obwohl die amerikanische Unabhängigkeit früher oder später hätte folgen müssen, hätten die Briten ihre Verluste drastisch verringern und zudem das Gesicht wahren können.

Bonds Eröffnung bestand daraus, daß er die nähere Umgebung von Boston von Patrouillen durchsuchen ließ. Außerdem unternahm er heimliche Vorstöße, um die hochgelegenen Punkte wie Bunker's Hill, Breed's Hill und Dorchester Heights möglichst frühzeitig zu besetzen.

Er war verblüfft, wieviel schneller sich das Spiel entwickelte, als er gedacht hatte.

»Für mich liegt die Faszination in der Gegenüberstellung von Wirklichkeit und Erfindung«, stellte Holy fest, während Bond an der Straße nach Lexington zwei Waffenverstecke aushob, wobei etwa zwanzig Revolutionäre fielen. »Aber für Sie muß das bei Ihrer früheren Tätigkeit ein ständiges Problem gewesen sein.«

Bond setzte heimlich drei weitere Kanonen in Richtung auf Breed's Hill in Marsch und ließ dreißig Mann die Dorchester Heights besetzen, während er seine Patrouillentätigkeit zwischen Boston und Concord verstärkte. »Ja.« Sag die Wahrheit! ermahnte er sich. »Ja, ich habe innerhalb der Realität ein fiktives Leben geführt. Das ist das tägliche Brot aller im Außendienst Tätigen.«

»Ich hoffe, daß Sie jetzt in der Realität leben, Freund Bond. Das sage ich, weil das, was jetzt in diesem Haus geplant wird, ebenfalls den Gang der Geschichte ändern kann.«

Holy ließ starke Kräfte der Kolonialmiliz entlang der Straße aufmarschieren und die britischen Patrouillen so stürmisch angreifen, daß Bond fast zwanzig Mann verlor und sich zurückziehen mußte, um seine Kräfte neu zu gruppieren. Insgeheim verstärkte er jedoch seine Truppen auf den beherrschenden Höhen. Die Schlacht von Bunker's Hill – falls es überhaupt dazu käme – würde völlig anders ablaufen, weil die Briten sich aus stark befestigten Stellungen heraus verteidigen würden, anstatt unter dem vernichtenden Feuer der verschanzten Kolonialmiliz anzugreifen.

»Man hofft natürlich, daß es sich um einen Wechsel zum Besseren handelt und daß keine Leben gefährdet werden«, meinte Bond nach einer Pause.

»Leben sind immer gefährdet.«

Der Herr von Endor mußte mit ansehen, wie er in einem Farmhaus jenseits von Lexington vier Waffenverstecke verlor. Außerdem erkannte er, daß Bond im Begriff war, auch nach Concord vorzurücken. Holy zuckte mit den Schultern. »Aber was Ihr eigenes Leben betrifft, weiß ich recht gut, daß es keinen Zweck hätte, Ihnen den Tod anzudrohen. Eine Bedrohung Ihrer Person bedeutet Ihnen nicht viel.«

»Oh, das würde ich nicht sagen.« Bond lächelte unwillkürlich. »Jeder von uns hängt an seinem Leben. Die Befürchtung, es zu verlieren, ist ein mindestens so gutes Druckmittel wie jedes andere.«

Auf der Staffelei mit dem Kalender wurde fast Ende Dezember 1774 angezeigt, und das Wetter behinderte jetzt beide Seiten. Sie konnten ihre bis dahin erreichten Positionen lediglich noch festigen – offen oder durch heimliche Verstärkungen. Bond entschloß sich dazu, seine Kräfte aufzuteilen: Er ließ sie entlang der Straße Lexington-Concord in Stellung gehen, während die restlichen Truppen die Hügel und Höhen befestigten. Jay Autem Holy schien sich auf verdeckte Operationen zu konzentriercn, setzte Heckenschützen gegen britische Patrouillen ein und verlegte die Masse seiner Kräfte wahrscheinlich auf die bereits von den Briten besetzten Höhenzüge. Sie spielten weiter, während das Wetter von einem Zug zum nächsten schlechter wurde und ihre Bewegungen ständig mehr behinderte. In dieser Phase setzte der Herr von Endor das Gespräch fort, das kaum etwas mit den simulierten Kämpfen zu tun zu haben schien.

»Ihre Rolle im Rahmen unseres Unternehmens...« Er brachte Bond leichte Verluste – fünf Mann – bei. »Ihre Rolle ist äußerst wichtig, und Sie werden zweifelsohne viel Erfindungsgabe und Illusion brauchen, um zu leisten, was von Ihnen erwartet wird.«

»Ja. Darüber habe ich schon viel nachgedacht.«

»Haben Sie sich auch schon überlegt, wie Regierungen ihre gutgläubigen Völker irreführen?«

»Wie meinen Sie das?« Bond hatte jetzt beträchtliche Kontingente auf den drei Boston beherrschenden Höhenzügen.

»Das offenkundigste Beispiel ist natürlich das sogenannte Kräftegleichgewicht zwischen den Supermächten. Die Vereinigten Staaten machen nicht darauf aufmerksam, daß sie im Weltraum den Sowjets zahlenmäßig unterlegen sind – ganz zu schweigen von im Weltraum stationierten Waffensystemen, bei denen die Sowjets eine Überlegeneheit von siebzehn zu eins erreicht haben.«

»Die Zahlen sind im Grunde genommen allgemein bekannt...« Bond würde bald aus seiner überhöhten Stellung angreifen müssen, während die Kolonialmiliz sich – durch den anstrengenden Aufstieg und das Wetter behindert – bemühte, die Höhen zu erreichen.

»Richtig, aber keine der beiden Seiten weist eigens auf die Zahlen hin!« Holy runzelte die Stirn, während er das Spielfeld betrachtete. »Außer wenn Rußland gegen die Aufstellung von Cruise Missiles und Pershings in Europa protestiert, obwohl es diese Bedrohung durch eigene Raketen mehr als kompensieren kann. Aber worin besteht hier die eigentliche Verschwörung, James? Die britische Regierung setzt zahlreiche Polizeibeamten gegen demonstrierende Kernkraftgegner ein. Aber niemand sagt zu diesen wohlmeinenden Leuten: ›Wenn's mal passiert, Brüder und Schwestern, passiert's nicht mit dem großen Atomschlag. Die Cruise Missiles und Pershings sind nur die Säbel, mit denen gerasselt werden kann. Die Wirklichkeit wäre zehntausendfach schlimmer.‹ Das erzählt niemand den ehrbaren Ladys in Greenham Common oder den Marschierenden in London.«

»In den Vereinigten Staaten bekommen die Demonstranten das auch nicht zu hören.« Bond beobachtete, wie sein Gegner noch stärkere Einheiten seiner Kolonialmiliz auf die bereitstehenden britischen Kanonen zumarschieren ließ und in dem ständigen Kampfgebiet zwischen Boston und Concord bei einem Scharmützel Sieger blieb.

»Aber was würde passieren, James, wenn's mal soweit wäre?«

»Darüber kann man nur Vermutungen anstellen. Bestimmt nicht der große Knall und die pilzförmige Wolke. Eher helle Lichter und todbringende Luftverpestung.«

»Ganz recht... Ich greife Sie von diesem Sechseck aus an.« Holy deutete auf ein Gebiet zwischen Concord und Lexington, wo die britischen Truppen sichtlich schwächer als zuvor waren. »Nein, der Krieg wird mit Neutronenbomben und chemischen Waffen geführt. Das gibt viele Tote, aber kaum Zerstörungen. Danach eine Konfrontation im Weltraum, wo die Sowjets am längeren Hebel sitzen.«

»Es sei denn, die Vereinigten Staaten und die NATO hätten rechtzeitig Gegenmaßnahmen ergriffen. Die sind längst eingeleitet, nicht wahr?« Was soll das alles? fragte Bond sich. Warum spricht er mit mir über das Gleichgewicht der Kräfte und den Stellenwert nuklearer Waffen bei der Erhaltung dieses Gleichgewichts?

Unterdessen war es im Spiel Ende Januar, und Bond mußte bei einem Angriff zeigen, daß jenseits von Concord britische Truppen standen. Jay Autem Holy begann, sie mit seiner Kolonialmiliz aufzurollen, die sich sprungweise durch die verschneite Landschaft vorarbeitete. Bond konnte sich vorstellen, daß dieses Spiel einem unter Umständen nicht wieder losließ. Man bildete sich beinahe ein, die Kälte und die Erschöpfung zu spüren, die an der Kampfkraft der Männer zehrten. Man hörte sogar knatterndes Musketenfeuer und sah die Blutflekken im schmutzigen Schnee auf dem Feld irgendeines Farmers.

Dr. Jay Autem Holy sprach nicht wirklich über das unausgeglichene Kräfteverhältnis. Er sprach von der Notwendigkeit, das gesamte System zu beseitigen, das dieses Gleichgewicht kontrollierte.

»Wäre die Welt nicht eine bessere und sicherere Heimat der Menschheit, wenn die tatsächliche Stärke beseitigt würde?« fragte er, während er zu einem weiteren Vorstoß durch die kahle Winterlandschaft von Massachusetts ansetzte. »Wenn die Supermächte sozusagen ihren Stachel verlören?«

»Ja, wenn das möglich wäre«, stimmte Bond zu. »Das wäre besser, aber ich bezweifle, daß es auch sicherer wäre. Unsere Welt ist schon immer unsicher gewesen.« Noch ein Zug, dann würde er sich auf den Hügeln zeigen müssen.

Holy lehnte sich zurück und ließ damit eine Spielpause eintreten. »Wir haben uns die Aufgabe gestellt, den Wettlauf zur Vernichtung der Welt durch ABC-Waffen zu beenden. Sie sind mit dem Auftrag betraut worden, die EPOC-Frequenz zu beschaffen. Haben Sie schon eine Möglichkeit dazu gefunden?« Er spielte weiter, als erwarte er keine Antwort, und führte seine Truppen mit diesem Zug mitten ins britische Schußfeld.

»Ich habe mir einen ungefähren Plan zurechtgelegt. Um ihn verwirklichen zu können, brauche ich allerdings bestimmte Vorausinformationen.«

»Was für Informationen?«

»Sobald Sie die Frequenz brauchen, muß ich wissen, wer in der fraglichen Nacht der Sicherheitsoffizier vom Dienst im Außenministerium ist...«

»Das läßt sich leicht feststellen. Die dazu Eingeteilten tun jeweils eine Woche Dienst, nicht wahr?«

»Ja, im allgemeinen.«

»Und der Betreffende ist ein hoher Offizier?«

Bond spreizte die Finger der rechten Hand und machte eine Hin- und Herbewewgung. »Er gehört eher zur mittleren Führungsebene.«

»Aber Sie kennen ihn vermutlich?«

»Deswegen muß ich seinen Namen wissen. Wenn Sie ihn nicht beschaffen können, muß ich...«

»Das können wir.«

»Falls ich ihn kenne, muß ich mit ihm telefonieren. Sollte ich ihn nicht kennen – was wahrscheinlich ist –, müßte ich mir etwas anderes einfallen lassen.«

»Und wenn Sie ihn kennen?«

»Dann weiß ich, wie ich zu ihm vordringen kann. Ich nehme an, daß mir ein einstündiges Beisammensein mit ihm für unsere Zwecke genügt.« Bond konnte nur hoffen, daß der andere auf seinen Vorschlag eingehen würde. Er mußte irgendwann Verbindung mit der Außenwelt aufnehmen.

»Ich greife hier an!« Bond zeigte auf das obere Drittel von Breed's Hill.

»Aber...«, begann sein Gegner, der jetzt erkannte, in welche Falle er getappt war.

Während Jay Autem Holy wenige Minuten später auf den Hängen von Bunker's Hill dem vernichtenden Feuer der Briten ausgesetzt war, nachdem er auf den Dorchester Heights und an Breed's Hill die Masse seiner Truppen und Waffen verloren hatte, erklärte er Bond wütend, er werde die notwendigen Informationen rechtzeitig erhalten. »Sie erfahren den Namen des Offiziers vom Dienst, das verspreche ich Ihnen!« Er beobachtete, wie Bond aus zwei bisher versteckt gehaltenen Kanonen das Feuer auf die jenseits des Hügels zum Gegenangriff antretende Kolonialmiliz eröffnete. »Das ist die falsche Reihenfolge!« sagte er mühsam beherrscht. »Bunker's Hill wäre erst im Juni fällig. Wir haben gerade erst Februar!«

»Dies hier ist nur eine Fiktion«, stellte Bond fest. »Die Realität ist die Geschichte – obwohl auch die Geschichte zu großen Teilen aus Fiktionen besteht.«

Er war mit seinem Abschneiden bei dieser Simulation sehr zufrieden und ließ seiner Fantasie die Zügel schießen. Das Wetter bei dieser Serie von Spielzügen war denkbar unfreundlich: heftiger Regen und vom Meer her wehender kalter, böiger Wind. Der Wind heulte, während Kanonendonner über die kahlen Hügel hallte und die Schreie der Verwundeten und Sterbenden übertönte. Die noch in Boston stehenden Rebellen waren dem Feuer der britischen Kanonen auf den Dorchester Heights und auf Breed's Hill hilflos ausgesetzt.

Dann brach plötzlich der Sturm los. Jay Autem Holy richtete sich zu seiner vollen Größe auf; sein bisher schon rotes Gesicht lief dunkelrot an.

»Sie... Sie... Sie...« Seine Stimme überschlug sich und wurde zu einem Kreischen. »Sie haben mich geschlagen! Mich!« Er wischte die Papiere mit einer Hand von seiner Schreibfläche und ließ die Faust herabsausen. »Wie können Sie es wagen, mich zu besiegen? Wie können Sie es auch nur wagen...«

Sein Wutanfall, bei dem er ins Stottern geriet, mit den Füßen aufstampfte und auf den Tisch trommelte, war geradezu beängstigend. Furchterregend und zugleich komisch, wie der Wutausbruch eines Kindes belustigend und trotzdem besorgniserregend sein kann. Holy spuckte und fauchte weiter und schien so völlig die Beherrschung verloren zu haben, daß Bond darauf gefaßt war, sich gegen einen tätlichen Angriff wehren zu müssen. Der Mann war, wie er bereits vermutet hatte, nicht mehr ganz normal, sondern das Opfer einer gefährlichen, tiefsitzenden Verrücktheit.

Dann hörte der Anfall ebenso plötzlich auf, wie er begonnen hatte. Es gab kein Übergangsstadium, kein allmähliches Abklingen, sondern Holy wurde schlagartig wieder vernünftig und wirkte sekundenlang wie ein verlegenes Kind, das sich wegen eines Tobsuchtsanfalls schämt.

»Die Kolonialmiliz könnte mit einem Gegenstoß Erfolg haben.« Seine Stimme klang heiser. »Aber wir haben schon zu lange gespielt. Ich habe andere Dinge zu erledigen. Wichtigere Dinge.«

Er stand auf, als bedeute es ihm wenig, bei einem Spiel zu gewinnen oder zu verlieren. Als er weitersprach, klang seine Stimme völlig normal, als ob gar nichts vorgefallen sei: ruhig und gelassen, was um so bizarrer wirkte.

»Ich habe mich mit Ihnen zusammengesetzt, weil ich hören wollte, welche Vorstellungen Sie in bezug auf Ihren Anteil an unserem Unternehmen entwickelt haben. Nehmen wir einmal an, Sie wüßten den Namen des Offiziers vom Dienst – wie wollen Sie ihn dann dazu bringen, die EPOC-Frequenz preiszugeben?«

Bond war verblüfft, als sein Blick auf seine Armbanduhr ihm zeigte, daß es bereits 20.15 Uhr war. Er schilderte Holy die Methode, die er sich ausgedacht hatte. Als er damit fertig war, herrschte zunächst Schweigen – die Stille nach der mit Spielmarken statt mit Soldaten geführten Schlacht. Während die Sekunden verrannen, fürchtete Bond bereits, sich verkalkuliert zu haben. Er ließ sich seine Ausführungen erneut durch den Kopf gehen. Enthielten sie irgendwo eine schwache Stelle? Irgend etwas, bei dem Jay Autem Holy einhaken konnte, um zu beweisen, daß seine Idee nur ein Fantasieprodukt war – was allerdings stimmte.

Dann endete das Schweigen, und aus der Kehle des großen Mannes stieg ein Lachen auf, während er eifrig mit dem Kopf nickte, als wolle er eine in den Krallen gehaltene Beute mit seiner Adlernase wie mit einem Raubtierschnabel zerfetzen und verschlingen.

»O ja, James Bond! Ich habe immer behauptet, Sie seien der einzig richtige Mann für diese Aufgabe. Wenn Ihnen das gelingt, sind wir alle glücklich.« Er schien sich zusammenzureißen und sah sich fast schuldbewußt um, als sei er dicht davor gewesen, eine Indiskretion zu begehen.

Das Lachen verstummte, und Bond nahm im Hintergrund Bewegungen und Stimmen wahr. Leute strömten in den Hauptraum nebenan.

»Wir sind schon zu lange hier unten«, knurrte Holy. »Ich habe veranlaßt, daß Cindy Ihnen einen Imbiß zurechtmacht. Sie können auf Ihrem Zimmer essen. Ich esse erst später eine Kleinigkeit.«

Supermann, dachte Bond. Er gibt mir zu verstehen, daß er nicht wie gewöhnliche Menschen auf Essen und Trinken angewiesen ist.

»Haben Sie in der Wüste lange fasten und dürsten müssen?« fragte Bond halblaut. »Als Sie nach dem Fallschirmabsprung mit Zwingli zusammengewesen sind, meine ich.«

Die grünen Augen wirkten schlagartig eiskalt, als Holy ihn jetzt prüfend anstarrte.

»Clever, Mister Bond. Seit wann wissen Sie das schon?«

Bond, der jetzt erkannte, daß er vielleicht zu weit gegangen war, und selbst nicht wußte, was ihn dazu getrieben hatte, erklärte ihm, er habe die Wahrheit schon bei ihrer ersten Begegnung vermutet, obwohl er sich seiner Sache nicht ganz sicher gewesen sei. »Ich hatte nur zufällig in der alten Akte geblättert: Sie wird von Zeit zu Zeit wieder ausgegraben, wissen Sie. Ihr Gesicht ist mir sofort bekannt vorgekommen, als ich damals mit Freddie bei Ihnen gewesen bin. Im Verlauf des Abends hat sich mein Verdacht bestätigt, aber ich hatte noch immer gewisse Zweifel. Schließlich sind Sie schon lange tot, falls Sie tatsächlich Jay Autem Holy sind.«

»Und was hätten Sie getan, wenn Sie im aktiven Dienst gewesen wären, Mister Bond? Wären Sie mit Ihrer Erkenntnis zu Ihren Vorgesetzten gelaufen? Und weshalb wird die Akte immer wieder ausgegraben?«

»Sie wissen ja, wie die Kolonialmiliz ist.« Bond versuchte, die Sache von der humorvollen Seite zu nehmen. »*Ihre* Kolonialmiliz. Sie macht Jagd auf Gespenster.«

Holy knurrte etwas Unverständliches. »Tamil hat recht gehabt«, sagte er dann. »Wirklich schade, daß wir Sie nicht früher rekrutiert haben. Seine Leute haben es gegen meinen Rat mit Gewalt versucht. Ich wollte vermeiden, daß wir uns mit einer weiteren Geisel befassen mußten. Sie hatten eine Frau bei sich, nicht wahr? Der Versuch ist jedenfalls fehlgeschlagen, weil Sie rasch und entschlossen reagiert haben.« Die gespannte Atmosphäre schlug erneut um. Bei Holy gab es keine warnenden Anzeichen für einen Wechsel. »Na, ich muß jetzt weiterarbeiten. Sie halten sich bereit, James. Ich bin froh, daß Sie jetzt zu unserem Team gehören.«

Im Hauptraum des Labors versammelten sich unterdessen all die braungebrannten jungen Soldaten aus Erewhon. Bond sah, daß Zwingli noch immer in ein Gespräch mit Tamil Rahani vertieft war, als habe er seit dem Mittagessen nicht mehr aufgehört, mit ihm zu reden.

»Begleiten Sie Mister Bond bitte nach oben«, wies Holy Tigerbalsam an und schlug Bond leicht auf die

Schulter, als wolle er sich damit selbst suggerieren, alles sei in bester Ordnung.

Tigerbalsam eskortierte ihn in den ersten Stock hinauf und beobachtete, wie Bond in seinem Zimmer verschwand. Bond erinnerte sich daran, von irgend jemandem gehört zu haben, Jay Autem Holy sei eine Art Genie. Hatte Percy ihm das erzählt? Der Mann lebte offenbar in einer eigenen Traumwelt. Wenn er behauptete, er sei tot, hatte die Welt ihm gefälligst zu glauben. Holy war von dem Gedanken, andere könnten nicht von seinem Tod überzeugt sein, ehrlich entsetzt gewesen. Und dazu kam die Sache mit Percy: »Sie hatten eine Frau bei sich, nicht wahr?« Nun, vielleicht stimmte es wirklich, daß die neue Percy nicht einmal von ihrem eigenen Mann erkannt worden wäre...

Bond öffnete die Tür seines Zimmers. Zum zweitenmal seit Beginn dieses Unternehmens sah er Cindy Chalmer vor sich, die eine Festplatte in der linken Hand hielt und den rechten Zeigefinger auf die Lippen legte. Bond schloß die Tür hinter sich. »Weitere Grüße von Percy?« fragte er leise.

15

Das Ballonspiel

»Nein, diesmal mit einem schönen Gruß von mir.« Sie bemerkte seinen Blick und sah zu, wie Bond schweigend einen Rundgang durchs Zimmer machte.

Cindy sprach ihn halblaut an. »Alles in Ordnung, James. Die Überwachung mit Kameras und Infrarotsensoren funktioniert einwandfrei, aber für tödliche kleine Wanzen scheint man in diesem Haus nichts übrig zu haben.«

»Weißt du das bestimmt?« fragte er ebenso leise.

»Ich habe das Haus selbst nach Abhöranlagen abgesucht. In der ersten Woche nach meiner Ankunft. Und ich bin seitdem auf dem laufenden geblieben. Falls hier abgehört wird, verwandle ich mich in eine Jungfrau zurück.«

Bond reagierte nicht einmal mit einem schwachen Lächeln. Er sah keinen Grund zur Belustigung. Obwohl er mit Cindys Auskunft zufrieden zu sein schien, sprachen sie nur leise murmelnd miteinander, solange sie in seinem Zimmer waren. Überflüssig, dachte er, denn falls Cindy unrecht hatte, war ihr Murmeln ebenso gut zu verstehen, als wenn sie sich schreiend unterhalten hätten.

»Das Ballonspiel.« Sie hielt ihm die Festplatte hin: eine kleine quadratische Platte in einer Plastikbox.

Sie hatte es also tatsächlich: das Programm, das einen Hinweis darauf... nein, das den *Beweis* dafür liefern würde, was SPECTRE Rahani und Holy vorgeschlagen hatte. Auf der dünnen Magnetplatte waren die Antworten auf Bonds sämtliche Fragen gespeichert. Trotzdem machte er keine Anstalten, nach ihr zu greifen.

»He, warum stehst du einfach bloß da? Du könntest dich wenigstens bedanken!«

Er schwieg hartnäckig weiter, um sie zum Reden zu bringen. Das war ein uralter Trick, den Führungsoffiziere und Agentenkontaktmänner in aller Welt ständig praktizierten. Halt den Mund, damit die anderen auspacken und dir alles erzählen, was es zu erzählen gibt. Erst danach versuchst du, die Lücken zu füllen.

»Es gibt vier Reservekopien«, sagte Cindy schließlich, »und ich kann nur hoffen, daß Jason der Große die vierte nicht zufällig braucht, denn das hier ist sie.«

Bond schwieg weiter. Er lächelte nicht einmal.

»Ich hätte gedacht, daß sie strenger bewacht würde«, meinte er schließlich. »Im Tresor eingesperrt, vor dem menschenfressende Spinnen lauern – oder so ähnlich.«

Cindy erwiderte unerschrocken seinen Blick.

»Alle fünf Festplatten werden im Safe des Chefs aufbewahrt, der mit sämtlichen Alarmanlagen gesichert ist. Bloß die menschenfressenden Spinnen fehlen...« Sie hielt ihm die Plastikbox erneut hin. »Aber heute herrscht Hochbetrieb, und diese Dinger werden ständig gebraucht. Peter und ich sind wieder einmal aus dem Labor verbannt worden. Aber die Wachen kennen uns und sind daran gewöhnt, daß wir auf der Kellertreppe unterwegs sind.« Cindy machte eine Pause. »Du hast ihn wohl in seinem eigenen Spiel geschlagen?«

»Ja«, antwortete Bond ausdruckslos, als habe ihm das keinen Spaß gemacht.

»Das hab' ich teilweise mitbekommen. Glaubst du jetzt, daß er spinnt? Er hat einen seiner Tobsuchtsanfälle gehabt. Ebenfalls unüberhörbar.«

»Wie bist du runtergekommen?«

»Ich hab' so getan, als gehörte ich dazu. Mit einem Schreibbrett unter dem Arm. Ich bin einfach an den wachhabenden jungen Ganoven vorbeigegangen. Die kennen mich alle als die Assistentin des ›Professors‹. Du hast mit Jason dem Großen gespielt. Wie so viele Leute, die wahnsinnig sicherheitsbewußt sind, passiert ihm manchmal ein entscheidender Fehler: Der Safe war offen. Ich habe schnell einen Tausch vorgenommen und das hier in meine Bluse gesteckt.«

Bond war sich darüber im klaren, daß er seine bisherige Zurückhaltung aufgeben mußte. »Du hast es also noch nicht laufen gesehen?«

Cindy schüttelte den Kopf. Bond fiel auf, daß sie dabei jedesmal den Kopf etwas nach rechts neigte – eine charakteristische Angewohnheit, eine zusätzliche Betonung, wie manche Leute den letzten Buchstaben ihrer Unterschrift zu einer Schleife verlängern, um ihren Namen bedeutender erscheinen zu lassen. Das war eine Angewohnheit, die während ihrer Ausbildung, in der Psychiater in teuren Maßanzügen solche übertriebenen Eigenarten registrierten und ausmerzen, hätte abgestellt werden müssen. Er wartete erneut.

»Unmöglich, James! Nur die Eingeweihten haben es bisher zu Gesicht bekommen und damit gespielt – falls das der richtige Ausdruck ist.«

Jetzt griff Bond endlich nach der Plastikbox. »Sind damit ausgebildet worden«, verbesserte er Cindy. »Und wir dürften kaum Gelgenheit haben, mal schnell reinzusehen. Wo sind meine Geräte versteckt?«

»In der Garage unter einem Haufen Gerümpel: alten Reifen, Liegestühlen, Gartengeräten und Werkzeug. In der hintersten Ecke. Ich habe improvisieren müssen, aber es ist besser gewesen, das Zeug dort zu verstecken, als zu riskieren, daß es im Kofferraum gefunden wird. Dort liegt es auf keinen Fall sicher, deshalb können wir nur hoffen, daß niemand dort herumstöbert.«

Bond schien angestrengt nachzudenken.

»Hmmm, ich habe keine große Lust, dieses Programm zu knacken«, sagte er, indem er die Box hoch hielt. »Dafür ist es zu wichtig und wahrscheinlich auch zu gefährlich. Ich kann nur hoffen, daß du recht behältst – daß die Diskette nicht vermißt wird und daß niemand die Garage durchsucht und dabei auf meine versteckten Geräte stößt.«

»Was willst du damit anfangen, um einen Nutzen daraus zu ziehen? Soll ich versuchen, damit aus dem Haus zu kommen?«

Bond trat ans Fenster, dessen bedruckte Baumwollvorhänge zugezogen waren. Das Tablett mit dem versprochenen Abendessen stand daneben auf einem Tischchen, und er sah, daß alles für zwei Personen vorbereitet war: Krabbencocktails, Räucherschinken, Zunge, Salate, Brötchen und eine Flasche Wein. Ob es in Endor überhaupt warme Mahlzeiten gab, wenn die Lage kritisch wurde? Er hielt noch immer die Plastikbox in der Hand. Am besten bewahrte er sie irgendwo in seiner Nähe auf. Aber es gab so wenig Verstecke! Zuletzt baute er darauf, daß seine Sachen nicht durchsucht werden würden, öffnete den Kleiderschrank und schob sie zwischen seine Pullover. Das alles schien mehrere schweigend verbrachte Minuten zu dauern.

»Ich habe Freunde in der Nähe«, vertraute er Cindy schließlich an. »Ganz in der Nähe. Ich hätte gedacht, daß sie unterdessen... Nein, du bleibst auf jeden Fall im Haus. Außer mir versucht keiner, hier rauszukommen.« Bond wandte sich ab, ließ sich in einen Sessel fallen und bot Cindy mit einer Handbewegung den anderen an. Er nickte zum Kleiderschrank hinüber. »Damit dürfen wir nichts riskieren. Das ist die reinste Zeitbombe!«

»Wir bleiben einfach sitzen und warten ab, bis die Kavallerie kommt?« Cindy schien nicht zu merken, daß ihr Rock etwas hochgerutscht war und ihre verführerisch schlanken braunen Schenkel sehen ließ.

»Ja, so ähnlich.« Bond versuchte abzuschätzen, wieviel Zeit ihnen noch blieb. Ob das Überwachungssystem, das mit Kameras, Beobachtungsprotokollen und Richtmikrofonen arbeitete, M bereits mitgeteilt hatte, daß im Haus Endor wichtige Dinge vorzugehen schienen? Würde M sie vorerst schmoren lassen? Wahrscheinlich. Der vorsichtig, diplomatisch zurückhaltend taktierende Intrigant hatte schon bei früheren Gelegenheiten bis fast zum letzten Augenblick gewartet.

»Wie beurteilst du den gegenwärtigen Aufmarsch, Cindy? Du bist schon früher hier gewesen – wenn irgendein Unternehmen vorbereitet worden ist, meine ich.«

Die Amerikanerin hatte bereits mehrmals erlebt, daß harte Männer nach Endor gekommen und viele Stunden in den Laborräumen im Keller ausgebildet worden waren.

»Ist dies die bisher größte Versammlung?«

Cindy nickte wortlos.

»Wie sieht deiner Meinung nach der Zeitplan aus?« fragte er weiter. »Wieviel Zeit haben wir noch, bevor der Startschuß fällt?« Im Grunde genommen lautete Bonds Frage: Wieviel Zeit habe *ich* noch, bevor die von mir verlangen, ihnen die EPOC-Frequenz zu beschaffen?

»Das kann ich nur schätzen, aber ich glaube, daß es in spätestens achtundvierzig Stunden soweit ist.«

»Und dein kleiner Spielgefährte Peter?«

Sie stellte sich wie eine größere Schwester schützend vor Peter: Häufig mit ihm verkracht, aber stets bereit, ihn gegen ungerechtfertigte Vorwürfe zu verteidigen. »Peter ist okay! Er ist hochintelligent, fleißig und ...«

»Würdest du ihm trauen? Wirklich trauen, wenn die Sache zum Äußersten kommt?«

Cindy biß sich auf die Oberlippe. »Nur in einem wirklichen Notfall. Nichts gegen ihn, aber... Es kann St. John-Finnes und vor allem Dazzle nicht ausstehen. Peter ist bereits auf der Suche nach einem anderen Job. Er behauptet, hier bekäme er allmählich Platzangst.«

»An seiner Stelle hätte ich vor etwas ganz anderem Angst«, stellte Bond fest. »Ich vermute, daß Peter, du und ich liquidiert werden sollen – vor allem Peter und du. Jeder, dem sie nicht hundertprozentig trauen.«

Bond schwieg erneut und ließ sich durch den Kopf gehen, was er bisher wußte. Jay Autem Holy hatte angedeutet, durch das von SPECTRE geplante Unternehmen solle der Gang der Geschichte geändert werden. Danach würden sie niemanden mehr um sich haben wollen, der Namen nennen oder Gesichter beschreiben konnte. Jedenfalls nicht unmittelbar nach ihrem vorerst noch rätselhaften Unternehmen.

»Mein Wagen!« sagte er plötzlich.

»Der Bentley? Ja?«

»Du hast die Sachen aus dem Kofferraum geholt, um sie zu verstecken. Wie?«

»Das ist kurz vor der Ankunft dieser vielen Leute gewesen. Ich hatte in der Küche gesehen, wie die beiden großen Tiefkühltruhen mit Lebensmitteln vollgepackt worden waren. Außerdem hatte ich Jason den Großen telefonieren gehört. Ich habe gewußt, daß sie dich zurückbringen würden. Was ist übrigens mit dir gewesen? Die anderen haben behauptet, du seiest im Krankenhaus...«

Bond winkte ab und forderte Cindy brüsk auf, seine Frage zu beantworten.

Sie hatte gewußt, daß der Wagen zurückgebracht und in der Garage abgestellt worden war, und sich gefragt, was aus dem im Hotelzimmer benützten Computer und den Peripheriegeräten geworden sein mochte. Die Schlüssel des Bentleys lagen in dem Wandtresor, in dem sämtliche Autoschlüssel aufbewahrt wurden. Cindy, die wie alle Hausbewohner die Kombination des Zahlenschlosses kannte, hatte einen günstigen Augenblick abgewartet.

»Das ist riskant gewesen, aber ich habe die Schlüssel nur fünf Minuten lang gehabt. Alle anderen waren beschäftigt, deshalb habe ich die Schlüssel an mich genommen, den Kofferraum leergeräumt und das Zeug in der Garage versteckt. Dort ist es nicht wirklich sicher, aber ich habe keine andere Möglichkeit gesehen. Die Versteckerei war schlimm genug – und viel zu riskant, als daß ich hätte versuchen dürfen, deine Sachen weiter fortzuschaffen.«

»Und der Wagen selbst? Haben sie mit dem irgendwas angestellt? Ist er durchsucht worden?«

Cindy schüttelte den Kopf in der für sie typischen leicht schrägen Haltung. »Dazu hat noch niemand Zeit gehabt. Außerdem herrscht in dieser Beziehung Personalmangel. Alle sind reichlich mit Arbeit eingedeckt.«

»Die Schlüssel?«

»Die dürfte Jason der Große haben.«

»Aber der Bentley steht noch in der Garage?«

»Ja, soviel ich weiß. Warum?«

»Können wir...«

»Ausgeschlossen, James! Ein Fluchtversuch mit deinem Wagen? Damit kämen wir nicht mal bis zum Tor!«

»Ich hoffe sogar, ganz offiziell wegfahren zu dürfen. Aber falls sich noch niemand für den Bentley interessiert hat, wäre ich jetzt gern eine Viertelstunde mit ihm allein. Ist das möglich?«

»Die Schlüssel? Wie? Mein Gott, ich...«

»Mach dir keine Sorgen wegen der Schlüssel, Cindy. Ich will bloß wissen, ob wir in die Garage können.«

»Hmmm, *ich* könnte jedenfalls hinein.« Sie erklärte ihm, daß ein Fenster ihres Zimmers aufs Garagendach hinausführte. »Man braucht nur übers Fensterbrett zu steigen – und ins Dach ist ein Oberlicht eingelassen, das nach außen geöffnet wird. Alles kein Problem.«

»Und der Sicherheitsdienst?«

»Verdammt noch mal! Ja, draußen halten immer ein paar von den jungen Kerlen Wache.« Cindy erklärte ihm, wie die einzelnen Gebäudeteile zueinander lagen. Die Vierergarage war an den Nordflügel des Hauses angebaut. Cindy hatte das Eckzimmer, dessen eines Fenster auf das Flachdach der Garage hinausführte, während die beiden anderen zur Vorderfront des Hauses gehörten.

»Und die Wachposten? Stehen sie vor dem Gebäude? Bewachen sie vor allem die Garage?«

»Nein, sie haben lediglich den Auftrag, das Gelände vor dem Haus im Auge zu behalten. Wenn wir... Augenblick, da fällt mir was ein! Wenn meine Vorhänge nicht zugezogen sind, können sie in mein Zimmer sehen. Ich hab' sie erst gestern abend wieder dabei erwischt, daß sie mich beobachtet haben. Wenn sie ein kleines Stück die Einfahrt runtergehen, haben sie die beste Sicht. Wie wär's, wenn ich sie mit einer kleinen Peepshow ablenken würde?«

Bond lächelte zum erstenmal. »Dafür wäre ich dir natürlich dankbar.«

Cindy ließ sich auf dem Bett zurücksinken. »Du darfst mir deine Dankbarkeit jederzeit beweisen, James. Oder muß ich noch deutlicher werden?«

»Nichts lieber als das, Cindy! Aber die Arbeit ist im Augenblick wichtiger. Mal sehen, wie gut sie mein Gepäck durchsucht haben.«

Bond griff nach seinem Handkoffer, warf ihn neben der Amerikanerin aufs Bett und beugte sich darüber, um die Schlösser zu untersuchen. Sekunden später nickte er zufrieden, zog seinen schwarzen Füllfederhalter aus der Brusttasche seines Hemdes und schraubte die Metallhülse am falschen Ende auf, in dem drei kleinen Schraubenzieherklingen zum Vorschein kamen. Die Klingen waren am runden Ende mit einem Gewinde versehen, das sich in die Füllfederkappe schrauben ließ.

»Ein Universalwerkzeug, das jeder Reisende mitführen sollte«, meinte Bond grinsend. Er wählte eine der Klingen aus und schraubte sie fest. Bond löste die vier winzigen Schrauben, die das rechte Kofferschloß hielten. Das Schloß ließ sich ganz herausnehmen und gab eine Vertiefung frei, in der gerade zwei Reserveschlüssel für den Mulsanne Turbo Platz hatten. Er steckte sie ein, bevor er das Schloß wieder festschraubte und auch den Schraubenzieher in einen Füllfederhalter zurückverwandelte.

Der Plan für Cindys Ablenkungsmanöver und Bonds Kletterei aus ihrem Fenster war rasch festgelegt.

»Die Ablenkung ist kein Problem«, sagte Cindy mit kokettem Augenaufschlag. »Ich trage heute zufällig ganz tolle Reizwäsche...« Sie machte einen Schmollmund. »Ich hatte gehofft, sie würde sogar dich reizen!«

Cindy beschrieb Bond ihr Zimmer und schlug vor, sie werde im Dunklen hineingehen, das Fenster über dem Garagendach öffnen, die Vorhänge aufziehen und erst dann Licht machen. »Auf diese Weise sehe ich genau, wo die Wachen sich postiert haben. Du mußt dann auf dem Bauch zum Seitenfenster kriechen.«

»Wie lange kannst du sie... nun ja, fesseln?«

Bei vollem Programm traue sie sich zu, die jungen Männer eine Viertelstunde lang in ihren Bann zu schlagen, erklärte die schwarze Amerikanerin ihm mit kehliger Stimme. »Aber sicherheitshalber rechnest du am besten nur mit ungefähr zehn Minuten.«

Bond nickte ihr mit dem Lächeln zu, das er sonst für die hübschesten Sekretärinnen im SIS-Hauptquartier am Regent's Park reservierte, überprüfte die ASP und erklärte Cindy, je früher sie anfingen, desto besser sei es vermutlich. Falls Holys Leute tatsächlich noch keine Zeit gehabt hatten, sich für den Bentley zu interessieren, würden sie ihn jedenfalls unter die Lupe nehmen, bevor man ihn damit wegfahren ließ – falls man ihn wegfahren ließ.

Im Haus schien alles ruhig zu sein. Während sie auf Zehenspitzen über den Flur schlichen, sahen sie in der Eingangshalle mehrere Männer herumsitzen, aber im übrigen Haus herrschte Ruhe, und der zu Cindys Zimmer führende Korridor war dunkel. Ihre weiche Hand berührte seine; Bonds und ihre Finger waren einen Augenblick miteinander verschlungen, während Cindy ihn zu ihrer Tür führte.

Sie war jung, geschmeidig, sehr attraktiv und offenbar zu haben – zumindest für ihn. Bond fragte sich sekundenlang und nicht zum erstenmal, ob Cindy tatsächlich das war, was sie zu sein vorgab. Aber die Gelegenheit, ihr zu mißtrauen, war längst vorbei: Sie war hier die einzige, auf die er sich verlassen konnte.

»Okay, runter mit dir!« flüsterte Cindy, während sie die Zimmertür öffnete. Bond schlängelte sich auf dem Bauch über den Teppich in Richtung Fenster. Cindy summte vor sich hin und spickte die sanfte, bluesartige Melodie mit geflüsterten Kommentaren.

»Niemand bei den Garagen... ich schließe den Vorhang des Seitenfensters... okay, jetzt zu den vorderen Fenstern... Ja, sie stehen dort draußen... Okay, James, beeil dich, ich mache jetzt Licht!« Im nächsten Augenblick flammte die Deckenbeleuchtung auf und fiel auf Bond, der bereits die Hälfte der Strecke zurückgelegt hatte und rasch auf das Seitenfenster zukroch, dessen Vorhang sich in einer leichten Brise wie ein Segel wölbte.

Als er das Fenster erreichte, sah er Cindy aus dem Augenwinkel heraus am zweiten der vorderen Fenster stehen und mit einer Hand an den Knöpfen ihrer Bluse nesteln, während sie leise sang:

He shakes my ashes, freezes my griddle,
Churns my Butter, stokes my pillow,
My man is such a handyman.

He threads my needle, gleans my wheat,
Heats my heather, chops my meat,
My man is such a handyman.

Die letzten Worte verstand Bond kaum noch, denn er war bereits aus dem Fenster geklettert und betrat lautlos das Garagendach. Aber er besaß die in den zwanziger Jahren entstandene Originalaufnahme von ›Queen‹ Victoria Spiveys *Handyman* und kannte den Text auswendig.

Dann lag Bond der Länge nach auf dem Blechdach, bemühte sich, möglichst flach zu sein, und wartete ab, bis seine Augen sich an die Dunkelheit gewöhnt hatten. Sekunden später erstarrte er förmlich, weil er zuerst Schritte im Kies und danach Schritte hörte. Wie Cindy gemeldet hatte, waren es zwei Wachposten, die ein Englisch mit starkem Akzent sprachen.

»Pst!« sagte der eine. »Hörst du nichts?«

»Was?«

»Auf dem Dach. Hast du nichts gehört?«

»Was?«

»Als ob jemand auf dem Garagendach wäre...«

Bond zwang sich dazu, unbeweglich liegen zu bleiben: flachgedrückt, den Kopf zur Seite gedreht, sein Puls scheinbar dröhnend laut.

»Auf dem Dach? Nein.«

»Tritt ein paar Schritte weit zurück! Sieh genauer hin! Du weißt doch, was er gesagt hat: Wer diesmal versagt, kriegt keine zweite Chance.«

Wieder Schritte auf dem Kies.

»Ich sehe nichts!«

»Was hältst du davon, wenn wir...«

Bonds Hand tastete nach der ASP.

»Nein, dort oben ist niemand. Vielleicht war's eine Katze... He, Hand, sieh dir das an!« Die Schritte entfernten sich langsam.

Bond drehte den Kopf zur Seite und sah die deutlichen Umrisse der beiden unter ihm vor dem Haus stehenden Wachposten. Sie standen dicht nebeneinander, erinnerten an zwei Astronomen, die einen neuen Stern beobachten, und starrten wie gebannt zu einem hinter der Hausecke für Bond nicht sichtbaren Fenster hinauf.

Er setzte sich vorsichtig in Bewegung und kroch auf das in die Dachmitte eingelassene Oberlicht zu. Dann erstarrte Bond plötzlich wieder, als die Wachen sich ebenfalls bewegten. Seine Atemzüge klangen so laut, daß er fürchtete, sie könnten ihn verraten. Aber die beiden Männer gingen lediglich rückwärts, um das Schauspiel, das sich an Cindys Fenster abspielte, besser betrachten zu können.

Bond schob sich weiter vorwärts, so schnell er sich bewegen konnte, ohne ein Geräusch zu machen, denn er wußte, wie kostbar jetzt jede Minute war.

Obwohl er wahrscheinlich keine Minute brauchte, um das Oberlicht zu erreichen, schien die Kriecherei übers Dach eine Ewigkeit zu dauern. Zum Glück ließ das Fenster sich von außen leicht öffnen. Er stellte es hoch und starrte ins Dunkel hinunter.

Irgend jemand hatte ihm sein Vorhaben erleichtert, indem er den weißen Mercedes genau unter dem Oberlicht geparkt hatte. Bond hängte sich an den Fensterrahmen und brauchte die Arme nicht einmal ganz auszustrekken, um beide Füße aufs Autodach stellen zu können.

Bond blieb zunächst auf dem Dach kauern und hielt die ASP schußbereit in der Hand. Falls ein weiterer Mann die Garage bewachte, würde er improvisieren müssen. Er blieb erneut unbeweglich, bis seine Augen sich an die Dunkelheit gewöhnt hatten. Das einzige Geräusch war sein unnatürlich laut klingender Herzschlag. Zu seiner Rechten konnte Bond schemenhaft die langgestreckten Linien des Bentleys ausmachen.

Er rutschte zu Boden, ging leise hinten um den Mercedes herum und behielt die ASP in der rechten Hand, während er mit der linken seine Reserveschlüssel umklammerte.

Das Schloß klickte, als Bond es aufsperrte. Dann hörte er ein befriedigendes Knacken, als die schwere Tür sich auf seinen Daumendruck hin öffnete.

Die Innenbeleuchtung des Bentleys flammte auf. Bond glitt auf den Fahrersitz und ließ die Tür offen, während er das speziell für große Reichweiten konstruierte Autotelefon Super 1000 überprüfte, das die Firma Communications Control Systems den Rolls-Royce-Technikern zum Einbau geliefert hatte. Dann schloß er die Autotür, griff nach dem Hörer und atmete erleichtert auf, als die winzige rote Leuchtdiode anzeigte, daß das Autotelefon betriebsbereit war. Seine größte Sorge war gewesen, Holys Leute könnten das Gerät stillgelegt haben. Jetzt konnte er nur noch hoffen, daß niemand die gewählte Frequenz abhören würde.

Bond wählte rasch eine Nummer. Bevor der Teilhaber am anderen Ende sich mit ›Transworld Exports‹ melden konnte, knurrte Bond: »Raubtier! Scrambler!« Gleichzeitig drückte er auf den kleinen blauen Knopf, der den Scrambler einschaltete, zählte langsam bis zwanzig und wartete darauf, daß der Angerufene sich melden würde.

»Scrambler eingeschaltet!« sagte die Stimme des Offiziers vom Dienst im SIS-Hauptquartier am Regent's Park klar und deutlich.

»Ich sage alles nur einmal. Raubtier, Notfall...« Bond begann mit einer hastigen Zweiminutenmeldung, die hoffentlich klar verständlich war, falls Jay Autem Holy tatsächlich vorhaben sollte, ihn in nächster Zeit nach London zu schicken, um ihn dort die amerikanische EPOC-Frequenz beschaffen zu lassen.

Nachdem Bond den Telefonhörer wieder in die Halterung zwischen den Vordersitzen geklemmt hatte, griff er nach seiner ASP, die während des Gesprächs griffbereit auf dem Instrumentenbrett aus poliertem Nußbaum gelegen hatte, und steckte sie in ihr Halfter.

Jetzt mußte er so schnell wie möglich zu Cindy zurück. Die nervöse Spannung, unter der Bond stand, machte den Gedanken an ihren langsamen Striptease erotisch höchst reizvoll und erinnerte ihn zugleich an Percy Proud, als sei sie ganz in der Nähe. Ein Trick, den ihm sein Unterbewußtsein spielte? Er schloß die schwere Autotür so leise wie möglich und sperrte den Bentley ab.

Die Innenbeleuchtung brannte noch einige Sekunden; danach war es in der Garage wieder so dunkel wie zuvor. Bond machte kehrt und wollte zu dem Mercedes zurückgehen, als ein deutliches metallisches Klicken ihn zur Bewegungslosigkeit erstarren ließ.

Bond erinnerte sich an ein altes Spiel aus seiner Ausbildungszeit, das noch heute gespielt wurde. Man saß in einem abgedunkelten Raum und hörte alle möglichen Tonbandgeräusche, die man identifizieren sollte. Das charakteristische Klicken, mit dem eine Pistole durchgeladen wurde, war damals oft zur Irreführung als Geräusch von Türklinken, Spielzeug und sogar Schnappschlössern getarnt worden. Das metallische Klicken, das Bond jetzt von der anderen Seite des Mercedes hörte, war jedoch unverkennbar. Er wußte sofort, daß dort eine Pistole durchgeladen worden war.

Bond hielt die ASP wieder in der Hand wie ein Meisterzauberer, der seinen Zauberstab aus der leeren Luft greifen zu können scheint. Aber als er die Waffe hob, flammte eine Taschenlampe auf, und eine wohlbekannte Stimme sprach ihn flüsternd an.

»Stecken Sie das scheußliche Ding weg, mein Lieber. Das würde sich nicht lohnen, und wir wollen doch beide gesund bleiben, nicht wahr?«

16
EPOC

Bond sah den anderen recht deutlich, weil seine Umrisse sich von der etwas helleren Wand abhoben. Sein Gehirn analysierte die Situation in Bruchteilen einer Sekunde und traf eine Entscheidung.

Aufgrund seiner Ausbildung und aus erzogenen Reflexen hätte Bond den Mann mit einem einzigen Schuß – vielleicht gleich aus der Hüfte – erledigt. Diesmal berücksichtigte er blitzschnell mehrere Faktoren, die ihn dazu bewogen, seine Pistole sinken zu lassen.

Die Stimme hatte nicht aggressiv geklungen, was Verhandlungen möglich erscheinen ließ; der andere hatte sich klar, deutlich und unmißverständlich ausgedrückt: »...wir wollen doch beide gesund bleiben, nicht wahr?« Darüber hinaus war die ASP nicht mit einem Schalldämpfer ausgerüstet. Ein Schuß aus einer der beiden Waffen hätte unweigerlich Holys Leute in die Garage gelockt. Andererseits konnte Bond sich vorstellen, daß es Amadeus ebenso wie ihm darum ging, sich die Wölfe vom Leib zu halten.

»Okay, Peter, was gibt's?«

Als Peter Amadeus näherkam, ahnte Bond mehr, als daß er die Pistole wirklich sah, daß die kleinkalibrige Waffe in der Hand des anderen so stark zitterte, daß ein Treffer Zufall gewesen wäre. Der sonst so überlegene, pedantische kleine Mann war sichtbar mit den Nerven am Ende.

»Ich will hier raus, Mister Bond. Und so weit wie möglich von hier fort. Wie ich aus Ihrem Telefongespräch entnommen habe, denken Sie ebenfalls ans Abhauen.«

»Ich fahre los, wenn ich den Befehl dazu bekomme –

von Ihrem Boß. Weiß er übrigens, daß Sie hier draußen unterwegs sind?«

»Wenn ich Glück habe, merkt kein Mensch was davon. Sollte mein Verschwinden auffallen, kann ich nur hoffen, daß niemand mich hier sucht.«

»Peter, Sie kommen überhaupt nicht raus, wenn ich nicht verdammt schnell ins Haus zurückkehre. Wäre es nicht besser für Sie, einfach wie bisher weiterzuarbeiten?«

Amadeus ließ die Pistole sinken, und seine Stimme klang noch etwas hysterischer als bisher. »Unmöglich, Bond! Das halte ich nicht mehr aus! Dieses Haus, diese Leute – vor allem St. John-Finnes – machen mir Angst. Ich kann nicht länger in diesem Haus bleiben!«

»Ja, ich verstehe«, sagte Bond beruhigend. Er konnte nur hoffen, daß der junge Mann nicht noch lauter sprechen und sie verraten würde. »Nehmen wir mal an, es gäbe einen Weg – würden Sie uns dann Ihrerseits helfen? Würden Sie aussagen, was Sie wissen?«

»Ich habe den besten Beweis der Welt«, antwortete der andere etwas ruhiger. »Ich habe das Ballonspiel laufen gesehen. Ich weiß, worum es dabei geht – und das genügt, um den kräftigsten Polizeibeamten zu erschrecken, von mir ganz zu schweigen!«

»Worum geht's dabei?« wollte Bond sofort wissen.

»Das ist mein einziger Trumpf. Wenn Sie mir zur Flucht verhelfen, sage ich Ihnen alles, was ich weiß. Abgemacht?«

»Ich kann noch nichts versprechen.« Bond war sich darüber im klaren, daß ihm nicht mehr viel Zeit blieb. Cindy würde die beiden Wachposten nicht mehr allzulange ablenken können. Er forderte Amadeus auf, seine Pistole wegzustecken. »Falls die anderen mich rauslassen, damit ich ihnen einen Teil ihrer Schmutzarbeit abnehmen kann, nehmen sie garantiert zuerst den Bentley unter die Lupe. Außerdem sind Sie sich doch darüber im klaren, daß Sie durch Ihr Verschwinden etliche Leute gefährden?«

»Ja, ich weiß, aber ...«

»Okay, daran ist jetzt nichts mehr zu ändern. Hören Sie mir gut zu!« Bond erklärte Amadeus so rasch wie möglich die beste Methode, sich unter einem der anderen Wagen in der Garage zu verstecken. Dann drückte er dem jungen Mann seine Autoschlüssel in die Hand. »Die benützen Sie erst, nachdem der Bentley durchsucht worden ist. Das ist natürlich riskant. Irgendwas kann dazwischenkommen, und ich weiß nicht bestimmt, ob sie mich mit meinem eigenen Auto fahren lassen. Und noch etwas: Falls Sie hier aufgespürt werden, haben Sie keine Hilfe von mir zu erwarten. Ich leugne steif und fest, überhaupt mit Ihnen gesprochen zu haben, verstanden?«

»Ja, natürlich«, bestätigte der andere. Er schluckte hörbar.

Bond forderte Amadeus auf, sich im Kofferraum zu verstecken, sobald der Bentley durchsucht worden war. »Wer weiß, ob den anderen nicht einfällt, mir einen bewaffneten Aufpasser mitzugeben ...« Dann gab er ihm letzte Anweisungen für den Fall, daß alles schiefging oder er nicht selbst fahren konnte. Bond klopfte dem kleinen Programmierer auf die Schulter, wünschte ihm alles Gute, kletterte wieder auf den Mercedes und zog sich am Rand des Oberlichts hoch.

Als er in der kühlen Nachtluft flach ausgestreckt auf dem Blechdach lag, wurde ihm klar, daß Cindys Repertoire erschöpft war. Die beiden Wachposten standen ganz in seiner Nähe: unter dem Garagenvordach. Er hörte sie bewundernd darüber sprechen, was sie alles zu sehen bekommen hatten.

Bond blieb noch etwa fünf Minuten lang so liegen und hörte angespannt zu, bis die beiden Männer sich wieder in Bewegung setzten, um ihren Auftrag zu erfüllen und die Vorderfront des Hauses aus verschiedenen Blickwinkeln zu beobachten.

Danach brauchte Bond weitere zehn Minuten, bis er sich ans Fenster zurückgeschlängelt hatte. Er blieb nach jedem Meter wieder liegen und horchte angestrengt zu den patrouillierenden Posten hinüber, die während seiner unbequemen Kriecherei noch zweimal an der Garage vorbeikamen. Schließlich kletterte er übers Fensterbrett in Cindys Zimmer.

»Na, du hast dir aber Zeit gelassen!«

Sie lag auf dem Bett ausgestreckt. Ihr dunkler Körper schimmerte, als sie die schlanken langen Beine bewegte. Cindy war nackt, und Bond, dessen Nervosität wieder verflogen war, trat an ihr Bett.

»Danke, Cindy. Ich habe alles erledigt und...« Er wollte ihr von Amadeus erzählen, überlegte sich die Sache dann aber doch anders. Das hatte Zeit bis später. Cindys Arme schlangen sich um seinen Hals, und Bond spürte, daß er ihr nicht widerstehen konnte.

Nur einmal, als er in sie eindrang, sah er Percys Gesicht und Körper vor sich – dafür so lebhaft, daß er glaubte, ihr Parfüm an Cindy zu riechen.

Es wurde fast schon Tag, als Bond in sein eigenes Zimmer zurückschlich. Das große Haus schien zu schlafen, als bereite es sich auf einen anstrengenden Einsatz vor. Er aß einen Teil des Essens, das auf dem Tablett stehengeblieben war, warf den Rest ins WC und spülte dreimal, bis nichts mehr davon übrig war. Erst danach streckte Bond sich vollständig bekleidet auf seinem Bett aus und versank augenblicklich in einen erfrischenden Schlaf.

Beim ersten Geräusch schreckte er hoch und griff sofort nach seiner ASP.

An der Tür erschien Cindy mit dem harmlosesten Gesicht der Welt und einem Frühstückstablett für Bond. Hinter ihr stand Tigerbalsam, der sein dümmliches Grinsen aufsetzte und ihm erklärte, Professor St. John-Finnes wünsche ihn mittags zu sprechen. »Das bedeutet Punkt zwölf Uhr«, fügte er hinzu. »Ich hole Sie dann ab.«

»Sehr freundlich von Ihnen.« Bond setzte sich auf, aber Cindy war schon fast wieder draußen.

»Cindy!« rief er ihr nach.

Sie drehte sich nicht einmal nach ihm um. »Schönen Tag noch«, sagte sie schnippisch und verschwand nach draußen, ohne ihn eines Blickes zu würdigen.

Bond zuckte leicht besorgt mit den Schultern und begann zu frühstücken, Toast und schwarzen Kaffee. Auf seiner Armbanduhr war es 10.30 Uhr. Um Viertel vor zwölf hatte er geduscht, sich rasiert und frische Sachen angezogen; dabei fühlte er sich besser als am Tag zuvor, weil er der Überzeugung war, selbst M könne jetzt nicht mehr allzulange warten, bevor er gegen Endor losschlage.

Um 11.57 Uhr kreuzte Tigerbalsam wieder auf. Er führte Bond ins Erdgeschoß und den rückwärtigen Teil des Hauses, wo Jay Autem Holy ihn in einem kleinen Raum erwartete, den Bond noch nicht kannte.

Die Einrichtung bestand aus einem Tisch, zwei Stühlen und einem Telefon; die Wände des fensterlosen Raums waren kahl und schmucklos. An der Decke hingen zwei lange Leuchtstoffröhren, und Bond stellte sofort fest, daß der Tisch und die Stühle am Fußboden festgeschraubt waren. Er befand sich auf vertrautem Boden: in einem Vernehmungsraum.

»Herein mit Ihnen, Freund Bond!«

Dr. Holy hob ruckartig den Kopf. Der durchdringende Blick seiner grünen Augen erschien Bond so feindselig wie ein Laservisier. Er erklärte Tigerbalsam, er könne gehen, und forderte Bond mit einer Handbewegung zum Hinsetzen auf. Dann kam er sofort zur Sache.

»Der Plan, von dem Sie gesprochen haben... wie Sie uns die EPOC-Frequenz beschaffen wollen...«

»Ja.«

»Wir brauchen unbedingt die Frequenz, die heute ab Mitternacht für die beiden nächsten Tage gültig ist.«

»Ich kann sie beschaffen, aber...«

»Keine Einwände, James! SPECTRE ist weiterhin sehr unzufrieden damit, daß wir Sie einsetzen wollen. Ich habe von dieser Seite eine Mitteilung erhalten, die ich an Sie weiterzugeben habe.«

Bond wartete. Holy ließ eine Pause von mehreren Sekunden eintreten.

»Die führenden Männer von SPECTRE sagen, daß Sie bereits wissen, daß sie in der Wahl ihrer Mittel nicht zimperlich sind. Weiterhin sagen sie, daß es keinen Zweck hat, Ihnen für den Fall, daß Sie unsere Anweisungen nicht genau befolgen, mit dem Tod oder sonst etwas zu drohen.« Er lächelte schwach. »Ich bin nun einmal zufällig der Überzeugung, daß Sie ganz auf unserer Seite stehen. Sollten Sie ein Doppelspiel treiben, müßte ich zugeben, daß Sie mich reingelegt haben. Aber damit wir alle wissen, wie die Dinge stehen, soll ich Ihnen schildern, was schlimmstenfalls passieren könnte.«

Auch diesmal schwieg Bond und verzog keine Miene.

»Das Unternehmen, an dem wir jetzt alle mitwirken, verfolgt friedliche Ziele, das muß ich ausdrücklich betonen. Es wird natürlich den Gang der Geschichte ändern. Bestimmt verursacht es anfangs auch ein Chaos. Zweifellos ist mit Widerstand von Reaktionären zu rechnen. Aber die Wende wird kommen – und mit ihr der Frieden.« Er sprach das letzte Wort so nachdrücklich aus, als werde es mit Großbuchstaben geschrieben.

»Und?«

»Und die EPOC-Frequenz ist eine unabdingbare Voraussetzung für den Plan von SPECTRE für die friedliche Lösung. Wenn alles wie geplant klappt, gibt's kein oder nur wenig Blutvergießen. Sollte es Verletzte oder Tote geben, ist das die Schuld derer, die sich gegen das Unvermeidliche aufzulehnen versuchen.«

Holy faltete die Hände und legte sie mit der Geste eines freimütigen väterlichen Beraters auf den Tisch.

»Ich habe den Auftrag, Ihnen folgendes mitzuteilen: Sollten Sie uns im Stich lassen oder mit Tricks zu vereiteln versuchen, was sich nicht verhindern läßt, geht das Unternehmen trotzdem weiter – aber die friedliche Lösung kommt dann nicht mehr in Frage. Ohne die EPOC-Frequenz bleibt nur der Weg, der über Terror zum Weltenbrand führt.«

»Ich...«, begann Bond, aber Holy brachte ihn mit einem scharfen Blick zum Schweigen.

»Meine Auftraggeber legen Wert darauf, daß ich Ihnen gegenüber keinen Zweifel daran lasse, daß Sie – und nur Sie allein – für die Leiden und den Tod von Millionen von Menschen verantwortlich sind, falls Sie uns im Stich lassen, die Frequenz nicht beschaffen oder gar versuchen, sie zu verändern. Das ist kein Bluff, James! Wir haben bereits für sie gearbeitet, und ich kann Ihnen sagen, daß ich Angst vor diesen Leuten habe.«

»Hat General Zwingli auch Angst vor ihnen?«

»Er ist ein zäher alter Knabe«, sagte Holy, der jetzt etwas entspannter wirkte. »Ein zäher, aber desillusionierter alter Knabe. Aber auch er hat Angst vor diesen Leuten.« Er legte seine bisher gefalteten Hände mit den Handflächen nach unten flach auf den Tisch. »Joe Zwingli hat das letzte Vertrauen zu seinem Vaterland etwa zu dem Zeitpunkt verloren, an dem auch ich zu der Überzeugung gelangt bin, die Vereinigten Staaten seien eine entartete, selbstsüchtige Nation über Führung korrupter Männer. Mir ist damals klar geworden, daß Amerika wie Großbritannien niemals von innen heraus verändert werden kann. Das muß von außen geschehen. Wir sind gemeinsam auf die Idee gekommen, spurlos zu verschwinden, um aus der Anonymität des... wie soll ich's ausdrücken?... aus der Anonymität des Grabes für eine wahrhaft demokratische Gesellschaftsordnung und den Weltfrieden zu arbeiten.«

»Wie wär's mit der Anonymität eines Friedhofs aus Marmor?« Bond bedauerte sofort, seinem Impuls, dem verschlagenen Wissenschaftler gegenüber unfreundlich zu sein, nachgegeben zu haben.

Die grünen Augen glitzerten hart wie Diamanten. »Benehmen Sie sich nicht unwürdig, James, wenn Sie zu uns gehören.«

»Ich habe mir überlegt, daß das vielleicht der Kommentar der Welt sein könnte.«

»Die Welt wird sich innerhalb der nächsten achtundvierzig Stunden entscheidend verändern. Nur wenige werden sich den Kopf darüber zerbrechen, was ich getan habe. Vielen wird mein Werk neue Hoffnung schenken.«

Bond kam aufs Thema zurück. »Okay, dann fahre ich also heute abend los – falls Sie meinen Vorschlag nach wie vor für den besten halten.«

»Ja, Sie fahren heute abend los und bringen die Sache vorher noch in Gang. Der Sicherheitsoffizier vom Dienst heißt Denton – Anthony Denton.«

»Gut.«

»Kennen Sie ihn?«

Bond nickte zustimmend. Er kannte Tony Denton gut. Sie waren früher zusammen auf mehreren Lehrgängen gewesen und hatten vor einigen Jahren gemeinsam den Auftrag übernommen, einen sowjetischen Überläufer, der sich in die britische Botschaft in Helsinki geflüchtet hatte, heil nach London zu bringen. Ja, er kannte den guten alten Tony Denton, obwohl das nichts ausmachen durfte, falls seine Anweisungen im SIS-Hauptquartier am Regent's Park befolgt worden waren.

»Soviel ich weiß, fängt sein Dienst heute um achtzehn Uhr an«, fuhr Holy fort.

Bond bestätigte, das sei der übliche Dienstbeginn. Jay Autem Holy schlug vor, er solle gegen 18.30 Uhr telefonieren. »Bis dahin ruhen Sie sich am besten noch etwas aus. Wenn Sie gute Arbeit leisten, was Sie tun müssen, um ein reines Gewissen vor den Millionen haben zu können, die Ihnen sozusagen ihr Leben anvertrauen, haben wir alle eine hellere Zukunft vor uns – jene weite, sonnenbeschienene Hochebene, von der ein großer Staatsmann einst gesprochen hat.«

»Ich fahre mit meinem Wagen.« Das war keine Frage, sondern eine Feststellung.

»Wenn Sie unbedingt wollen. Ich muß das Telefon abklemmen lassen, aber dagegen haben Sie bestimmt nichts.«

»Ich brauche lediglich einen Motor und vier Räder.«

Holy gestattete sich ein schwaches Lächeln. Dann machte er wieder ein ernstes Gesicht.

»James...«

Bond wußte plötzlich, daß der andere etwas Unangenehmes sagen würde.

»James, ich halte mich an den Grundsatz, im Zweifelsfall *für* den Angeklagten zu entscheiden. Soviel ich weiß, ist die mannstolle Miß Chalmer gestern abend in Ihrem Zimmer gewesen. Oder genauer gesagt: Sie sind bis in die frühen Morgenstunden in ihrem Zimmer gewesen. Deshalb muß ich Sie fragen, ob Cindy Chalmer versucht hat, Ihnen etwas zu geben? Oder versucht, Ihnen irgend etwas aufzudrängen?«

»Ich will doch nicht hoffen, daß sie...« Dann merkte er, daß dies nicht der richtige Zeitpunkt für frivole Bemerkungen war. »Nein, nichts. Hätte sie mir denn etwas geben sollen?«

Holy starrte die Tischplatte an. »Sie behauptet auch, Ihnen nichts übergeben zu haben. Diese Idiotin! Irgendwann gestern hat sie aus dem Labor ein vermeintlich ziemlich wichtiges Computerprogramm entwendet. Da sie schon früher sehr eigenwillige Züge gezeigt hatte, hatte ich ihr eine kleine Falle gestellt. Das von ihr gestohlene Programm war Schrott, völlig wertlos. Sie behauptet, Sie hätten nichts von ihrem Vorgehen gewußt, und ich neige dazu, ihr das zu glauben. Trotzdem bleibt die Tatsache bestehen, daß sie die Diskette unter Ihren Kleidungsstücken versteckt hat – wo sie gefunden worden ist, James. Cindy hat sich ausführlich dazu geäußert. Sie scheint zu glauben, daß wir Böses im Schilde führen. Deshalb hat sie die Diskette als eine Art Beweismittel entwendet und in Ihrem Zimmer versteckt, um sich überlegen zu können, wie sie gegen mich zu verwenden sei.« Er zögerte. »Wir haben dafür gesorgt, daß die Sache in der Familie bleibt, James – damit meine ich, daß Dazzle und ich sie für uns behalten haben. Meine Partner Rahani und Zwingli könnten sich Sorgen machen und sogar die Vertreter von SPECTRE informieren. Gerade das wollte ich in diesem Fall vermeiden. Solche Familiengeschichten gehen sie nichts an.«

Also konnte selbst eine schlimme Sache wie der angebliche Diebstahl eines Reserveprogramms für das Ballonspiel – von dem offenbar das von SPECTRE geplante Unternehmen abhing – unter den Teppich gekehrt werden. Eine interessante Entwicklung! dachte Bond. Sie zeigte jedenfalls, daß Jay Autem Holy Angst vor SPECTRE hatte, und dieses Wissen ließ sich unter Umständen bei anderer Gelegenheit gewinnbringend verwerten.

»Cindy?« fragte Bond nachdenklich. »Was...«

»Was sie zu erwarten hat? Sie gilt als Mitglied meiner Familie. Sie wird wie ein Kind bestraft und zur Strafe eingespert. Dafür ist Dazzle zuständig.«

»Ihre Frau habe ich in letzter Zeit gar nicht mehr zu Gesicht bekommen.«

»Ja, sie bleibt lieber im Hintergrund, aber sie hat bestimmte Aufgaben zu erfüllen, die für den Erfolg des Unternehmens wichtig sind. Ich wollte Sie wirklich bitten, James, daß die Sache mit Miß Chalmer unter uns bleibt. Behandeln Sie sie bitte als Privatangelegenheit. Wir reden einfach nicht mit anderen darüber, verstanden? Die Sache bleibt zwischen uns, was? Eine persönliche Angelegenheit, die keinen was angeht...«

»Sie ist in der Tat ziemlich persönlich.« Bond hielt lieber den Mund. Was hätte er auch sonst sagen sollen?

Tigerbalsam holte ihn kurz nach 18 Uhr ab. Bond war nicht eingesperrt worden, hatte aber sein Mittagessen von einem jungen Araber in seinem Zimmer serviert bekommen. Tigerbalsam war diesmal sehr höflich.

Sie gingen nach unten in den Vernehmungsraum mit den festgeschraubten Stuhl- und Tischbeinen. Der einzige Unterschied war diesmal ein Tonbandgerät mit Kopfhörer, das ans Telefon angeschlossen worden war.

»Zeit für Ihren Anruf, James.«

Holy war nicht allein. Tamil Rahani stand neben ihm, und zwischen den beiden war General Zwinglis kantiges, faltiges Gesicht zu erkennen.

»Ich kann nicht dafür garantieren, daß die Sache klappt.« Bonds Stimme klang ruhig und ausdruckslos. So ruhig, daß sie General Zwingli zu imponieren schien, der sich jetzt zwischen seinen Partnern hindurchdrängte und ihm eine lederartige gebräunte Hand entgegenstreckte.

»Freut mich, Sie kennenzulernen, Commander Bond.« In seiner Stimme klang ein leichter Südstaatenakzent an. »Mein Name ist Joe Zwingli, und ich wollte Ihnen alles Gute wünschen, mein Sohn. Hängen Sie sich richtig *rein*! Sie tun's für eine große Sache – um Ihr Land und meines wieder auf die Beine zu stellen und ihnen inmitten der gegenwärtigen Orientierungslosigkeit eine neue Ordnung zu geben.«

Bond wollte den Alten nicht enttäuschen. Aber ein SPECTRE-Unternehmen, das nicht ausschließlich eigennützigen Zwecken diente, würde niemals ausgeheckt werden.

Er spielte überzeugend mit. »Ich tue mein Bestes, Sir!« versicherte er Zwingli.

Dann setzte er sich an den Tisch und wartete, bis Holy das Tonbandgerät eingeschaltet hatte und ihm mit aufgesetztem Kopfhörer das Zeichen gab, er könne anfangen.

Bond nahm den Hörer ab und wählte auf dem Tastenfeld die Nummer des kleinen Gebäudes, in dem der SIS-Offizier vom Dienst im Außenministerium seine Zwölfstundenschicht gemeinsam mit Fernschreibern, Entschlüßlern, Funkern und Operatoren verbrachte. Zwei Schichten pro Tag, beide jeweils zwölf Stunden lang.

Die Telefonnummer, die Bond in Wirklichkeit gewählt hatte, war eine überwachte Geheimnummer, die nur SIS-Außendienstlern bekannt war. Sie war Tag und Nacht besetzt und konnte eine Vielzahl von Identitäten besitzen, je nachdem welche Unternehmen gerade durchgeführt wurden. An diesem Abend stellte sie die Verbindung zu einer chinesischen Wäscherei in Soho, einem Funktaxiunternehmen, einem französischen Restaurant und – notfalls – auch zu dem Sicherheitsoffizier vom Dienst im Außenministerium her. Für diesen Zweck war sie seit Bonds Anruf über das Autotelefon seines Bentleys speziell aktiviert worden. Falls ein Anruf kam, würde er nur an einen bestimmten Mann weitergeleitet werden. Das Telefon klingelte viermal, bevor jemand abhob. »Hallo?« Am anderen Ende meldete sich eine ausdruckslose Männerstimme.

»Geben Sie mir bitte Tony Denton – den O. v. D.«

»Wer möchte ihn sprechen?«

»Raubtier.«

»Bleiben Sie bitte am Apparat.«

Bond sah Holy lächeln, denn als sie über seinen Plan gesprochen hatten, hatte er sich geweigert, seinen SIS-Decknamen preiszugeben. Jay Autem Holy hielt ihn offenbar für sehr passend.

Sie warteten, während der Anruf zu Bill Tanner durchgestellt wurde, der sich dann in der Rolle des Sicherheitsoffiziers im Außenministerium meldete.

»Denton. Ich dachte, Sie gehören nicht mehr zu uns, Raubtier. Dies ist ein irregulärer Anruf. Ich muß leider auflegen.«

»Tony! Warte doch!« Bond beugte sich über den Tisch. »Ich rufe wegen einer dringenden Sache an. Ja, ich bin draußen – sofern man jemals draußen sein kann –, aber ich habe etwas für den Service sehr Wichtiges mit dir zu besprechen. Etwas *wirklich* Wichtiges!«

»Bitte weiter.« Die Stimme am anderen Ende klang zweifelnd.

»Nicht am Telefon. Das wäre zu unsicher. Du bist der einzige, der mir eingefallen ist. Ich muß dich persönlich sprechen, Tony. Unbedingt! Konsul.«

Bond hatte das Standardschlüsselwort für äußerste Notfälle benutzt. Am anderen Ende entstand eine kurze Pause.

»Wann?«

»Noch heute abend. Vor Mitternacht. Ich kann zu dir kommen, glaube ich. Bitte, Tony, nimm dir die Zeit für mich!«

Diesmal war die Pause länger. »Wenn du mir irgendwas vormachst, sitzt du morgen früh wegen Geheimnisverrats im West End Central hinter Gittern. Am besten kommst du so schnell wie möglich her. Ich sorge dafür, daß du reingelassen wirst. Verstanden?«

»Gut, ich komme noch vor Mitternacht.«

Bonds Stimme klang erleichtert, aber am anderen Ende wurde aufgelegt, bevor er den Hörer vom Ohr nahm.

»So, das war die erste Hürde.« Holy stellte das Tonbandgerät ab. »Jetzt müssen Sie überzeugend wirken, wenn Sie dort sind.«

»Bisher ist die Vorstellung ausverkauft.« Tamil Rahani war sichtlich zufrieden. »Der Kurier bringt die Frequenz gegen dreiundzwanzig Uhr fünfundvierzig aus Cheltenham herüber?«

»Ja, falls der amerikanische Präsident sich im Ausland

aufhält.« Bond sah dem anderen in die Augen und versuchte, seinen Geisteszustand zu erkennen.

Rahani lachte. »Oh, er ist außer Landes. Darüber besteht kein Zweifel, Commander Bond. Absolut kein Zweifel.«

»Wenn Sie hier um Viertel vor zehn wegfahren, kommen Sie garantiert rechtzeitig hin.« Holy nahm den Kopfhörer ab. »Unsere Gedanken begleiten Sie, James. Die ganze Zeit über!«

17

Im zweiten Stock

Der metallene Antennenwald über der massiven Ansammlung von Regierungsgebäuden, die von der Downing Street aus Whitehall und Parliament Street flankierten, weckt Gedanken an durch den nächtlichen Äther fliegende Blitzmeldungen, an Telefone, die Minister wecken, die dann gefährliche Krisen zu bewältigen haben, und an von fernen Botschaften eingehende wichtige Depeschen.

Tatsächlich gehen bei diesen staatlichen Dienststellen nur unverschlüsselte Meldungen ein. Geheime und dringende Meldungen laufen im allgemeinen durch den G.C.H.Q.-Komplex außerhalb von Cheltenham – oder eine seiner zahlreichen Außenstellen. Von dort aus werden sie in das als Century House bekannte geheimnisvolle Gebäude oder ins SIS-Hauptquartier am Regent's Park weitergeleitet. Verschlüsselte Meldungen fürs Außenministerium laufen dann nicht in Whitehall ein, sondern sind für eine andere Adresse bestimmt: ein unauffälliges, schmales vierstöckiges Gebäude in der Northumberland Avenue. Die Übermittlungswege reichen von einem schlichten Kurier über den Fernschreiber bis zur Telefonstandleitung mit zwischengeschalteten Scramblern.

Falls romantisch Veranlagte glauben sollten, der SIS-Offizier vom Dienst, der sich mit dem Titel *Duty Security Officer, Foreign Office* schmücken kann, schleiche nachts mit Taschenlampe und uniformierten Komplicen durch die Korridore des Außenministeriums, würden sie sich gewaltig irren. Der S.D.O.F.O. schleicht nirgends herum. Er sitzt in dem Haus an der Northumberland Avenue und hat den Auftrag, dafür zu sorgen, daß alle verschlüsselten Meldungen fürs Außenministerium geheim bleiben und an die richtige Adresse gelangen. Darüber hinaus hat er eine Unmenge vertraulichen Materials aus britischen Quellen im Ausland und Anfragen ausländischer Regierungen weiterzuleiten. Vor allem Staats- und Regierungschefs befreundeter Mächte erwarten Unterstützung vom Außenministerium. Sie wird ihnen im allgemeinen vom D.S.O.F.O. zuteil.

Zu dieser wenig bekannten Seitenstraße der Northumberland Avenue war James Bond jetzt mit seinem Mulsanne Turbo unterwegs.

Kurz nach 21.30 Uhr hatten sie ihn zur Garage begleitet und sich vergewissert, daß er Geld, Kreditkarten, seine ASP und genügend Benzin hatte. Holy, Rahani und Zwingli hatten ihm nacheinander die Hand gedrückt. »Freut mich, daß Sie zu unserem Team gehören«, hatte Zwingli dabei gemurmelt. Um 21.45 Uhr war der Bentley auf den knirschenden Kies der Wendefläche hinausgefahren, hatte einmal auf- und abgeblendet und war die Zufahrt entlang Richtung Banbury davongerauscht.

Von Banbury aus blieb Bond auf der ihm zugewiesenen Route: geradewegs zur Autobahn M4 und auf ihr weiter nach London.

Er erkannte keine Verfolger, obwohl er nicht daran zweifelte, daß er beschattet werden würde. Aber das machte ihm keine Sorgen. Die Straße, die sein Ziel in London war, blieb für alle unbefugten Fahrzeuge gesperrt, so daß er kaum damit rechnen mußte, noch beobachtet zu werden, sobald er den Wagen geparkt hatte.

Bond riskierte, von einer Polizeistreife gestoppt zu werden, und legte die Strecke mit hoher Geschwindigkeit zurück. Zahlreiche dumpfe Geräusche und polternde Laute bewiesen ihm, daß Peter Amadeus es geschafft hatte, sich im Kofferraum seines Wagens zu verbergen. Der kleine Programmierer mußte sich dort hinten schrecklich unwohl fühlen. Bond hielt bei einer

Tankstelle am Flughafen Heathrow, um vollzutanken, und hatte dabei Gelegenheit, etwas frische Luft in den Kofferraum zu lassen und sich davon zu überzeugen, daß Amadeus noch gesund und munter war. Er erklärte ihm flüsternd, er könne ihn jetzt nicht aussteigen lassen, aber die Fahrt werde nicht mehr allzulange dauern.

Keine vierzig Minuten später war Amadeus wieder frei: nach der Fahrt im beengten Kofferraum steif und verkrampft, aber trotzdem wie erwartet dankbar.

»Kommen Sie, hier können Sie Ihre Dankbarkeit beweisen.« Bond faßte ihn energisch am Arm und führte ihn zum beleuchteten Eingang des Terrassenhauses.

Durch eine Schwingtür gelangten sie in eine mit Marmor ausgekleidete Eingangshalle mit einem Lift, der sie in den zweiten Stock brachte. Dort saß ein muskulöser Zivilist hinter einem Schreibtisch, von dem er sich halb erhob, um zu fragen, was sie wünschten.

»Raubtier«, knurrte Bond ihn an. »Melden Sie Raubtier und einen Freund.« Das sagte er, ohne zu lächeln.

Weniger als eine Minute später wurden sie rasch durch einen Korridor in einen größeren Raum geführt. Die roten Samtvorhänge waren zugezogen. Über dem Kamin hing ein Porträt der Königin; ein weiteres von Winston Churchill zierte die gegenüberliegende Wand. Der größte Teil des Raumes wurde von einem langen, auf Hochglanz polierten Konferenztisch eingenommen.

Sechs Gesichter blickten ihnen entgegen. M saß oben am Tischende, hatte Bill Tanner rechts neben sich und wurde links von einem Mann flankiert, dessen Gesicht Bond bekannt vorkam. Major Boothroyd, der Waffenmeister und Leiter der Abteilung Q, saß rechts neben Tanner und hatte Lady Freddie Fortune neben sich.

Bond hatte keine Zeit, sich über Freddies Anwesenheit zu wundern, denn das sechste Mitglied dieses Empfangskomitees sprang von seinem Stuhl auf, um ihm um den Hals zu fallen.

»James, Liebling! Oh, wie ich mich freue, dich wiederzusehen!«

Percy Proud schien völlig vergessen zu haben, daß sie nicht allein waren; sie umklammerte Bond, als wolle sie ihn nie mehr loslassen.

»Commander Bond! Miß Proud!« M war sichtlich schockiert. »Ich ... äh ... ich denke, daß wir Wichtigeres zu erledigen haben.«

Er machte sich aus Percys Umarmung frei, begrüßte die anderen und stellte Peter vor. »Ich glaube, daß Doktor Amadeus uns weiterhelfen kann.« Bond blickte so häufig mißtrauisch zu Freddie Fortune hinüber, daß M schließlich sagte: »Lady Freddie gehört seit einigen Jahren zu uns. Sie hat gute Arbeit geleistet – vor allem bei Unterwanderungsaufträgen. Erstklassige Kraft, Nullnullsieben. Vergessen Sie, daß Sie sie hier gesehen haben.«

Bond sah Freddies ruhigen Blick auf sich gerichtet und erwiderte ihm mit einem spöttischen Lächeln und hochgezogenen Augenbrauen. Dann erklärte M die Besprechung für eröffnet.

»Ich nehme an, daß Endor inzwischen besetzt worden ist, Sir...«, begann Bond.

»Richtig, Nullnullsieben. Ja, wir sind ungefähr eine Stunde nach Ihrer Abfahrt dort eingedrungen, aber die Vögel waren bereits ausgeflogen. Ich glaube nicht, daß zuletzt noch viele im Haus gewesen sind. Die anderen scheinen sich in Luft aufgelöst zu haben. Wir dachten, Sie könnten uns mehr darüber erzählen...«

»Ich habe Anweisung, auf derselben Route dorthin zurückzufahren.« Bond erinnerte sich daran, wie verlassen ihm das Haus Endor an diesem Morgen vorgekommen war – und daß er zuerst nur Cindy und den Araber sowie später Tigerbalsam, Holy, Rahani und Zwingli gesehen hatte.

»Die Autos waren noch da.« Er merkte, daß das ein etwas dürftiger Kommentar war. »Alle drei standen in der Garage.«

»Als unsere Leute hingekommen sind, haben sie nur zwei vorgefunden.« Der Kollege, dessen Gesicht Bond kannte, ohne seinen Namen nennen zu können, fungierte offenbar als Verbindungsoffizier.

»Wie steht's mit meinem Mädchen? Was ist mit Cindy?« Percy berührte seinen Ärmel, und Bond konnte ihr nicht in die Augen sehen.

»Tut mir leid, das weiß ich nicht genau. Sie hat mir letzte Nacht sehr geholfen. Sie hat sogar versucht, eine Diskette mit ihrem Hauptprogramm zu klauen – mit der Simulation des gegenwärtig laufenden Ausbildungsprogramms.« Er wandte sich an M. »Dahinter steht wieder einmal SPECTRE, Sir, haben Sie das gewußt?«

»Nein, tatsächlich?« M konnte eisig sarkastisch sein. »Diese verbrecherische Organisation befindet sich also wieder auf dem Kriegspfad, was?«

»Du hast mir noch nicht gesagt, was mit Cindy ist.« Percy hielt jetzt seinen Arm umklammert.

»Tut mir leid, das weiß ich nicht, Percy. Keine Ahnung.« Bond schilderte ihr die Ereignisse der vergangenen Nacht, ließ allerdings aus, was nach seiner Rückkehr in Cindys Zimmer geschehen war, und wiederholte den Inhalt seines morgendlichen Gesprächs mit Holy.

»Wir haben also keine Vorstellung von dieser Simulation?« M entlockte seiner Pfeife dichte Rauchwolken.

»Wenn ich mal was dazu sagen darf...« Alle sahen zu Amadeus hinüber. »Ich habe die Simulation laufen gesehen. Das ist schon ein paar Wochen her. Ich konnte eines Nachts nicht schlafen und bin gegen drei Uhr ins Labor hinuntergegangen. Jason hat im sogenannten Kriegsraum gesessen, den Mister Bond auch kennt. Er war so in seine Beschäftigung vertieft, daß er mich gar nicht hörte.« Der kleine Mann fuhr sich mit dem Handrücken über die Stirn. »Das war, bevor alle diese großen Trampel – lauter schießwütige Kerle – aufgekreuzt sind. Bevor ich so nervös geworden bin, daß ich's dort nicht mehr aushalten konnte.«

M machte ein unbehagliches Gesicht, als schmecke ihm seine Pfeife nicht mehr.

»Na, sieh dich ruhig einmal um, Pete, denke ich mir. Wer weiß, vielleicht bekommst du mit, was die Ganoven als nächstes vorhaben. Sie sprechen von einem Ballon...«

»Richtig, vom Ballonspiel«, warf Bond ein.

»Ich hab's schon gesehen – Sie nicht. Ich habe das Wort, Mister Bond, bitte.« Er sah sich um, als genieße er es, im Mittelpunkt der allgemeinen Aufmerksamkeit zu stehen. »Wie ich bereits gesagt habe, sprechen sie von einem Ballonspiel, aber das Ganze hat mit einem Unternehmen Richemond zu tun.«

M runzelte die Stirn, während er diesen Decknamen vor sich hin murmelte.

»Die Simulation scheint auf einem Flughafen zu spielen«, fuhr Amadeus mit leicht erhobener Stimme fort. »Auf keinem der ganz großen. Ich habe ihn nicht erkannt, aber das braucht nichts zu besagen. Die Handlung beginnt in einem Bürokomplex gleich links vom Abfertigungsgebäude. Es geht dabei viel um Autos und die richtige Aufstellung von Männern. Soviel ich erkennen konnte, war es Zweck der Übung, einen bestimmten Mann zu liften.«

»Liften?« erkundigte M sich.

»Entführen, Sir«, erklärte Bond ihm.

Amadeus warf ihnen einen scharfen Blick zu und machte dann ein finsteres Gesicht, um zu zeigen, daß er keine Unterbrechungen wünschte. »Dieser Kerl wird also entführt, und danach werden mehrmals die Fahrzeuge gewechselt... Sie wissen schon: Er wird irgendwohin gefahren, wechselt dort den Wagen und fährt weiter. Dann spielt die Handlung auf einem viel kleineren Flugplatz. Ein winziger Platz mit einem kleinen Kontrollturm, einem Hauptgebäude, einem Hangar – und einem was? Einem Luftschiff!«

»Luftschiff?« wiederholte Bond überrascht.

»Daher das Ballonspiel. Sie gelangen mit Hilfe des Entführten auf diesen Platz. Das Ganze scheint schrecklich kompliziert zu sein: drei Autos, zwölf Männer und die Geisel, falls der Entführte eine ist. Das Ergebnis? Sie übernehmen den ganzen dortigen Laden. Der Schluß hat damit zu tun, daß das Luftschiff irgendwohin fahren soll. Die Sache ist sehr technisch geworden, und ich ...«

»Stabschef!« sagte M laut. »Los, los, überprüfen Sie die Sache! Wir wissen, daß das Ding da ist, weil's auf dem Tagesprogramm steht. Ich hab's selbst gesehen. Die Sicherheitsbeauftragten des Präsidenten, der Premierminister und des sowjetischen Generalsekretärs sind konsultiert worden und haben ihr Einverständnis erklärt. Das Luftschiff soll morgen vormittag auf einer Demonstrationsfahrt vorgeführt werden.«

Bill Tanner war bereits draußen, bevor M ausgesprochen hatte.

Auf Bonds Gesicht standen alle möglichen Fragen, als er jetzt zu seinem Chef hinübersah. »Sir, ich habe in letzter Zeit keine Nachrichten mehr gesehen oder gehört. Sogar mein Autoradio ist abgeklemmt worden. Könnten Sie ...«

»Ja, natürlich.« M lehnte sich zurück. »Jetzt haben wir zumindest eine gewisse Vorstellung davon, worum es geht. Wir wissen, wann und wie etwas passieren soll. Was? Hmmm, das ist etwas ganz anderes.«

»Sir?« faßte Bond nach.

»Die Sache ist ziemlich lange geheimgehalten worden – trotz der seit Monaten laufenden Vorbereitungen«, begann M. »Die Klärung aller organisatorischen Fragen dauert immer verdammt lange, und alle Teilnehmer wollten jegliches Aufsehen vermeiden. Heute abend treffen die Teilnehmer eines Gipfeltreffens in Genf ein. Tatsächlich findet die erste Sitzung bereits *heute* abend statt. Das ganze Hotel Richemond ist für drei Tage mit Beschlag belegt ...«

»Von wem, Sir?«

»Sowjetunion, USA, Großbritannien, Frankreich und Bundesrepublik Deutschland. Der amerikanische Präsident, der französische Staatspräsident, der Generalsekretär der KPdSU, der deutsche Bundeskanzler und unsere Premierministerin – mit allen zivilen und militärischen Beratern und sonstigen Mitarbeitern. Mit ihrem gesamten Troß. Bei den Gesprächen geht es um Abrüstung und eine sicherere, bessere Zukunft für uns alle. Die üblichen Wolkenschlösser.«

»Und das Luftschiff?« Bond wurde von schlimmen Vorahnungen geplagt. Je mehr er über diese Sache hörte, desto weniger gefiel sie ihm.

»Die Firma Goodyear hat ihr Luftschiff *Europa* gegenwärtig in der Schweiz stationiert. Als der Termin der Gipfelkonferenz bekanntgegeben worden war, bat sie um die Erlaubnis, auf einer sogenannten Goodwill-Mission das Hotel Richemond überfahren zu dürfen. Die *Europa* liegt im Augenblick auf einem kleinen Privatflugplatz am Genfer See, der von der Rettungsflugwacht und einigen Sportfliegern benützt wird.«

»Aber wann hat Goodyear das arrangiert?« Bond hatte bisher kein Wort über dieses geplante Gipfeltreffen gehört.

M schüttelte den Kopf. »Sie wissen doch, wie so was läuft, Nullnullsieben. Die Luftschiffeinsätze werden ein Jahr im voraus geplant. Die *Europa* wäre auf jeden Fall am Genfer See gewesen, um Werbeflüge zu machen. Und als dann der Konferenztermin bekanntgegeben worden war, bat Goodyear um diese Erlaubnis.«

Percy begriff, worauf Bond hinauswollte. »Doktor Amadeus, wann haben Sie zum erstenmal von diesem Ballonspiel gehört?«

»Vor ungefähr vier Monaten«, antwortete er. »Vor vier bis fünf Monaten.«

»Und der Gipfel...?« fragte Bond.

»Der wird seit fast einem Jahr vorbereitet«, erklärte M ihm. »Informationen darüber waren eigentlich nur diplomatischen Kreisen zugänglich. Die Presse hat ausnahmsweise dichtgehalten, obwohl sie davon gewußt haben muß.«

Bill Tanner kehrte mit der Meldung zurück, daß er mit Genf telefoniert habe.

»Ich habe mit dem Sicherheitsbeauftragten von Goodyear auf dem Flugplatz gesprochen. Wir haben gemeinsam die Schweizer Polizei alarmiert. Sie sperrt ab sofort den Platz ab, so daß nur noch das Goodyear-Personal Zutritt hat. Das sind dreißig bis fünfunddreißig Leute: die Bodenmannschaft, Mechaniker, zwei Piloten und ein paar Werbeleute. Niemand, der nicht zu der Goodyear-Mannschaft gehört, darf auf den Platz. Damit wäre alles in Ordnung, Sir.«

»Danke. Gut, Nullnullsieben, jetzt brauchen wir nur noch den Rest dieser unangenehmen Geschichte zu erledigen. Haben Sie schon eine Idee?«

Bond wurde lediglich von einer einzigen Idee beherrscht.

»Ich brauche die EPOC-Frequenz, Sir – unter allen Umständen die richtige, für den Fall, daß die anderen sie bereits haben, weil ich SPECTRE alles zutraue und diese Leute es übernommen haben, die Schmutzarbeit für unsere Freunde zu erledigen.«

»Ah, ganz recht, die EPOC-Frequenz. Die haben Sie in Ihrer Mitteilung erwähnt. Das hat uns nachdenklich gemacht. Erzählen Sie uns davon, Nullnullsieben.«

Bond schilderte die Vorgeschichte in knapper Form, aber mit sämtlichen Details, ohne etwas auszulassen.

»Sie haben behauptet, das sowjetische Gegenstück und die Notfallcodes der Sowjetunion und der USA zu besitzen. Das glaube ich ihnen sogar, Sir.«

M nickte zustimmend. »Ja, SPECTRE ist bei der Informationsbeschaffung schon immer erstaunlich clever gewesen. Nur gut, daß wir den Goodyear-Flugplatz unter Bewachung gestellt haben, Stabschef. Sorgen Sie dafür, daß die Schweizer die Sache mit dem nötigen Ernst betreiben, und halten Sie Verbindung zu den Goodyear-Leuten.«

Er spielte mit seiner Pfeife, während er seine eigene Theorie ausspann. Falls sie die Notcodes der Vereinigten Staaten und der Sowjetunion sowie die dazugehörigen Frequenzen hätten und falls es den Agenten von SPECTRE gelänge, in die Nähe der beiden Spitzenpolitiker zu kommen, könnten sie gefälschte Befehle erteilen.

»Dazu müßten sie das Luftschiff kapern«, warf Bond ein, »und einen starken Sender an Bord installieren. Dann brauchte die *Europa* nur noch über den Tagungsort zu fahren, an dem die Konferenzteilnehmer versammelt sind...«

»Richtig, Nullnullsieben! Auf diese Weise würde dem amerikanischen Satelliten – und vermutlich auch dem russischen – suggeriert, die Anweisungen kämen aus dem Richemond.«

Es gab zwei Möglichkeiten: ein Überfall mit Nuklearwaffen, den eine der beiden Supermächte auslöste, oder ein atomarer Schlagabtausch, der beide vernichtete und die beiden großen Kontinente über Jahrzehnte hinweg unbewohnbar machte. Beide waren undenkbar, wie M laut feststellte. Bond wies darauf hin, daß Jay Autem Holy nur von Frieden gesprochen habe.

»Ich sehe die Gefahr, daß sie auf ihren Reserveplan zurückgreifen, falls ich nicht mit der EPOC-Frequenz zurückkomme«, stellte er fest.

»Es gäbe eine Alternative: Pflugscharen«, sagte M in einem Tonfall, als spreche er von etwas, das der Wunschtraum aller sein müsse. »Pflugscharen – und das zweifellos vorhandene sowjetische Gegenstück.«

Percy erkundigte sich, was Pflugscharen bedeute, und M erklärte ihr lächelnd, dies sei der Code, mit dem alle Atomwaffen – zumindest die Masse dieser Waffen – in Schrott verwandelt werden könnten. Er teilte den Anwesenden gelassen mit, es gebe einen Code, der auf der EPOC-Frequenz übermittelt werden und die Entschärfung aller taktischen und strategischen Atomwaffen bewirken könne.

»Man rechnet damit, daß dieser Vorgang in den Vereinigten Staaten etwa vierundzwanzig Stunden in Anspruch nehmen würde. In der Sowjetunion würde er etwas länger dauern, schätze ich. Wie es stets eine Maschinerie gegen die Auslösung des Jüngsten Tages gegeben hat, gibt es seit etwa drei Jahrzehnten eine zur Verwandlung von Schwertern zu Pflugscharen.«

M schob die Lippen vor und wartete, bis die anderen seine Mitteilung verdaut hatten, bevor er weitersprach.

»Sie existiert für den Fall einer Katastrophe wie die fast völlig Lähmung der Streitkräfte durch Nervengas oder eines echten Patts. Natürlich hat man stets gehofft, daß dieser Befehl einmal aufgrund einer Übereinkunft der beiden Supermächte erteilt werden würde. Diese Möglichkeit ist potentiell ebenso gefährlich wie ein atomarer Schlagabtausch, denn sie könnte die Supermächte destabilisieren, indem das nukleare Gleichgewicht mit einem Schlag beseitigt wird. Tut man das, macht man die Bahn frei für Gewalt, Revolution und Chaos.«

Bond habe recht, entschied M zuletzt. Er solle die EPOC-Frequenz, einen Peilsender, einige der kleinen Überraschungen des Waffenmeisters, und ein gutes Überwachungsteam mitbekommen. »Dann können Sie zurückfahren, wo Sie hergekommen sind, Nullnullsieben. Irgendwo unterwegs werden Sie abgefangen, und wir beschatten Sie – das ist völlig ungefährlich, solange das Team sich im Hintergrund hält.«

Damit war die Besprechung offiziell zu Ende. Major Boothroyd verschwand mit Bond nach nebenan, wo er ihm drei winzige Peilsender in seine Kleidung und einen vierten als Glücksbringer in den rechten Absatz steckte. Danach gab er Bond mehrere kleine Waffen und ließ ihn fünf Minuten lang mit Percy allein.

Sie klammerte sich an ihn, küßte ihn und bat ihn, um Himmels willen vorsichtig zu sein. Bond versicherte ihr, sie würden noch viel Zeit füreinander haben, sobald dieser Auftrag durchgeführt sei, denn schließlich dauere die Heuernte den ganzen Sommer hindurch. Percy lächelte das wissende, rätselhafte Lächeln aller Frauen, die das bekommen haben, was sie immer schon wollten.

Im Konferenzzimmer erhielt er dann die seit Mitternacht gültige EPOC-Frequenz. Es war inzwischen kurz vor ein Uhr, als Bill Tanner ihm die letzten hastigen Anweisungen gab.

»Wir empfangen Ihre Peilsender bereits mit zwei Geräten«, stellte er fest. »Machen Sie sich keine Sorgen, James – ihre Reichweite beträgt fast zwanzig Kilometer. Der Wagen hinter Ihnen bleibt ungefähr zwei Kilometer hinter Ihnen. Das vordere Fahrzeug ist bereits unterwegs. Wir kennen Ihre Strecke und greifen ein, sobald Sie davon abweichen. Dafür steht ein SAS-Team bereit, dessen Hubschrauber binnen weniger Minuten an jedem von Ihnen gewünschten Ort sein kann. Alles Gute!«

Selbst mitten in London war der Verkehr jetzt merklich schwächer. Bond brauchte keine zwölf Minuten bis zur Hammersmith-Überführung und damit zur Autobahn M4. Sie waren sich darüber einig gewesen, daß Holy und Rahani erst in Erscheinung treten würden, wenn der Bentley die Autobahn verlassen hatte.

Kurz nach der Ausfahrt zum Flughafen Heathrow passierte es dann.

Zuerst zwangen zwei noch schneller fahrende Wagen den Bentley dazu, die dritte Spur freizumachen. Bond bedachte die Raser mit einem kräftigen Fluch und wechselte in die mittlere Spur über. Bevor er begriff, was geschah, verringerten die anderen Wagen ihr Tempo, blieben neben ihm und zwangen ihn dazu, in der Mitte zu bleiben, während auf der langsamen Spur zwei Lastzüge auftauchten.

Bond gab Gas, um auf der mittleren Spur davonzufahren, aber die vier anderen Fahrzeuge blieben genau neben ihm, während seine eigene Spur jetzt von einem riesigen, langsamer fahrenden Kühllaster versperrt wurde.

Er mußte bremsen und beobachtete ungläubig, wie sich die Hecktüren des Kühllasters öffneten und eine Rampe ausgefahren wurde, deren unteres Ende auf kleinen Rädern lief, während eine Metallgitterschleppe die Verbindung zur Fahrbahn herstellte.

Die Wagen rechts neben ihm und die Lastzüge auf der anderen Seite drängten näher heran; sie arbeiteten wie Hirtenhunde zusammen, bis Bond keine andere Möglichkeit mehr blieb. Die Vorderräder des Bentleys berührten mit einem leichten Ruck die Rampe. Während das Lenkrad zwischen seinen Händen flatterte, gab Bond kurz Gas und glitt nach vorn in eine große weiße rollende Garage.

Hinter ihm knallten die Türen zu. Licht flammte auf, und die Fahrertür wurde aufgerissen. Simon stand mit einer unter den Arm geklemmten Uzi neben dem Bentley.

»Gut gemacht, James. Tut mir leid, daß wir Sie nicht vorher warnen konnten. Jetzt dürfen wir keine Zeit verlieren. Ziehen Sie sich aus! Wir haben Ihnen andere Sachen mitgebracht. Los, los, alles ausziehen! Auch die Schuhe – für den Fall, daß die anderen mißtrauisch geworden sind und Ihnen einen Peilsender angehängt haben.«

Hände griffen nach seinen Kleidungsstücken, rissen sie ihm vom Leib und gaben ihm andere: Socken, Unterwäsche, graue Flanellhose, weißes Hemd, Krawatte, Blazer und weiche Mokassins.

Als er sich umdrehte, stand Simon, der jetzt eine Chauffeursuniform trug, hinter ihm, und der Kühllaster bremste ab, als wollte er in eine Ausfahrt abbiegen. Bond bekam seine ASP zurück – als Vertrauensbeweis? Er fragte sich, ob die Waffe geladen war.

Das Team hatte so rasch und geschickt gearbeitet, daß

Bond kaum begriffen hatte, was mit ihm geschehen war. Als der Kühllaster jetzt mit pfeifenden Druckluftbremsen zum Stehen kam, riß Simon die hintere Tür des Bentleys auf und stieß Bond auf den Rücksitz. Im nächsten Augenblick öffneten sich die Hecktüren des großen Fahrzeugs, und Simon, der am Steuer saß, ließ den Mulsanne Turbo die Rampe hinabrollen.

»Gut gemacht, James!« sagte Jay Autem Holy neben ihm. »Sie haben die Frequenz doch?«

»Ja.« Seine Stimme klang heiser.

»Das hab' ich gewußt! Gut, sagen Sie sie mir jetzt.«

Bond betete die Ziffern herunter.

»Wohin fahren wir?«

Holy wiederholte die Frequenz und forderte ihn auf, sie zu bestätigen. Unterdessen waren sie bereits wieder zur Autobahn unterwegs.

»Wohin wir fahren, James? Das braucht nicht Ihre Sorge zu sein. Wir sind kurz davor, einen weltgeschichtlichen Augenblick mitzuerleben. Unser erstes Ziel ist der Flughafen Heathrow. Alle Formalitäten sind erledigt. Da wir etwas Verspätung haben, können wir direkt zu unserem Privatjet fahren. Wir fliegen in die Schweiz. Der Flug dauert nicht lange. Danach machen wir eine weitere kleine Autofahrt. Und zuletzt besteigen wir noch ein anderes Luftfahrzeug. Die Einzelheiten erkläre ich Ihnen später. Vorerst zu Ihrer Information: Gestern morgen, lange bevor Sie zum Frühstück aufgewacht sind, hat das Team aus Erewhon bei Tagesanbruch ein höchst erfolgreiches Unternehmen durchgeführt. Es hat einen kleinen Flugplatz und ein Luftschiff in seine Gewalt gebracht. Morgen früh machen wir alle gemeinsam eine Fahrt mit dem Luftschiff, James. Um den Gang der Geschichte zu ändern.«

Knapp zwei Kilometer hinter ihnen war dem Beobachter im Verfolgerfahrzeug aufgefallen, daß der Wagen, den sie beschatten sollten, kurz vor der Autobahn abgebogen zu sein schien. »Wir kommen ihm näher. Das verstehe ich nicht. Soll ich die Sache melden?«

»Erst in ein paar Minuten.« Der Fahrer veränderte seine Sitzhaltung.

»Ah, doch nicht!« Der Beobachter starrte den sich bewegenden Lichtpunkt an, der Bonds Peilsender bezeichnete. »Nein, alles in Ordnung. Anscheinend haben Sie recht gehabt. Er fährt weiter nach Westen. Jede Wette, daß sie ihn zwischen Oxford und Banbury schnappen!«

In Wirklichkeit war der Bentley soeben auf der Gegenfahrbahn an ihnen vorbeigefahren und raste zum Flughafen Heathrow und dem bereitstehenden Geschäftsreiseflugzeug zurück.

18

Der fliegende Teppich

Der Learjet trug unübersehbar das Goodyear-Firmenzeichen auf seinem schlanken Rumpf und am Seitenleitwerk: die Worte *Good* und *Year* mit der geflügelten Sandale zwischen sich. Das Flugzeug trug eine britische Zulassung.

Bond widerstand der Versuchung, einen Fluchtversuch zu unternehmen, irgend jemand auf sich aufmerksam zu machen oder einfach nur Krach zu schlagen. Ernüchternd wirkte die Erkenntnis, daß er als einzelner ein halbes Dutzend Bewaffneter gegen sich hatte und sich extrem im Nachteil befand. Wer dieses Unternehmen geplant hatte – Holy, Rahani oder vielleicht sogar der Exekutivrat von SPECTRE –, hatte einen bewundernswert guten Blick für Details bewiesen. Möglicherweise bestand die Besatzung dieses Firmenflugzeugs tatsächlich aus Angestellten der Firma Goodyear. Darüber hinaus wußte Bond nicht, ob die ASP geladen war. Bisher schien zumindest ein gewisses Vertrauensverhältnis zwischen ihm und den übrigen Hauptbeteiligten zu herrschen. Sieh zu, daß du das Beste aus diesem Vertrauen machst, sagte der sich, und flieg erst mal mit.

Nach dem Start servierte eine hübsche Stewardeß Drinks und Kaffee. Bond entschied sich für Kaffee, um in seinen Sinneswahrnehmungen nicht beeinträchtigt zu sein. Danach stand er auf und ging zu der winzigen Toilette im Flugzeugheck.

Der stets wachsame Simon saß in der Nähe der Tür und beobachtete ihn wachsam amüsiert. Aber er machte keinen Versuch, Bond aufzuhalten.

Sobald die Tür sich hinter ihm geschlossen hatte, zog er die ASP und kontrollierte das Magazin. Es war wie erwartet leer. Unabhängig von allem, was um ihn herum geschehen mochte, mußte er sich als erstes Munition oder eine andere Waffe besorgen.

Nachdem Bond auf seinen Platz zurückgekehrt war, zog er Bilanz. Die Besatzung des kleinen Flugplatzes mit dem Goodyear-Luftschiff *Europa* hatte schon viele Stunden vor Bill Tanners Kontrollanruf stattgefunden. Die Schweizer Polizei war jetzt zwar alarmiert, aber das erleichterte das von SPECTRE geplante Unternehmen nur, weil es unerwünschte Neugierige vom Platz fernhielt. Daß irgend etwas nicht in Ordnung war, würde das SIS-Hauptquartier am Regent's Park erst merken, wenn sich herausstellte, daß die Überwachungsfahrzeuge seine Spur verloren hatten – aber der Teufel mochte wissen, wie lange das noch dauern würde! Diese Leute hatten nichts dem Zufall überlassen. Indem sie ihn vollständig neu eingekleidet hatten, hatten sie eine wirksame Verfolgung unmöglich gemacht. Jetzt konnten sie die beiden Überwachungsteams landauf, landab an der Nase herumführen: Bonds Kollegen würden die Peilsender in einem Bündel Kleidungsstücke in dem Kühllaster oder einem Personenwagen verfolgen.

Bond war nicht zum erstenmal in seiner Laufbahn völlig auf sich allein gestellt, ohne die Möglichkeit zu haben, die zuständigen Stellen zu warnen. Wie die Dinge im Augenblick standen, konnte er sehr wenig unternehmen, um zu verhindern, daß das Luftschiff zur Fahrt über Genf startete oder daß die amerikanischen und sowjetischen Codes benutzt wurden. Selbst die Einstufung dieser Codes in die höchste Geheimhaltungskategorie würde sich dann nachteilig auswirken. Falls M mit seiner Voraussage recht behielt, daß SPECTRE die Entschärfung aller amerikanischen und sowjetischen Atomwaffen auslösen wollte, würde es keinen weltweiten Alarm geben, solange die sowjetischen und amerikanischen Führer zu ihrer Gipfelkonferenz versammelt waren. Der Schaden wäre bereits angerichtet, bevor jemand etwas von der bevorstehenden Krise ahnte.

Während Bond neben Jay Autem Holy saß, dachte er über diesen fast genialen Plan nach, der die beiden Supermächte ihrer einzigen wirklichen Waffe im Gleichgewicht der Kräfte berauben würde. Das war natürlich etwas, von dem Unzählige jahre- und jahrzehntelang geträumt, für das sie demonstriert und über das sie geredet und diskutiert hatten. Diese Tatsache hatte M bei ihrer Besprechung in dem Haus in einer Seitenstraße der Northumberland Avenue eigens betont. Er war der Überzeugung, ein parallel verlaufender Abbau der Atomwaffenarsenale in Ost und West sei eine brauchbare Lösung. Aber eine plötzliche atomare Entwaffnung der beiden Supermächte, die so um ihre wichtigsten Waffen gebracht wurden, würde das seit dem Zweiten Weltkrieg herrschende labile Gleichgewicht zerstören...

Bond döste vor sich hin: Er schlief nicht, sondern sparte sich seine Kräfte für einen Zeitpunkt auf, an dem er hellwach und stark würde sein müssen. In diesem Zustand zwischen Träumen und Wachen gingen ihm die Bilder von den Auswirkungen einer nuklearen Entwaffnung, wie M sie geschildert hatte, durch den Kopf. Wegen des weltweiten Vertrauensverlustes, unter dem die beiden Supermächte unweigerlich leiden würden, käme es zu einer Weltwirtschaftskrise. M hatte gesagt, jeder Wirtschaftswissenschaftler oder Sozialgeschichtler könne die Ereignisse voraussagen, die sich aus der Untergrabung finanzieller Stabilität ergeben mußten. Darüber hinaus wären die Vereinigten Staaten und die Sowjetunion dann jedem anderen Staat mit eigenen Atomwaffen – und wäre er noch so klein – auf Gedeih und Verderb ausgeliefert. Während Bond über diese von M erläuterten Folgen nachdachte, wuchs seine Entschlossenheit, das von SPECTRE geplante Unternehmen ohne Rücksicht auf sich selbst zu verhindern.

»Anschnallen, James!« Er öffnete die Augen. Jay Autem Holy rüttelte ihn an der Schulter. »Wir setzen zur Landung an.«

Bond lächelte etwas verlegen, als habe er wirklich tief geschlafen. »Wir landen? Wo denn?«

Vielleicht konnte er in Genf auf dem Flughafen verschwinden und Alarm schlagen.

»Wir landen in Bern. Sie wissen doch, daß wir in die Schweiz fliegen wollten?«

Natürlich! Die anderen waren nicht so dumm, eine Landung in Genf zu versuchen, wo es von Sicherheitsbeamten wimmelte. Bern! Bond mußte sich zähneknirschend eingestehen, daß diese Leute ihre Sache verstanden. Bern... Autos... eine schnelle Fahrt nach Genf und zu dem Flugplatz mit dem Goodyear-Luftschiff... Sämtliche Formalitäten waren bestimmt schon lange im Auftrag des weltweit tätigen Konzerns erledigt, als dessen Mitarbeiter sie vermutlich auftraten.

Er sah auf seine Armbanduhr. Schon 3.50 Uhr. Als der Learjet zum Endanflug einkurvte, sah Bond bei einem Blick aus dem Kabinenfenster, daß der Himmel im Osten bereits hell zu werden begann. Dort verblaßten die Sterne vor einem rötlich-grauen Schimmer.

Nein, er mußte weiter mitmachen und versuchen, das Unternehmen von innen heraus zu sabotieren, sobald es anlief.

»Schöne Stadt, dieses Bern«, stellte er beiläufig fest, und Holy nickte zustimmend.

»Von dort aus fahren wir mit dem Auto weiter. Das dauert eine bis eineinhalb Stunden. Wir haben reichlich Zeit. Unser Job beginnt erst um elf.«

Die Maschine schwebte mit gedrosselten Triebwerken zur Landung ein; dann heulten die Triebwerke nochmals kurz auf, um den Geschäftsreisejet über die Schwellenbeleuchtung zu heben. Nachdem das Flugzeug mit kaum spürbarem Rumpeln aufgesetzt hatte, schaltete der Pilot die Schubumkehr ein und ließ die Triebwerke zum letztenmal aufheulen.

Wie Bond vermutet hatte, erfolgte ihre Weiterbeförderung dank einer Kombination aus der Tüchtigkeit Schweizer Dienststellen und der Gerissenheit der für SPECTRE Zuständigen rasch und geräuschlos. Das Flugzeug wurde weit vom Hauptgebäude entfernt abgestellt. Zwei Audi Quattros und ein Streifenwagen kamen übers Vorfeld herangerollt.

Durchs Kabinenfenster konnte Bond die Abfertigung beobachten: Ein Uniformierter nahm einen kleinen Stapel Reisepässe entgegen, blätterte darin, gab sie zurück und legte die rechte Hand an den Mützenschirm. Auf die Zollkontrolle wurde offenbar verzichtet. Der Goodyear-Jet mußte in den vergangenen vier, fünf Wochen sehr häufig in Genf oder Bern gelandet sein. Auf diese Weise hatten sich die Abfertigungsformalitäten eingespielt, weil die Schweizer Stellen offenbar Vertrauen zu den Firmenangestellten gewonnen hatten.

General Zwingli zwängte sich als erster Passagier durch den Mittelgang zur Ausstiegstür und nickte Bond im Vorbeigehen freundlich zu. Sie verließen hintereinander die Maschine, wobei Simon und der junge Araber Bond in die Mitte nahmen. Niemand bedrohte ihn, aber ihre Blicke zeigten deutlich genug, daß sie keine falsche Bewegung dulden würden. Der Streifenwagen mit den beiden Uniformierten fuhr bereits in Richtung Hauptgebäude davon.

Die Audis hatten VIP-Aufkleber von Goodyear an den Windschutz- und Heckscheiben. Bond erkannte die beiden Fahrer in ihren grauen Uniformen als Männer, die er in Erewhon gesehen hatte.

Eine Minute später saß er neben Holy auf dem Rücksitz des zweiten Wagens, der in der Morgendämmerung den Flughafen verließ, ohne erneut kontrolliert zu werden. In den Außenbezirken von Bern schienen die meisten Häuser noch im Schlaf zu liegen, während andere eben erwachten: Licht flammte auf, grüne Fensterläden wurden zurückgeklappt. Wie bei jedem Besuch in der

Schweiz hatte Bond den Eindruck, in diesem kleinen, reichen Land seien alle Gebäude in einem sterilen Raum aus einem Plastikbaukasten zusammengesetzt worden – mitsamt ihren Vorgärten und Blumenkästen.

Sie fuhren die kürzeste Strecke – auf der Autobahn an Lausanne vorbei und dann parallel zum Genfer See, an dessen Ufer die spielzeugartige Eisenbahnlinie verlief. Holy war unterwegs ziemlich schweigsam, aber Simon, der vorn neben dem Fahrer saß, drehte sich gelegentlich um, um Konversation zu machen.

»Kennen Sie die Schweiz, James? Das reinste Märchenland, nicht wahr?«

Bond erinnerte sich daran, daß er als Sechzehnjähriger zum erstenmal am Genfer See gewesen war. Damals hatte er eine Woche bei Freunden seiner Familie in Montreux verbracht, eine jugendliche Affäre mit einer Bedienung aus einem Café am See gehabt und eine Vorliebe für Campari Soda entwickelt.

Zwischen Lausanne und Morges hielten die Wagen auf dem Parkplatz einer Raststätte. Simon und der junge Araber verschwanden nacheinander und kamen mit Kaffee und belegten Brötchen für die anderen zurück. Dieses ganz normale Verhalten ging Bond schrecklich auf die Nerven. Eine Hälfte seines Körpers und Verstandes drängte ihn dazu, sofort etwas Drastisches zu unternehmen; die professionellere andere Hälfte riet ihm, noch zu warten, die weitere Entwicklung zu beobachten und den richtigen Augenblick zu nutzen.

»Wohin sind wir unterwegs?« fragte er Holy nach dem improvisierten Frühstück.

»Wir fahren bis kurz vor Genf.« Holy blieb unverkrampft und zuversichtlich. »Dort biegen wir in ein kleines Seitental mit dem Flugplatz ab, auf dem uns das Team aus Erewhon erwartet. Sind Sie schon mal mit einem Luftschiff gefahren, James?«

»Nein.«

»Dann steht uns beiden ein neues Erlebnis bevor. Soviel ich gehört habe, soll eine Luftschiffahrt großartig sein.« Er sah aus dem Fenster. »Und wir haben zum Glück klares Wetter. Die Sicht ist bestimmt fantastisch.«

Sie verließen die Autobahn und fuhren durch Nyon, dessen Häuser sich aneinanderzuklammern schienen, als wollten sie sich davor bewahren, in den See zu fallen. Wenig später wurde Genf an der Westspitze des Sees sichtbar: eine verschwommene Ansammlung größerer Gebäude, auf die ein Spielzeugdampfer mit Bugwelle und breitem Kielwasser zuhielt. Alles wirkte so friedlich wie immer.

Zugleich passierten sie die erste Polizeikontrolle. Die beiden Fahrer mußten ihre Wagen fast zum Stehen bringen, bevor die Uniformierten, die alle Insassen mit scharfem Blick musterten, sie durchwinkten.

Unmittelbar bevor sie von der Seeuferseite abbogen, kamen sie an eine weitere Straßensperre. Eine Streifenwagenbesatzung und zwei Motorradpolizisten versperrten ihnen die Durchfahrt, bis sie die Goodyear-Aufkleber sahen. Dann wurden die beiden Audis lächelnd durchgewinkt. Bond, der sich unauffällig umdrehte, sah einen der Uniformierten über Sprechfunk eine Meldung erstatten. Wie er geahnt hatte, unterstützte die Polizei ahnungslos die Ereignisse, die in wenigen Stunden über Genf stattfinden sollten.

Das große Tal schien noch breiter zu werden, als sie auf ansteigender Straße darauf zufuhren. Die Sonne war längst aufgegangen und beschien die winzigen Bauernhöfe an den Hängen. Dann erschienen plötzlich der Talboden und der winzige Flugplatz unter ihnen: das Gras unnatürlich grün, Kontrollturm, Flugzeughalle und ein weiteres Gebäude, klein und unwirklich wie Filmkulissen. Im Gras standen zwei in der Morgensonne leuchtende rote Rettungshubschrauber. Am jenseitigen Ende des Platzes schwebte das an seinen niedrigen fahrbaren Mast gefesselte Goodyear-Luftschiff *Europa* wie ein riesiger wurstförmiger Luftsack.

Dann führte die Straße bergab. Der Flugplatz verschwand aus der Sicht, und sie rollten die Serpentinen hinunter, die sie ans Ziel ihrer Fahrt bringen würden.

Bevor die beiden Wagen den Talboden und den Flugplatz erreichten, mußten sie eine weitere Straßensperre passieren. Die Schweizer Polizei hatte tatsächlich prompt und energisch reagiert. Bond konnte sich vorstellen, wie zufrieden London jetzt sein würde, weil festzustehen schien, daß an diesem friedlichen See nichts Unerwartetes oder gar Verbrecherisches geschehen konnte.

An der Flugplatzeinfahrt, die lediglich aus einem Gittertor und dem zwei Meter hohen Maschendraht bestand, mit dem auch das ganze Gelände umgeben war, warteten nicht weniger als drei Streifenwagen. In der Ferne war ein viertes Fahrzeug zu erkennen, das langsam auf den Zaun abfuhr und ihn dabei offenbar mit Schweizer Gründlichkeit kontrollierte.

Als die Autos am Tor hielten, erkannte Bond zwei Gesichter aus Erewhon wieder. Diesmal trugen die Männer jedoch elegante Anzüge und lächelten freundlich, fast untertänig, als die beiden Fahrzeuge zum Stehen kamen. Sie wechselten einige Worte mit dem Beamten, der hier das Kommando führte. Die Wagen wurden durchgewinkt und hielten dann, um die beiden einsteigen zu lassen.

Der Mann, der in Holys Wagen stieg, war ein Deutscher: blond, mißtrauisch und mit kantigem Gesicht, das aus einem Felsblock gehauen zu sein schien. Bond, der ihn auf Mitte Zwanzig schätzte, sah die verräterische Ausbuchtung unter seinem eleganten Anzug. Der Mann gefiel ihm nicht. Er gefiel Bond noch weniger, als das Gespräch begann.

Holy beschränkte sich auf die wichtigsten Fragen und bekam kurze, militärisch knappe Antworten mit amerikanischem Akzent.

Rudi, der Deutsche, hatte sich als hiesiger PR-Manager von Goodyear ausgegeben und den Anruf Bill Tanners entgegengenommen. Er schilderte Tanner als hundertprozentigen Engländer, der offenbar einen der britischen Geheimdienste vertrat. Seiner Darstellung nach war die Polizei eine knappe halbe Stunde nach diesem Telefongespräch eingetroffen.

Jay Autem Holy erkundigte sich nach der genauen Zeit, und man merkte ihm an, daß er sich bereits ausgerechnet hatte, daß die Nachforschungen begonnen hatten, während Bond in der Außendienststelle des Außenministeriums in einer Seitenstraße der Northumberland Avenue gewesen war.

»James, Sie haben doch während Ihres Besuchs bei Ihrem Freund Anthony Denton nichts ausgeplaudert?«

Die beiden Wagen fuhren nicht auf das Bürogebäude, sondern auf den Hangar zu, vor dem ein hochbeiniges Rettungsflugzeug des Typs Pilatus Porter mit fast rechteckigen Tragflächen abgestellt war.

»Ich?« Bond machte ein leicht verwirrtes, überraschtes Gesicht, als habe er zuvor nicht richtig zugehört. »Ausgeplaudert? Warum? Wie?«

Auf Holys Gesicht zeichneten sich gewisse Zweifel ab, als er Bond jetzt prüfend anstarrte.

»Die Sache steht folgendermaßen, James: Tamils Leute haben diesen Flugplatz gestern in den frühen Morgenstunden besetzt. Niemand hat Verdacht geschöpft, und es hat keine Schwierigkeiten gegeben. Jedenfalls nicht bis vergangene Nacht, als Sie den D.S.O.F.O. aufgesucht haben, um uns die EPOC-Frequenz zu beschaffen. Weshalb, so frage ich mich, sollten die zuständigen Schweizer Stellen sich plötzlich zu nachtschlafender Zeit für uns interessieren?«

Bond zuckte mit den Schultern, um anzudeuten, daß er keine Ahnung habe – und daß ihn diese Sache ohnehin nichts angehe.

Die Fahrzeuge hielten. »Ich kann nur hoffen, daß Sie uns die richtige Frequenz gegeben haben, James. Falls nicht... Nun, ich habe Sie bereits vor den Folgen gewarnt. Das hätte Konsequenzen für die ganze Welt, mein Freund...«

»Ich habe Ihnen die im Augenblick gültige EPOC-Frequenz beschafft«, knurrte Bond unwillig. »Sie haben keinen Grund, an mir zu zweifeln, Doktor Holy!«

Holy zuckte leicht zusammen, als er seinen wirklichen Namen hörte, nickte dann und beugte sich nach vorn, um die Tür zu öffnen.

Bond blieb mit dem jungen Araber zurück, der ihn wachsam und mit einer kleinen Walther in der rechten Hand beobachtete. Die Pistole war entsichert, wie Bond mit einem kurzen Blick feststellte.

Simon, Holy und dem Deutschen, den Bond als Rudi kannte, schlossen sich jetzt Rahani und General Zwingli an: eine kleine Prozession, die mit energischem Schritt auf den Hangar zumarschierte. Rahanis Leute waren überall: Bond sah sie jetzt hinter allen möglichen Dekkungen mit Maschinenpistolen oder Sturmgewehren im Anschlag liegen. Sogar an der ins große Hallentor eingelassenen Fußgängertür hielten zwei Männer Wache.

Die Tür wurde geöffnet, und die kleine Gruppe verschwand in der Flugzeughalle. Zwei Minuten später kam Simon ins Freie und trat rasch an den Wagen, in dem Bond saß.

»Oberst Rahani möchte Sie drinnen sprechen.«

Er wirkte jetzt betont zurückhaltend wie ein Mann, der sich mit niemandem außerhalb seines engsten Kameradenkreises einlassen will. Bond war Psychologe genug, um den Grund für dieses veränderte Benehmen zu erkennen. Er hatte sich eingehend mit der Mentalität von Terroristen beschäftigt und wußte, daß sie eine Art Wendepunkt erreicht hatten. Simon war jetzt nicht mehr bereit, seine fast freundschaftlichen Beziehungen zu ihm aufrechtzuerhalten. Vielleicht ist das wirklich das Ende, dachte Bond, während er die kurze Strecke zum Hallentor zurücklegte. Sie sind zu dem Schluß gelangt, daß ich sie verraten habe, und haben jegliches Vertrauen zu mir verloren. Vorhang! Die Fiktion von der Realität eingeholt.

Die kleine Gruppe der führender Männer stand dicht hinter der Tür, wo Bond von Tamil Rahani begrüßt wurde.

»Ah, Commander Bond! Wir wollten Ihnen das hier vorführen.« Seine Handbewegung umfaßte die Szene in der Mitte der Flugzeughalle.

Auf dem Hallenboden saßen etwa vierzig Männer dicht beieinander – zwischen drei auf Dreibeinen aufgebauten MGs mit jeweils zwei MG-Schützen zusammengedrängt.

»Dies sind die guten Leute von Goodyear.« Er sprach den Firmennamen wie Good-year aus, als versuche er ein Wortspiel. »Sie bleiben hier unter Bewachung, bis wir unser Unternehmen durchgeführt haben. Sollte einer von ihnen auszubrechen versuchen, werden sie alle – ohne Ausnahme! – auf der Stelle liquidiert. Sie werden von einer eigens dazu gebildeten Gruppe betreut und versorgt.« Rahani zeigte auf vier junge Männer zwischen den beiden rückwärtigen MGs. »Natürlich ist ihre Lage unbequem. Aber wenn alles wie geplant klappt, werden sie unversehrt freigelassen. Wie Sie vielleicht schon bemerkt haben, befindet sich unter ihnen auch eine Dame...«

Aus der Masse heraus lächelte Cindy Chalmer ihm tapfer zu. Tamil Rahani senkte die Stimme, als er weitersprach.

»Unter uns gesagt, Commander Bond: Ich glaube nicht, daß die entzückende Miß Chalmer große Überlebenschancen hat. Aber wir wollen noch kein Blutvergießen – nicht einmal Ihr Blut soll vergossen werden. Der Vertreter von SPECTRE hat Ihnen von Anfang an nicht getraut und ist auch jetzt keineswegs mit Ihnen zufrieden. Andererseits...« Seine Lippen verzogen sich zu einem Lächeln, doch seine Augen blieben unverändert kalt. »Andererseits glaube ich, daß Sie uns an Bord des Luftschiffes nützen können. Sie können doch fliegen, nicht wahr? Sie haben einen Pilotenschein?«

Bond nickte und fügte dann hinzu, er habe keine Ahnung von Luftschiffen.

»Sie sind nur der Kopilot. Der Aufpasser, der dafür sorgt, daß der Pilot tut, was ihm befohlen wird. Darin liegt eine hübsche Ironie für den Fall, daß Sie uns *doch* hintergangen haben, Commander Bond. Kommen Sie!«

Sie gingen zu den Wagen zurück und fuhren rasch die wenigen hundert Meter zu dem Bürogebäude hinüber. In einem Besprechungsraum saßen etwa vierzig von Rahanis Männern herum, tranken Kaffee und rauchten.

»Unsere Bodenmannschaft, Commander Bond. In Erewhon am Simulator ausgebildet. Davon haben Sie bei Ihrem Besuch nichts zu sehen bekommen, aber diese Männer sind sehr wichtig, wenn wir das Luftschiff vor dem Start abwiegen – und noch wichtiger, wenn wir dann von unserem kurzen Ausflug zurückkommen.«

Der einzige Mann, der hier fehl am Platz zu sein schien, saß an einem Tisch neben der Tür. Er trug eine blaugraue Pilotenuniform und hatte seine Schirmmütze vor sich auf der Tischplatte liegen. Einer von Rahanis Männern saß ihm am Tisch gegenüber, hatte seinen Stuhl vorsichtshalber weit zurückgeschoben und hielt seine Uzi schußbereit, um den anderen mit einem Feuerstoß durchsieben zu können, falls er Dummheiten machte.

»Sie sind unser Pilot, nehme ich an?« Rahani lächelte den Uniformierten freundlich an. Der Mann machte ein finsteres Gesicht, bestätigte, daß er Pilot sei und fügte hinzu, er lasse sich nicht dazu zwingen, das Luftschiff zu führen.

»Oh, ich glaube, daß Sie's doch tun werden«, meinte Rahani zuversichtlich. »Wie sollen wir Sie nennen?«

»Sie nennen mich Captain«, antwortete der Pilot.

»Nein. Wir sind hier alle Freunde. Ganz ungezwungen.« Im Befehlston verlangte Rahani: »Ihr Vorname?«

Der Pilot merkte, daß es tollkühn gewesen wäre, sich noch länger zu sträuben. Er nickte Rahani zu.

»Okay, Sie können Nick zu mir sagen.«

»Danke, Nick...« Tamil Rahani erklärte ihm eingehend den geplanten Ablauf des Unternehmens. Nick sollte das Luftschiff wie gewöhnlich führen: nach Genf und das Seeufer entlang. Danach würde er eine Kursänderung vornehmen und das Hotel Richemond ansteuern. »Sie wissen schon – das Hotel, in dem die Gipfelkonferenz stattfindet. Über dem Richemond bleiben Sie etwa vier Minuten.« Rahani sprach wie ein befehlsgewohnter Offizier, der Gehorsam erwartet. »Höchstens fünf Minuten, nicht länger. Ihnen und Ihrem Schiff passiert dabei nichts. Niemand passiert etwas, solange Sie tun, was wir Ihnen sagen. Danach fahren Sie mit der *Europa* hierher zurück und landen. Dann können Sie unbehelligt verschwinden.«

»Der Teufel soll mich holen, wenn ich das tue!«

»Ich glaube, daß Sie's doch tun werden, Nick. Wenn Sie sich weigern, tut's ein anderer. Zum Beispiel dieser Gentleman neben mir.« Er berührte Bonds Schulter. »Er ist Pilot ohne Luftschifferfahrung, aber er tut's, wenn wir ihn genügend anspornen. Unser Ansporn für Sie ist, daß wir Sie auf der Stelle abknallen, wenn Sie nicht mitmachen.«

»Das ist sein Ernst, Nick«, warf Bond ein. »In ein paar Minuten liegen Sie durchlöchert da. Damit ist weder Ihnen noch sonst jemandem geholfen. Am besten tun Sie, was er von Ihnen verlangt.«

Der Luftschiffpilot überlegte kurz und sah dann ein, daß er nachgeben mußte.

»Okay, okay, ich führe das Luftschiff.«

»Gut, Nick. Und danke, Commander Bond.« Rahani fuhr mit unverändert gleichmäßiger Stimme fort: »Jetzt erzähle ich Ihnen, was wir mit Commander Bond vorhaben. Er soll Ihr Kopilot sein. Sie erklären ihm die abweichende Handhabung eines Luftschiffs im Vergleich zu einem Flugzeug. Wir geben ihm einen Schuß Munition für seine Pistole. Einen einzigen! Damit kann er nur einen Menschen verletzen oder erschießen – und wir sind zu fünft an Bord. Fünf Personen außer Commander Bond und Ihnen. Bond tut genau das, was ich ihm sage. Sollten Sie versuchen, uns reinzulegen, befehle ich ihm, Sie zu erschießen. Falls er das nicht tut, nimmt einer von uns ihm die Arbeit ab und zwingt ihn dazu, Ihren Platz einzunehmen. Sollte er sich weiterhin weigern, erschießen wir ihn ebenfalls und sehen zu, daß wir irgendwie zurechtkommen. Soviel ich weiß, ist dieses Luftschiff mit Helium gefüllt und so abgewogen, daß es von selbst einige Zeit in der Luft schwebt und schwer zum Absturz zu bringen ist. Ja?«

»Stimmt ungefähr.«

»Gut, Commander Bond kümmert sich um Sie, und wir alle können uns auf eine angenehme Fahrt freuen. Wie lange dauert sie voraussichtlich? Eine halbe Stunde?«

»Ungefähr. Vielleicht knapp eine Dreiviertelstunde.«

»Commander Bond, reden Sie mit Ihrem Piloten. Lernen Sie von ihm. Wir müssen noch einiges in die Luftschiffgondel einbauen.« Er schlug Bond kräftig auf die Schulter. »Lernen und gehorchen Sie, verstanden?«

Bond senkte den Kopf, während er sich setzte, und bewegte kaum die Lippen, als er dem anderen zumurmelte: »Ich stehe auch unter Zwang. Helfen Sie mir! Wir müssen sie stoppen!« Laut fügte er hinzu: »Okay, Nick, erklären Sie mir also, wie Ihr Schiff funktioniert.«

Der Pilot starrte ihn sekundenlang verwirrt an, aber als Bond ihm aufmunternd zunickte, begann er zu reden.

Um sie herum schleppten Rahanis Männer Geräte aus dem Gebäude. Zu der Hardware, die Bond erkannte, gehörten ein starker Kurzwellensender und ein Mikrocomputer. Bond hörte aufmerksam zu, während Nick ihm auseinandersetzte, wo die Ähnlichkeiten und Unterschiede zwischen Luftschiff und Flugzeug lagen.

»Steuerhorn, Ruderpedale, vollständige Instrumentierung, Leistungshebel für die beiden kleinen Motoren. Der einzige wirkliche Unterschied liegt in der Trimmung.« Er erklärte Bond die Funktion der beiden in Bug und Heck des Luftschiffs eingebauten Ballonetts, die mit Luft gefüllt oder durch Ventile entleert werden konnten. »Dahinter steckt nichts anderes als das Ballonprinzip, aber durch Verwendung dieser luftgefüllten Ballonetts braucht man kein teures Traggas abzulassen. Man vergrößert oder verringert einfach das Luftvolumen. Diese Ballonetts halten den Gasdruck aufrecht und helfen mit, das Schiff schrägzustellen, damit es dynamisch auf- und abwärts gesteuert werden kann. Das einzig Schwierige ist die rechtzeitige Druckverminderung bei der Landung, damit das Luftschiff langsam einschwebt und von der Bodenmannschaft an den Halteleinen gefaßt werden kann. Dabei muß der Pilot dafür sorgen, daß niemand mit dem Schiff hochgerissen wird.«

Das Ganze war eine technisch klar verständliche Erläuterung, und Nick zeichnete Bond sogar die *Europa* auf, um ihm zu zeigen, wo die Ventilzüge über der Windschutzscheibe angeordnet waren und wie die Ballonetts durch Lufttrichter hinter den kleinen Motoren vollgepumpt wurden. Er war eben erst fertig, als Simon an ihren Tisch trat und auf seine Armbanduhr blickte. Die beiden Männer sahen auf und stellten überrascht fest, daß der Raum fast menschenleer war.

»Sie werden beide im Luftschiff gebraucht.« Er hielt eine 9-mm-Patrone zwischen Daumen und Zeigefinger hoch, und Bond erkannte seine Glasermunition. »Die kriegen Sie, sobald wir an Bord sind.« Sein Blick blieb kalt. »Los, mitkommen! Wir müssen Flagge zeigen. Wir machen eine kleine Spazierfahrt um den See.«

Am Bug der *Europa* standen Rahanis Männer bereit, um das noch am Haltemast verankerte Luftschiff an den vorderen Halteleinen zu erfassen und festzuhalten, sobald die Bugkupplung gelöst wurde.

Als sie das Pralluftschiff erreichten, sahen sie die anderen bereits in der unter der riesigen schimmernden Hülle hängenden Siebenmetergondel.

Nick stieg zuerst durch die große Tür ein, die ein Drittel der rechten Gondelwand einnahm. Ein Mann des Bodenpersonals hängte eine seinem Gewicht entsprechende Anzahl von Ballastsäcken ab. Bond folgte ihm, und Simon, der zuletzt einstieg, schloß die Tür hinter sich.

Tamil Rahani saß hinten in der Gondel neben Holy. Vor sich hatten die beiden den mit dem Computer verbundenen Sender stehen. Der junge Araber saß unmittelbar vor Holy, während General Zwingli auf der anderen Seite des schmalen Mittelgangs Platz genommen hatte. Bond ging mit nach vorn und setzte sich rechts neben Nick. Simon blieb hinter ihnen stehen.

Sobald Nick auf seinem Platz saß, war er ganz Profi, der Bond die Instrumente zeigte und ihm die Bestätigung der lebenswichtigen Ballonettventile erklärte.

»Wenn Sie fertig sind, können wir abhauen!« rief Rahani nach vorn, aber Nick gab keine Antwort. Er war mit den Kontrollen vor dem Start beschäftigt und öffnete dann sein Schiebefenster, um sich mit dem Chef der Bodenmannschaft verständigen zu können.

»Okay, sagen Sie Ihren Leuten, daß sie sich bereithalten sollen!« Er streckte die linke Faust mit hochgerecktem Daumen aus dem Fenster. »Das ist das Zeichen, daß sie den Zug an den Halteleinen verstärken sollen.« Bond erklärte er, er werde zuerst den linken und unmittelbar danach den rechten Motor anlassen. »Wir füllen sofort die Ballonetts, und während sie sich aufblähen, löse ich die Bugkupplung. Wenn die Kerle dort draußen richtig ausgebildet sind, ziehen sie das Schiff an den Halteleinen herunter, während einige von ihnen den restlichen Ballast von der Gondel abhängen. Danach wiege ich das Schiff ab, stelle es leicht schräg und gebe Gas...« Der Pilot wandte sich grinsend ab. »Dann werden wir ja sehen, ob sie schlau genug sind, um rechtzeitig loszulassen!«

Nick beugte sich nach vorn, ließ rasch nacheinander die Motoren an und leitete den Schraubenstrahl in die Ballonetts. Während Bond ihm aufmerksam zusah, beugte Simon sich nach vorn, griff ihm in die Jacke und zog die ASP heraus. Nach einem doppelten Klicken, das Bond bestätigte, daß die Waffe jetzt geladen war, steckte er die Pistole zurück. »Sie erschießen ihn, sobald der Oberst es befiehlt. Keine Dummheiten, sonst erschieße ich Sie, verstanden?«

Bond gab keine Antwort. Er war viel zusehr damit beschäftigt, alles genau zu beobachten, was Nick tat. Der Pilot gab etwas Gas, zog den Hebel, der die Bugkupplung trennte, und überwachte den Innendruck.

Die *Europa* stellte sich leicht schräg. Nick winkte der Bodenmannschaft zu, sie solle die Halteleinen loslassen, während er Vollgas gab. Der Luftschiffbug richtete sich noch etwas weiter auf, dann bewegten sie sich sehr langsam schräg aufwärts – völlig gleichmäßig und stabil, ohne Zittern oder Vibrieren, während sie Höhe gewannen: wie auf einem fliegenden Teppich.

19

Pflugscharen

Im Laufe der Jahre hatte James Bond zahlreiche Flugzeugtypen selbst geflogen oder war in ihnen mitgeflogen – von dem alten Doppeldecker Tiger Moth bis zur Panavia Tornado. Aber er hatte noch nie etwas wie die *Europa* erlebt.

Der Morgen war klar und sonnig. Mit hell surrenden Motoren, die zu Kreisen verschwimmende zweiblättrige Holzluftschrauben antrieben, schwebte der Silberwal aus dem weiten Tal über Autobahn, Straße und Bahnlinie hinweg und erreichte seine Standardhöhe über dem See. Für einen Mann wie Bond, der Maschinen liebte, hätte das ein zauberhafter Augenblick sein müssen. In 300 Meter Höhe über dem Wasser bot sich ihnen ein so spektakuläres See- und Gebirgspanorama, daß er sekundenlang vergaß, zu welchem grausigen und gefährlichen Unternehmen sie unterwegs waren.

Am meisten verblüffte ihn die Stabilität des Luftschiffs. Die Stöße und das Rütteln, das in einem Flugzeug bei so niedriger Flughöhe über stark gegliedertem Gelände unweigerlich zu spüren gewesen wäre, fehlte hier völlig. Kein Wunder, daß die Passagiere der großen Luftschiffe der zwanziger und dreißiger Jahre sich in diese Gefährte verliebt hatten.

Die *Europa* senkte ihren Bug, schien fast darauf zu stehen und beschrieb langsam einen Vollkreis. Aus 500 Meter Höhe über dem Genfer See bot sich ihnen ein Panoramablick bis zu den Schneegipfeln des Montblancmassivs vor dem hellblauen Himmel; in der Ferne lag Montreux, und das französische Ufer mit der Stadt Thonon wirkte friedlich und einladend.

Dann brachte Nick das Schiff auf einen anderen Kurs,

so daß sie Genf vor sich hatten, dem sie sich mit gravitätischen 75 Stundenkilometern näherten.

Bond drehte sich auf seinem Platz nach hinten um. Rahani und Jay Autem Holy ignorierten die Aussicht: Sie waren mit ihrem Sender beschäftigt. Da sie die Lehnen der Sitze vor ihnen vorgeklappt hatten, konnte Bond den Mikrocomputer und den Sender gut erkennen.

Holy schien irgend etwas vor sich hinzumurmeln, während er die Frequenz einstellte. Rahani beobachtete ihn aufmerksam – wie ein Gefängniswärter, dachte Bond. General Zwingli hatte sich nach den beiden umgedreht und schien gute Ratschläge zu geben. Simon und der junge Araber hielten Wache: der junge Mann ließ Bond und den Piloten keine Sekunde aus den Augen, während Simon an der Tür lehnte, als wolle er seine Herren in Schach halten.

Unter ihnen kam das Genfer Seeufer in Sicht. Das Luftschiff wurde langsamer, neigte sich etwas nach vorn und änderte kaum merklich seinen Kurs.

»Keine Dummheiten, Nick!« rief Rahani warnend nach vorn. »Tun Sie einfach, was Sie immer tun. Und dann fahren Sie genau übers Richemond.«

»Ich tue das, was ich sonst auch tue«, antwortete der Pilot lakonisch. »Alles streng nach Vorschrift. Das wollten Sie – und das kriegen Sie jetzt.«

»Und was tun *Sie* eigentlich?« rief Bond nach hinten. »Was beabsichtigen Sie mit diesem Unternehmen, das den Gang der Geschichte ändern soll?«

Holy hob den Kopf und sah nach vorn.

»Wir sind dabei, die Stabilität der beiden mächtigsten Nationen der Welt auf die Probe zu stellen. Würden Sie mir glauben, wenn ich behaupte, daß es einen Code für die Notfrequenzen des amerikanischen Präsidenten und des sowjetischen Generalsekretärs gibt, der die Atomwaffen beider Supermächte lahmlegt?«

»Ihnen glaube ich alles!« Bond brauchte nicht mehr zu hören. M hatte recht gehabt. Die beiden wollten das amerikanische Schwerter-zu-Pflugscharen-Programm und sein sowjetisches Gegenstück über die entsprechenden Satelliten schicken, um die jeweiligen Arsenale unwiderruflich abzubauen. In diesem Augenblick traf Bond seine Entscheidung.

Sein ganzes Leben als Erwachsener war dem Dienst an seinem Vaterland geweiht gewesen; diesmal wußte er, daß er es verlieren würde. Er hatte lediglich einen einzigen Schuß Glasermunition in der ASP. Mit etwas Glück konnte er damit in der beengten Gondel irgendeinen der Männer ausschalten. Aber nur einen. Welchen Zweck hätte also ein menschliches Ziel gehabt? Er konnte einmal töten, um dann selbst erschossen zu werden. Das hatte keinen Zweck. Wenn er den richtigen Augenblick erwischte und den jungen Araber ablenkte, konnte dieser eine Schuß den Sender und möglicherweise auch den Mikrocomputer zerplatzen lassen.

Sobald Bond die Hardware vernichtet hatte, würde er nicht mehr lange zu leben haben, aber diese Gewißheit ließ sich in dem Bewußtsein ertragen, daß er wieder einmal einen SPECTRE-Plan vereitelt haben würde. Vielleicht würden die anderen einen weiteren Versuch unternehmen. Aber es gab stets Männer wie ihn, und seine Dienststelle war jetzt alarmiert.

Genf – sauber, ordentlich und malerisch – lag nun rechts von ihnen, als Nick das Luftschiff eine weite Kurve beschreiben ließ. Am Horizont ragte wieder der Montblanc auf. Die *Europa* sank stetig auf 300 Meter, während sie das Seeufer entlangfuhr.

»Wie lange noch?« Mit dieser Frage wandte Zwingli sich zum erstenmal an die beiden Männer auf den Pilotensitzen.

Nick sah sich nach ihm um. »Zum Hotel Richemond? Ungefähr vier Minuten.«

»Ist die Frequenz eingestellt?« Der General sprach jetzt mit Holy.

»Die Frequenz ist eingestellt, Joe. Ich habe die Diskette

eingelegt. Ich brauche nur noch die Eingabetaste zu drücken, damit wir sehen, ob unser Freund Bond Wort gehalten hat.«

»Wir fangen also mit den Staaten an?«

»Ja, Joe.« Diesmal antwortete Rahani. »Ja, die Vereinigten Staaten erhalten ihre Anweisungen in ein paar Minuten.« Er beugte sich nach vorn, um aus dem Fenster sehen zu können. »Aha, wir sind gleich da!«

Bond entsicherte lautlos seine ASP.

»Fertig, Jay? Gleich geht's los.« Rahani sprach nicht besonders laut, aber seine Worte waren überall in der Gondel deutlich zu verstehen.

Das Luxushotel mit seinem wundervoll angelegten Park wurde vor ihnen sichtbar. Nick hielt die *Europa* stetig auf einem Kurs, der genau über das palastartige Gebäude hinwegführen würde.

»Fertig, Jay?« wiederholte Rahani drängender.

»Augenblick... Okay«, antwortete Holy.

In dieser Sekunde drehte Bond, der seine ASP umklammert hielt, sich nach dem jungen Araber um und rief laut: »Da – vor Ihrem Fenster! Vor dem Fenster!«

Der Araber drehte unwillkürlich den Kopf zur Seite. Bond, der sich darüber im klaren war, daß dies seine einzige Chance bleiben würde, riß die Hand hoch und drückte ab. Trotz der brummenden Luftschiffmotoren klang der nach vorn schnellende Schlagbolzen der Pistole unnatürlich laut.

Bond wollte seinen Ohren nicht trauen. Hatte die Patrone nicht gezündet? Hatte der Schlagbolzen sie gar nicht getroffen? Dann hörte er Simon lachen, während der junge Araber unwillig grunzte.

»Keine Dummheiten, James! Versuchen Sie nicht etwa, mit der Pistole zu werfen. Ich knalle Sie ab, bevor Sie ausholen können. Sie haben doch nicht im Ernst geglaubt, daß wir Sie mit einer geladenen Waffe an Bord lassen würden? Das wäre zu riskant gewesen.«

»Verdammt noch mal, Bond!« Rahani war halb aufgestanden. »Keine Schießerei – nicht hier drin. Haben Sie uns die richtige Frequenz gegeben? Oder ist sie so falsch wie Ihre angebliche Loyalität?«

Ein Piepsen und Surren aus dem Gondelheck zeigte an, daß Holy das Codeprogramm aktiviert hatte. Er stieß einen Freudenschrei aus.

»Alles okay, Tamil! Bond hat uns jedenfalls die richtige Frequenz beschafft. Der Satellit hat unseren Befehl aufgenommen und weitergeleitet.«

Bond ließ seine Pistole fallen: ein nutzloses Stück Metall. Sie hatten's also geschafft. In diesem Augenblick war der Zentralcomputer des Pentagons bereits dabei, die empfangenen Anweisungen in Befehle an die angeschlossenen Computer in den Vereinigten Staaten und bei den NATO-Streitkräften in Europa umzusetzen. Nachdem das Schlimmste jetzt eingetreten war, empfand Bond nur ohnmächtigen Zorn und mußte gegen aufsteigende Übelkeit ankämpfen.

Die nun folgenden Ereignisse begriff er erst nach einigen Sekunden, so groß war seine Verblüffung. Holy war freudestrahlend aufgesprungen, streckte Rahani die Hand entgegen und schnalzte dabei mit den Fingern. »Los, los, Tamil, ich brauche das russische Programm! Sie haben's noch in der Tasche. Ich bin auf der sowjetischen Frequenz und...« Er sprach lauter, drängender. »Tamil!« Dann brüllte er: »Tamil! Das russische Programm! Schnell!«

Rahani lachte schallend. »Unsinn, Jay! Sie haben sich doch nicht etwa eingebildet, daß wir zulassen würden, daß die Sowjetunion gedemütigt und ebenfalls ihrer Atomwaffen beraubt wird?«

Jay Autem Holy schnappte nach Luft wie ein an Land geworfener Fisch. »Wa...? Wa...? Was soll das heißen, Tamil? Wie soll ich das...?«

»Paßt gut auf sie auf«, knurrte Rahani. Simon und der junge Araber schienen sich bei diesem Befehl unwillkürlich aufzurichten. »Sie können jetzt wenden und zurückfahren, Nick«, befahl Rahani dem Piloten mit so leiser Stimme, daß Bond überrascht war, daß sie das Motorengeräusch übertönte.

»Das soll heißen, Jay, daß ich schon seit langem an der Spitze von SPECTRE stehe. Das soll heißen, daß wir erreicht haben, was wir uns vorgenommen hatten. Ich habe mich sogar darauf verlassen, daß Bond, unser Joker, die EPOC-Frequenz beschaffen würde. Unser Unternehmen hat von Anfang an nur den Zweck gehabt, die imperialistischen Vereinigten Staaten zu entwaffnen, damit wir sie jetzt unseren Freunden in der Sowjetunion auf einem Silbertablett servieren können. Sie selbst sind nur hinzugezogen worden, um die Ausbildungsprogramme zu liefern. Für emotional motivierte Dummköpfe wie Zwingli und Sie haben wir keine Verwendung. Kapiert?«

Jay Autem Holy stieß einen verzweifelten Klagelaut aus, der von General Zwinglis wütendem Aufschrei übertönt wurde.

»Du Schweinehund!« Zwingli sprang auf. »Ich wollte mein Land wieder stark machen; ich wollte die Waffengleichheit zwischen Rußland und den Staaten wiederherstellen. Aber du hast uns verraten, du...« Er wollte sich auf Rahani stürzen.

Der junge Araber drückte blitzschnell ab und traf ihn mit dem ersten Schuß tödlich. Zwingli brach lautlos zusammen. Bevor das Echo des Knalls in dem engen Raum verhallt war, stürzte Jay Autem Holy sich auf Rahani. Er streckte die Hände aus, um sie in dessen Hals zu krallen, und stieß einen haßerfüllten gellenden Schrei aus.

Rahani, der nicht zurückweichen konnte, erschoß ihn mitten im Sprung mit zwei Schüssen aus einer kleinen Pistole. Aber Holy, dem sein Zorn übermenschliche Kräfte verliehen hatte, hatte einen so gewaltigen Satz gemacht, daß sein lebloser Körper den neuen Führer von SPECTRE, der das Erbe der Familie Blofeld angetreten hatte, unter sich begrub.

»Runter mit dem Schiff!« wies Bond den Piloten an. »Wir müssen schnellstens runter!« In der allgemeinen Verwirrung nahm er sich den Nächstbesten vor: Simon, der ihm den Rücken zukehrte, weil er sich auf die Übereinanderliegenden auf den hinteren Sitzen zubewegte. Bond landete schwer auf Simons Rücken, schlang ihm den linken Arm um den Hals und führte mit der rechten Hand einen wuchtigen Handkantenschlag aus, der Simon dicht hinter dem Ohr traf.

Simon verlor das Gleichgewicht und fiel nach links. Seine Hand, die nach irgendeinem Halt tastete, entriegelte die Gondeltür, die sich prompt öffnete und den Fahrtwind hereinströmen ließ. Als Simon zusammenklappte, schoß der Araber auf Bond – allerdings eine Zentelsekunde zu spät, denn die Kugel traf Simons Brust. Im Augenblick seines Todes schien sein Körper sich unbewußt noch ein letztesmal aufzubäumen, so daß er sich aus Bonds Klammergriff befreite, eine halbe Drehung vollführte und dabei krampfhaft Griff und Abzug seiner Uzi umklammerte. Ein kurzer Feuerstoß aus der Maschinenpistole durchsiebte den jungen Araber.

Wider Erwarten ließ Simon die Uzi nicht fallen, sondern sank lediglich nach hinten. Seine Hände griffen nicht ins Leere, und er gab keinen Laut von sich. Er fiel einfach durch die Gondeltür und begann sich überschlagend seinen letzten langen Flug, der aus 300 Meter Höhe im See enden würde.

Bond bückte sich nach der Walther des Arabers, die jetzt auf dem Gondelboden lag. Er spürte einen brennenden Schmerz, als eine Kugel das Fleisch über seiner rechten Hüfte streifte, und hörte einen zweiten Schuß, der ihn jedoch ganz verfehlte.

Dann hielt er die Walther in der Hand, aber als er sich instinktiv nach der Stelle umdrehte, an der Tamil Rahani sich hätte befinden müssen, war der Hauptschuldige an diesem ganzen Drama zu seinem Erstaunen verschwunden.

»Fallschirm«, erklärte Nick ihm gelassen. »Der Kerl hat einen Fallschirm gehabt. Er ist damit abgesprungen.«

Bond trat an die Gondeltür, hielt sich am Handgriff fest und beugte sich ins Freie.

Unter ihm hob sich das Weiß von Rahanis Fallschirm deutlich von dem blaugrauen Wasser des Genfer Sees ab. Leichter Wind trieb ihn von der Stadt weg in Richtung französisches Ufer.

»Er wird bestimmt aufgefischt und festgenommen«, sagte Bond laut.

»Könnten Sie bitte die Tür schließen?« Nicks Stimme klang so ruhig, wie nur die eines erfahrenen Piloten unter Streß klingen konnte. »Ich muß irgendwo eine Landemöglichkeit für mein Luftschiff finden.«

Er schaltete das Funkgerät ein, wählte eine der gespeicherten Frequenzen und setzte den Kopfhörer auf, den er bisher nicht hatte tragen dürfen. Nick sprach mit irgend jemandem und wandte sich dann an Bond, der erneut neben ihm Platz nahm.

»Wir können zum Landemast zurück. Der Flugplatz ist kurz nach unserem Start von Schweizer Militär gesäubert worden. Anscheinend haben wir wirklich einen Schutzengel gehabt!«

Sie saßen auf dem Balkon eines Zimmers in einem Hotel am See zusammen: M, Bill Tanner, Cindy Chalmer, Percy und Bond, dessen Streifschuß noch immer heftig brannte, obwohl die Wunde inzwischen versorgt war.

»Soll das etwa heißen«, fragte Bond voll kalter Wut, »daß Sie bereits gewußt haben, daß Rahanis Leute den Flugplatz besetzt hatten? Das haben Sie gewußt, als Sie mich aus London zurückgeschickt haben?«

M nickte gelassen. In der Nacht, in der Bond das Gebäude in einer Seitenstraße der Northumberland Avenue besucht hatte, hatten die angeblichen Goodyear-Leute bei Bill Tanners Anruf nicht die richtige Codezahl genannt. Wegen der strengen Sicherheitsvorkehrungen im Zusammenhang mit dem Gipfeltreffen hatten alle Beteiligten eine Codezahl zugeteilt bekommen, von der sein Gesprächspartner offenbar nichts gewußt hatte.

»Wir haben gewußt, daß irgendwas schiefgegangen sein mußte«, fuhr M ruhig fort. »Wir haben alle alarmiert, die davon erfahren mußten, und mit den Vereinigten Staaten und der Sowjetunion vereinbart, daß etwaige Mitteilungen auf ihren gegenwärtigen Satellitennotfrequenzen entgegengenommen, aber nicht weitergeleitet werden würden. Nur eine Vorsichtsmaßnahme. Ich meine, auf Sie kann man sich immer verlassen, Nullnullsieben.«

»Danke«, antwortete Bond sarkastisch.

»Hören Sie, Nullnullsieben«, sagte M scharf, »fangen Sie ja nicht an, sich einzubilden, Sie seien unersetzlich!«

»Ich bin also den Wölfen vorgeworfen worden«, stellte Bond fast schreiend fest. »Es wäre nicht nötig gewesen, mich völlig im unklaren zu lassen, aber Sie haben mich losgeschickt, obwohl Sie genau wußten, daß...«

»Halt, halt, wie können Sie es wagen, Ihre Vorgesetzten so zu tadeln?« unterbrach M ihn energisch. Dann beugte er sich plötzlich nach vorn, legte Bond eine Hand auf den Arm und sagte in einem für ihn untypischen väterlich besorgten Tonfall: »Das ist ebenso zu Ihrem Besten wie zu unserem gewesen, James. Schließlich hätten Sie eine Möglichkeit finden können, Holy lebend zu ergreifen – oder Rahani, wenn man's recht überlegt. Aber das ist nicht unsere größte Sorge gewesen. Wir mußten einen Weg finden, Ihren guten Namen wiederherzustellen. Sie müssen die Sache als eine Art Rehabilitierung sehen.«

»Rehabilitierung?« fauchte Bond aufgebracht.

»Ganz recht«, bestätigte M gelassen. »Es mußte irgendeine Rolle geben, die Sie spielen konnten, um Ihr Image in der Öffentlichkeit aufzupolieren. Den Medien konnten die dramatischen Ereignisse an Bord eines Luftschiffs unmittelbar über dem Tagungsort einer Gipfelkonferenz kaum entgehen. In diesen Tagen wimmelt es in Genf von Journalisten. Wir haben den Schweizer Behörden mitgeteilt, ein gewisses Ausmaß an Berichterstattung sei aus unserer Sicht akzeptabel. In mancher Beziehung erspart uns das eigene Verschleierungsmanöver. Ich glaube, daß Sie mit der morgigen Presseberichterstattung zufrieden sein werden. Vielleicht wär's auch keine schlechte Idee, eine weitere Anfrage im Unterhaus einbringen zu lassen.«

Bond schwieg hartnäckig. Er starrte M an, der seinen Arm beruhigend tätschelte, bevor er seine Hand zurückzog.

»Jetzt wollen Sie vermutlich Genesungsurlaub wegen dieses Kratzers, was?« fragte M nüchtern.

Bond und Percy wechselten einen Blick. »Wenn Sie mich im Dienst entbehren könnten, Sir.«

»Sagen wir vier Wochen? Bis die ganze Aufregung vorbei ist. Wir können nicht zulassen, daß wir alle ins Rampenlicht gezerrt werden, damit Ihre Ehre wiederhergestellt wird, Nullnullsieben.«

Cindy ergriff erstmals das Wort. »Was ist mit Dazzle... mit Mistreß St. John-Finnes?«

Tanner erklärte ihnen, die Dame Dazzle sei spurlos verschwunden – ebenso wie Rahani sich in Luft aufgelöst zu haben scheine. Ein Motorboot hatte seinen Fallschirm aus dem Wasser gefischt. Rahani war einige hundert Meter vor dem französischen Ufer im See gelandet.

»Verdammt noch mal! Ich hätte ihn mir gern allein vorgeknöpft!« Die entzückende Cindy Chalmer konnte im Zorn sehr gefährlich sein.

Percy lächelte ihr boshaft zu. »Du fliegst sofort nach Langley zurück, Cindy. Das Fernschreiben ist heute morgen eingegangen.«

Cindy machte einen Schmollmund, und Bond bemühte sich, ihrem Blick nicht zu begegnen. »Und was ist mit Doktor Amadeus?« erkundigte er sich.

»Oh, der ist bei uns versorgt«, antwortete Bill Tanner mit ernstem Gesicht. »Wir haben immer Bedarf an erstklassigen Computerleuten. Jedenfalls hat Doktor Amadeus sich als tapferer junger Mann erwiesen.«

»Da fällt mir doch noch was ein«, grunzte M. »Der Stabschef weiß nichts davon, aber als wir uns die Akten angesehen haben, nachdem Sie uns auf Rahani aufmerksam gemacht hatten, Nullnullsieben, sind wir auf etwas Interessantes gestoßen. Sie erinnern sich doch, daß wir ihn schon seit einiger Zeit überwacht haben?«

Bond nickte, während M aus dem Schnellhefter auf seinen Knien ein großformatiges Schwarzweißfoto zog.

»Interessant?«

Das Foto zeigte Tamil Rahani in inniger Umarmung mit Dazzle St. John-Finnes. »Die beiden scheinen bereits Zukunftspläne geschmiedet zu haben.«

Bond fragte nach Erewhon und erhielt die Auskunft, das Lager sei von den Israelis geortet worden. »Aber es war leer. Verlassen. Es wird weiter überwacht, aber ich bezweifle, daß Rahani jemals dorthin zurückkehrt. Allerdings kreuzt er bestimmt wieder irgendwo auf.«

»Richtig.« Bonds Stimme klang ausdruckslos. »Ich glaube auch, daß wir noch von ihm hören werden. Schließlich hat er sich damit gebrüstet, Blofelds Nachfolger zu sein.«

»Hmmm, wenn man darüber nachdenkt...«, meinte M besorgt. »Ich frage mich, ob es nicht besser wäre, wenn Sie auf diesen Urlaub verzichten würden, Nullnullsieben. Vielleicht müssen wir ihm auf den Fersen bleiben...«

»Er braucht Erholung, Sir, zumindest für kurze Zeit«, sagte Percy fast im Befehlston. Das war der Geheimdienstchef keineswegs gewöhnt. Er starrte die schlanke Blondine überrascht an.

»Ja. Ja. Hmmm, wenn Sie meinen... Wahrscheinlich haben Sie... Ja.«

20

Das Ende der Affäre

Sie flogen als erstes nach Rom und blieben eine Woche in der Villa Medici. Percy war noch nie in Rom gewesen, und Bond genoß es, ihr alles zu zeigen, was in sieben kurzen Tagen möglich war.

Von Rom aus reisten sie nach Griechenland weiter, um die Inseln zu besuchen, und begannen in der Ägäis mit einigen Nächten auf Naxos. Auf Rhodos blieben sie wegen der Touristenhorden nur eine einzige Nacht und reisten dann weiter, um hier und dort ein, zwei Nächte zu verbringen.

Eine Woche später waren sie im Ionischen Meer, wo es ihnen gelang, einige Badebuchten und Tavernen abseits der ausgetretenen Touristenpfade zu entdecken.

Dies war die Zeit der fernen Stimmen aus ihrer Vergangenheit. Die beiden erzählten sich gegensitig ihre Lebensgeschichte, gruben Jugenderinnerungen aus, beichteten einander, was es zu beichten gab, und wurden nicht müde, einander zu lieben. Für Percy und Bond wurde die Welt wieder jung, und die Zeit schien stillzustehen, wie sie nur inmitten der dunklen Mysterien der griechischen Inseln stillstehen kann.

Sie aßen Hummer frisch aus dem Meer und tranken Retsina, soviel sie wollten. Manche Abende endeten damit, daß sie unter den Weinranken irgendeines kleinen Lokals an der Straße mit den Kellnern griechische Volkstänze tanzten. Sie entdeckten wie schon viele Paare vor ihnen, daß die Gastwirte der Inseln einen Blick für Verliebte haben und Liebende ins Herz schließen.

Auch in diesen wundervollen Wochen achtete Bond mißtrauisch auf Fremde und setzte voraus, daß Percy als Berufskollegin das gleiche tat.

Sie sahen niemals dasselbe Gesicht – oder auch nur denselben Schmuck, der wichtiger sein kann – zweimal. Fahrzeuge, sogar Motorräder, zeigten sich nicht zweimal. Sie waren wirklich frei.

Aber die von SPECTRE auf sie angesetzten Teams waren zahlreich und clever. Weder James Bond noch Percy Proud konnten ahnen, welche Schatten sich um sie herum zusammenschlossen.

Die Teams bestanden im allgemeinen aus fünf Männern und Frauen; sie wechselten täglich, benützten niemals denselben Wagen zweimal und hatten stets ein Team in Reserve, das die Verfolgung zur nächsten Insel aufnehmen konnte. Hier deutsche Lehrerinnen, dort ein griechischer Surfer; zuerst ein Student, dann ein älteres englisches Ehepaar; alte VW-Busse, brandneue Hondas, behäbige Peugeots. Das machte ihnen alles nichts aus. Die Anweisungen ihres Führers waren klar, und als der rechte Augenblick gekommen war, traf er ebenfalls ein.

Bond und Percy sprachen viel über die Zukunft, aber selbst als sie in der letzten Urlaubswoche nach Korfu unterwegs waren, um von dort aus nach London zurückzufliegen, konnten sie sich zu keinem Entschluß durchringen, obwohl sie schon vom Heiraten gesprochen hatten.

Als die Reise sich dem Ende näherte, fanden sie ein kleines Bungalowhotel abseits der an Bienenstöcke erinnernden Hotelklötze aus Glas und Stahlbeton. Es lag in der Nähe einer einsamen Bucht, die nur zu erreichen war, wenn man über Felsen hinunterkletterte. Vor ihrem Fenster zog sich ein Olivenhain über die Hügel.

Jeden Abend, wenn die Dämmerung herabsank und die Zikaden ihr endloses schrilles Zirpen begannen, zogen die beiden sich in ihr Zimmer zurück, um sich lange, zärtlich und mit berauschender Erfüllung zu lieben, wie sie sie noch nie kennengelernt hatten.

Am letzten Abend, als sie im Restaurant ein Abschiedsessen bestellt und nur noch zu packen hatten, kamen sie wie üblich Hand in Hand vom Strand herauf, betraten ihr Zimmer von dem Olivenhain aus und ließen die Fenster bei heruntergelassenen Jalousien offen.

Sie versanken bald ineinander, murmelten die zärtlichen Worte Erwachsener und genossen das Glück auf ihrer privaten Insel körperlichen Vergnügens.

Sie achteten kaum auf die Dunkelheit oder das nächtliche Lied der Zykaden. Keiner von ihnen hörte Tamil Rahanis Wagen leise auf der Straße unterhalb des Hotels vorfahren. Sie ahnten nichts von seinem Abgesandten, der auf Sandalen mit Kordelsohlen rasch und sicher von der Straße heraufkletterte und durch den Olivenhain bis an ihr Fenster schlich.

Tamil Rahani, der Nachfolger Blofelds, hatte die beiden zum Tode verurteilt und wollte in der Nähe sein, wenn sie starben. Er bedauerte lediglich, daß ein rascher Tod ratsam war.

Der kleine blasse Mann, der sich als bester der von SPECTRE eingesetzten lautlosen Killer bewährt hatte, spähte durch die Lamellen der Jalousie, lächelte und zog ein 15 Zentimeter langes Blasrohr aus Elfenbein aus seiner Jacke. Er steckte vorsichtig den winzigen Wachspfeil mit seiner tödlichen Nikotinfüllung hinein und begann, das Blasrohr zwischen den Lamellen hindurchzuschieben. Percy, die mit geschlossenen Augen auf dem Bett lag, war dem Fenster am nächsten.

Ihre Reaktion war das Ergebnis einer langen Ausbildung, denn ihr Instinkt für drohende Gefahren glich dem eines Tieres. Percy glitt mit einer jähen Bewegung unter dem verblüfften Bond hervor, während ihre Hand bereits auf dem Fußboden nach dem kleinen Revolver tastete, der stets auf ihrem Bettvorleger bereitlag.

Sie schoß zweimal, während sie sich nackt über die Bettkante abrollte: zwei Treffer wie aus dem Lehrbuch, die den hinter der Jalousie deutlich sichtbaren Mann wie in Zeitlupe zurücktaumeln ließen, während sein letzter Seufzer den Wachspfeil in die Luft stieß.

Eine Sekunde später stand Bond mit der ASP in der Hand neben ihr. Als sie in die Nacht hinausliefen, hörten sie Rahanis Wagen auf der Straße unter dem Hotel abfahren. Sie wußten sofort, wer das gewesen sein mußte.

Nachdem die Leiche abtransportiert, Telefongespräche mit London und Washington geführt und die Fragen der Inselpolizei und anderer Dienststellen beantwortet worden waren, fuhren Bond und Percy nach Korfu hinein, um die Nacht in einem der größeren Hotels zu verbringen.

»Na, damit ist zumindest eines klar«, begann Percy. »Jetzt sollten wir's beide wissen.«

»Wissen?« Sie hatten sich eine Art Abendessen aufs Zimmer bringen lassen, aber Bond fiel es schwer, zur Ruhe zu kommen.

»Ich rede von der Zukunft, James. Nach dieser scheußlichen Sache sollten wir beide wissen, wie's damit steht.«

»Du meinst, daß keiner von uns beiden Frieden finden wird, bis Blofelds Nachfolger tot ist?«

»Ja, das gehört auch dazu. Aber das ist noch nicht alles.« Sie machte eine Pause, um einen kleinen Schluck Wein zu trinken. »Ich habe getötet, James, automatisch und...«

»Und sehr wirkungsvoll, Liebling.«

»Genau das meine ich! Wir sind nicht wie gewöhnliche Leute, stimmt's? Wir werden gedrillt, wir sind abgerichtet, wir gehorchen blindlings – und schrecken vor keinem noch so gefährlichen Auftrag zurück.«

Bond überlegte kurz. »Du hast natürlich recht, Liebling. Du willst damit sagen, daß Leute wie wir nicht einfach aufhören oder ein normales Leben führen können.«

»Genau das meine ich, mein lieber James. Die Zeit mit dir ist herrlich gewesen. Wirklich wunderschön! Aber...«

»Aber jetzt ist sie vorbei.«

Percy nickte, und er beugte sich über den Tisch, um sie zu küssen. »Wer weiß?« fragte Bond ins Blaue hinein.

Am nächsten Morgen ließen sie ihre Tickets umschreiben, und Bond brachte Percy zum Flughafen. Er beobachtete, wie ihre Maschine über den kleinen Hügel am Ende der Startbahn hinwegstieg und dann Kurs auf Athen nahm, von wo aus Percy nach Paris weiterfliegen konnte.

In einer Stunde würde er sich auf dem Rückflug nach London befinden, um in einem seiner anderen Leben irgendeine weitere Rolle für sein Vaterland zu spielen.

HEYNE BÜCHER

HEYNE TASCHENBÜCHER

zu Film und Fernsehen

01/6675 - DM 6,80

01/6316 - DM 6,80

01/6532 - DM 6,80

01/6673 - DM 7,80

01/6365 - DM 6,80

01/6596 - DM 6,80

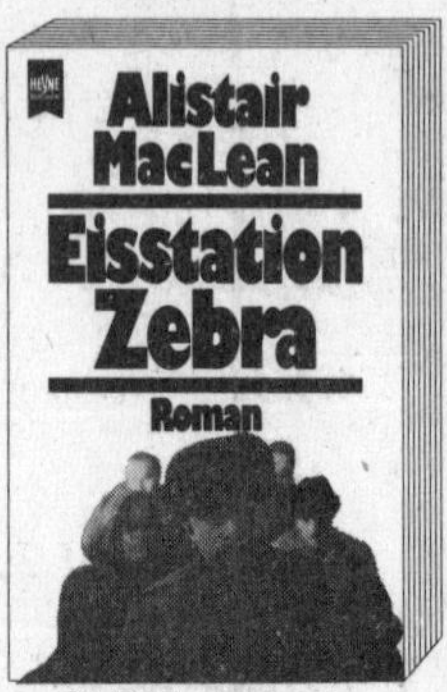

01/685 - DM 6,80

01/6361 - DM 6,80